U0091059

# 古典文獻研究輯刊

二　編

曾永義　主編

第13冊

## 謝茂秦之生平及其文學觀

龔顯宗　著

國家圖書館出版品預行編目資料

謝茂秦之生平及其文學觀／龔顯宗 著 — 初版 — 新北市：花
木蘭文化出版社，2011〔民100〕
目 2+162 面；19x26 公分
（古典文學研究輯刊 二編；第 13 冊）
ISBN：978-986-254-500-3（精裝）
1.（明）謝茂秦 2.學術思想 3.明代文學
820.8　　　　　　　　　　　　　　　　100001053

ISBN-978-986-254-500-3

9 789862 545003

古典文學研究輯刊
二 編　第十三冊　　　　　　　　ISBN：978-986-254-500-3

謝茂秦之生平及其文學觀

作　　者　龔顯宗
主　　編　曾永義
總 編 輯　杜潔祥
出　　版　花木蘭文化出版社
發 行 所　花木蘭文化出版社
發 行 人　高小娟
聯絡地址　新北市永和區中正路五九五號七樓之三
　　　　　電話：02-2923-1455／傳眞：02-2923-1452
網　　址　http://www.huamulan.tw 信箱 sut81518@ms59.hinet.net
印　　刷　普羅文化出版廣告事業
初　　版　2011 年 3 月
定　　價　二編 30 冊（精裝）新台幣 48,000 元
版權所有・請勿翻印

# 謝茂秦之生平及其文學觀

龔顯宗　著

## 作者簡介

龔顯宗，台灣嘉義朴子市人，政大中文所碩士，中國文化大學國家文學博士。曾任中小學教師、高雄師大、中興大學、靜宜大學、高雄大學等校教授，台南大學語文教育系主任、香港新亞研究所客座教授、考試院典試委員，現為中山大學專任教授。著有《明初越派文學批評研究》、《歷朝詩話析探》、《女性文學百家傳》、《現代文學研究論集》、《明清文學研究論集》、《台灣文學研究》、《台灣文學家列傳》、《台灣文學論集》、《台南縣文學史》、《魏晉南北朝童謠研析》、《從台灣到異域》《文學雜俎》、《台灣竹枝詞三百首》等四十餘種。

## 提　要

　　詩尚盛唐之說，雖不自謝榛始，然其《四溟詩話》養真悟妙之言、反模擬之論，確有前人及當時論詩者所不及處，卓然超乎李攀龍、王世貞之上。

　　斯篇之撰，凡十章，首述謝茂秦之生平及其為人，細讀其《四溟山人全集》，勾勒其略歷，為撰文學年表。次則溯探其源，上起老、莊、王充、葛洪，六朝陸機、劉勰、蕭統，唐則杜甫、皎然、司空圖，宋則張戒、嚴羽，明則宋濂、高啟、高棅、李東陽、徐禎卿、李夢陽、何景明。第三至第六章分別闡述其《四溟詩話》之詩理、詩法、詩賦體裁、詩論及實際批評；詩法多卓見，「勤改」、「錘鍊」之說尤可取；評詩公正嚴謹，「作詩勿自滿」一語於庸妄驕狂之擬古時期可謂灌頂醍醐，當頭棒喝！

　　七、八兩章苦心整理縷述謝氏交遊一百四十二人。第九章為其詩說之影響，第一節述後七子派，次則公安，再則錢謙益、二馮，四、五節分述對清代格調說、徐增、吳雷華、施補華之沾漑啟發。末章結論，予謝榛詩論與創作高度評價。

　　本篇為作者四十年前碩士論文，僅略加修正，期能保存當時風貌，讀者幸垂教焉。

# 第一章　謝茂秦之生平及其爲人

## 第一節　生平及年譜

　　謝榛字茂秦，生於明孝宗弘治八年（西元 1495 年），自號四溟山人，一號四溟子，又號脫屣山人，因眇一目，故有「眇君子」之稱。

　　十六歲學作樂府商調，頗以柳三變自居；〔註1〕請正於鄉丈蘇東皋，東皋教之作詩，遂苦心吟咏，以聲律聞於時。

　　茂秦籍隸山東臨清，遭吳門之亂，乃移家鄴城，游彰德，趙康王賓禮之。康王嗜禪，茂秦得與印證，其詩遂悟入玄解。〔註2〕復謁崔後渠，相與論詩，益精進。

　　嘉靖中，濬縣人盧柟以事繫獄，茂秦携其賦之長安，平湖陸光祖代爲縣令，平反其獄。諸豪貴多其誼，爭與交驩。其時李于鱗、王元美、徐子與、宗子相、梁公實、吳明卿，結社燕市，茂秦爲之長。已而于鱗名益盛，茂秦與論詩，頗相鐫責，于鱗貽書絕交，茂秦遂爲衆所擯。迹其隙末，乃因明卿入社，四溟子喻以糞土所致。

　　茂秦遂遊秦晉，諸藩爭延致之，河南北皆稱「謝先生」。嘉靖卅九年，康王薨，茂秦歸東海。

　　隆慶四年，于鱗卒，茂秦爲詩悼之。萬曆癸酉冬，自關中還，偕鄭若庸謁康王之曾孫穆王，上新竹枝十四闋，王命賈姬按而譜之，歸姬於茂秦邸。

---

〔註1〕見王世貞《曲藻》。
〔註2〕見《四溟山人全集》。

明年仲秋，寓汾陽，成《四溟詩話》四卷。〔註3〕翌年（西元 1575 年）冬，至大名，客請賦壽詩百首，至八十餘投筆而逝，享壽八十有一焉。姬治喪畢，自破樂器，歸老于閭閻間。

茂秦弟名松，從弟名恩，表兄姓周名時隆；育子五，即元燦、元燭、元煇、元炳、元煒是也。〔註4〕

茲將茂秦之年譜列述如左：

**弘治八年**（西元 1495 年）**一歲**

茂秦生於山東臨清。

**弘治九年**（西元 1496 年）**二歲**

周復俊生。

**弘治十一年**（西元 1498 年）**四歲**

白悅生。

**弘治十六年**（西元 1503 年）**九歲**

尤時熙、高應冕生。

**弘治十八年**（西元 1505 年）**十一歲**

盧宗哲、萬虞愷、葛守禮生。

**正德元年**（西元 1506 年）**十二歲**

朱大器、毛愷、尹臺生。

**正德二年**（西元 1507 年）**十三歲**

瞿景淳、王忬生。

**正德三年**（西元 1508 年）**十四歲**

劉自強舉進士第。

**正德四年**（西元 1509 年）**十五歲**

莫如忠生。

**正德五年**（西元 1510 年）**十六歲**

茂秦學作樂府商調，以寫春怨，請正於鄉丈蘇東皋，教之作詩。

〔註3〕 見《四溟山人詩》附〈詩家直說自序〉。
〔註4〕 參閱《四溟山人全集》。

　　陸柬、史朝賓、李春芳生。

正德六年（西元 1511 年）十七歲

　　嚴訥、李先芳、郭朴、侯一元、王宗茂生。

正德七年（西元 1512 年）十八歲

　　李僑生。

正德八年（西元 1513 年）十九歲

　　徐陟生。

正德九年（西元 1514 年）二十歲

　　李攀龍生。

正德十年（西元 1515 年）廿一歲

　　王崇古生。

正德十一年（西元 1516 年）廿二歲

　　李東陽卒，呂調陽生。

正德十二年（西元 1517 年）廿三歲

　　秦祐舉進士第，楊巍、徐中行、劉景韶生。

正德十三年（西元 1518 年）廿四歲

　　萬衣生。

正德十六年（西元 1521 年）廿七歲

　　何景明卒，趙康王襲位，陸光祖、王廷瞻、曹大章卒。

嘉靖元年（西元 1522 年）廿八歲

　　尤時熙鄉試第，殷士儋生。

嘉靖二年（西元 1523 年）廿九歲

　　顧從義、林大春、劉存義、王宗沐生。

嘉靖三年（西元 1524 年）三十歲

　　吳國倫生。

嘉靖四年（西元 1525 年）卅一歲

　　宗臣、劉爾牧、谷中虛生，秦祐任禮科給事中。

**嘉靖五年**（西元 1526 年）**卅二歲**

王世貞生，蘇祐舉進士第。

**嘉靖七年**（西元 1528 年）**卅四歲**

戚繼光生，馮惟健中舉人。

**嘉靖八年**（西元 1529 年）**卅五歲**

李夢陽卒，李開先、皇甫汸、葛守禮、曾銑、栗應麟舉進士第。

**嘉靖九年**（西元 1530 年）**卅六歲**

楊一清卒。

**嘉靖十年**（西元 1531 年）**卅七歲**

瀋憲王胤栘進封，黃省曾舉進士第。

**嘉靖十一年**（西元 1532 年）**卅八歲**

孔天胤卒，吳嶽、白悅、蔡汝楠、史應善、范欽、周復俊舉進士第，田汝耔中舉人，蕭大亨生。

**嘉靖十二年**（西元 1532 年）**卅九歲**

郜光先生。

**嘉靖十三年**（西元 1534 年）**四十歲**

高應冕中舉人，趙賢生。

**嘉靖十四年**（西元 1535 年）**四十一歲**

尹臺、毛愷、沈翰舉進士第，姚汝循生。

**嘉靖十七年**（西元 1538 年）**四十四歲**

萬虞愷、侯一元、莫如忠、吳維嶽、王國楨、馮惟訥舉進士第。

**嘉靖十九年**（西元 1540 年）**四十六歲**

李浩卒，劉學易舉進士第，康海卒。

**嘉靖二十年**（西元 1541 年）**四十七歲**

李尙倫有復河套議，不果，茂秦賦詩慰之。

謝東山、王忬、龔秉德、陳洪濛、晁瑮、嚴訥、王崇古舉進士第，瀋憲王薨、崔銑卒。

**嘉靖廿二年**（西元 1543 年）**四十九歲**

　　春，夜夢與吳國倫、徐中行話舊，既寤，有詩誌之。

　　許邦才中解元，王敬民舉進士。

**嘉靖廿三年**（西元 1544 年）**五十歲**

　　春，于鱗進士第，與先芳、茂秦、維嶽諸人倡詩社，以茂秦爲長。

　　冬，茂秦客居大梁，與李生、賈子論詩。

　　朱大器、畢鏘、張才、方九敘、石茂華、劉景韶、烏從善、劉爾牧、靳學曾、谷中虛、瞿景淳、劉自強、徐學詩、徐文通、李僑、王宗沐舉進士第，王廷相卒。

**嘉靖廿四年**（西元 1545 年）**五十一歲**

　　茂秦訪西林禪侶。

　　鎭康王恬焯襲封。

**嘉靖廿六年**（西元 1547 年）**五十三歲**

　　春，王世貞進士及第，先芳引之入詩社。

　　章适、謝江、史朝賓、張居正、林燫、李幼滋、王宗茂、黃元白、楊巍、劉應節、樊獻科、陸光祖、李春芳、殷士儋、徐陟舉進士第。

**嘉靖廿七年**（西元 1548 年）**五十四歲**

　　于鱗倡爲五子詩。

　　曾銑、夏言被詔遭戮，《四溟詩話》紀其事。

**嘉靖廿八年**（西元 1549 年）**五十五歲**

　　中秋夜，茂秦與李子朱、王世貞、李攀龍賞月論詩。

　　崔元卒，攀龍出守順德。

**嘉靖廿九年**（西元 1550 年）**五十六歲**

　　茂秦、攀龍、世貞、宗臣、有譽稱五子，徐中行、吳國倫亦入，合稱七子。有譽、宗臣、中行、國倫皆於是年舉進士第。余日德入詩社。

　　八月十六日，虜犯京師，茂秦作〈哀哉行〉四首。

　　張佳胤、林大春、陸東、劉蟄、劉效祖、欒尚約、吳翰詞、紀公巡、呂調陽、趙鏘、高岱、蹇來譽、丘樺、魏裳、劉一麟舉進士第。

**嘉靖三十年**（西元 1551 年）**五十七歲**

張佳胤入七子社。

白悅卒，王汝訓生。

## 嘉靖卅一年（西元 1552 年）五十八歲

春，畫工爲攀龍、世貞、宗臣、有譽、中行、茂秦繪《六子圖》。

潘宣王、安慶王襲封。

## 嘉靖卅二年（西元 1553 年）五十九歲

梁有譽滅頂於南海，茂秦作〈颶風歌〉傷之。

史起蟄、劉存義、李子田、梁夢龍進士及第，曹大章會試第一，童漢臣知泉州府。

## 嘉靖卅三年（西元 1554 年）六十歲

春，茂秦赴京，游好於郭北申幼川園亭設宴餞之，茂秦爲趙康王枕易作諸體二十篇。

晁瑮卒。

## 嘉靖卅五年（西元 1556 年）六十二歲

黃元白、烏從善免官，趙賢、沈寅、姚汝循舉進士第。

## 嘉靖卅七年（西元 1558 年）六十四歲

茂秦遊鄴下，酌於王中宦別館，與李生論詩，以燈爲韻，得卅四句。

夏，偕莫子明遊嵩山少林寺。

## 嘉靖卅八年（西元 1559 年）六十五歲

范欽提督南贛，王廷瞻、姚汝循舉進士第。

## 嘉靖卅九年（西元 1560 年）六十六歲

趙康王薨，茂秦歸東海。

范欽擢兵部右侍郎，宗臣、王忬卒。

## 嘉靖四十一年（西元 1562 年）六十八歲

嚴嵩罷歸江南，馮惟訥任提學副使，王宗茂卒，蕭大亨、蔡可賢舉進士第。

## 嘉靖四十三歲（西元 1564 年）七十歲

秋，茂秦赴晉陽，栗晉川留酌園亭。

**嘉靖四十四年**（西元 1565 年）**七十一歲**

《藝苑巵言》六卷刊行，匡鐸舉進士第，周芸任工科給事中，嚴嵩削籍，世蕃及羅龍文棄市，洪濛巡撫貴州。

**隆慶元年**（西元 1567 年）**七十三歲**

同鄉程子賓罷官北歸，茂秦作詩寄懷。

李開先卒。

**隆慶三年**（西元 1569 年）**七十五歲**

瞿景淳卒，茂秦有詩悼之。

高應冕卒。

**隆慶四年**（西元 1570 年）**七十六歲**

攀龍卒，茂秦有詩悼之，世貞嗣操文柄。

吳嶽、徐陟、毛愷卒，茂秦爲詩悼徐陟。

**隆慶五年**（西元 1571 年）**七十七歲**

蘇宥、史朝賓卒，王希元、王汝訓、胡宥舉進士第，沈寅免官。

**隆慶六年**（西元 1572 年）**七十八歲**

夏，《藝苑巵言》又增二卷。

馮惟訥卒。

**萬曆元年**（西元 1573 年）**七十九歲**

茂秦自關中還，偕鄭若庸見趙穆王，上新竹枝十四闋，賈姬按而譜之；元夕，王歸姬於茂秦邸。

**萬曆二年**（西元 1574 年）**八十歲**

仲秋念四日，寓汾陽天寧蘭若，《四溟詩話成》；自撰序文。

盧宗哲、周復俊卒。

**萬曆三年**（西元 1575 年）**八十一歲**

曹大章、劉存義、李僑卒。

茂秦作〈老懷詠〉一首，是年多至大名，客請賦壽詩百章，至八十餘，投筆而逝。

## 第二節　自其著作論其爲人

　　尙論古人，非易事也。茂秦之生平，雖具如上述，然僅據此而論其爲人，則實有未盡之處；無已，則以其著作論之。

　　（一）廣交遊──《四溟山人全集》之詩作計二千三百有餘篇，酬贈之作即居三分之二，其中有人名而去其重複者，幾達五百人，可見其交遊之廣。茂秦雖一介平民，然頗爲當道所重，往來多簪纓縉紳，布衣與方外之交亦不在少數。錢牧齋《列朝詩集小傳》嘗云：「茂秦遊道日廣，秦晉諸藩爭延致之，河南北皆稱謝先生。諸人雖惡之，不能窮其所往也。」于鱗、元美諸人雖與之絕交，然對其聲譽日隆，交遊日廣，卻無可如何。

　　（二）扶危仗義──茂秦遊道日廣之因，除極負詩名外，即在其扶危仗義。牧齋謂其喜通輕俠，〔註5〕茂秦亦嘗自云：「予昔遊部下，力拯盧柟之難，諸縉紳多其義，相與定交。」（《四溟詩話》卷四）又曰：「濬人盧浮邱，豪俊士也，負才傲物，人多忌之。曾以詩忤蔣令，令枉以疑獄，幾十五年不決。余愛其才，且憫其非罪，遂之都下，歷於公卿間，暴白而出之，因感懷詩曰：『長存排難意，遂有泛交情。』」（《四溟詩話》卷四）義拯次柟，其行感人，遂名動公卿。又其〈答錫山華明伯寄詩、中及盧柟事〉」云：「久客了心事，慚君獨許多。力當排難久，眼見惜才多。失意逢鸚鵡，全生返薜蘿。騷人近彫謝，江海送悲歌。」又有〈贈盧次柟三首〉、〈爲盧柟呈內台北部大理諸公〉、〈黎陽盧生柟坐事繫獄，詩以矜之〉、〈張令肖甫郊餞聞笛，兼慰盧次柟〉等詩，足見其爲人輕俠仗義，扶危濟困。

　　（三）富感情──茂秦論詩重眞摯，爲人亦頗富感情。對朋友之情，則力拯盧次柟之危而賦詩曰：「管鮑心無改，妻孥計轉輕。」哀社友存歿相半，則云：「眼中兩人隔萬里，一宵連夢片月知。漳浦共吟銅雀妓，吳歌楚調悠揚起。左手把袂右拍肩，恍看形容皆妙年。勿閱丹經拘悟性，句法自神骨自仙。……舊交星散疏消息，人間是非在廣識。建安遺跡那相憶，宦邸飛夢吾莫測。」

　　懷弟之情，則曰：「白髮感平生，幽懷阮步兵。抱病頻藥餌，爲客幾清明。春滿他鄉樹，河連故國城。鶺鴒限南北，空復在原情。」（〈清明憶諸弟〉）又曰：「漳南十見柳條新，白髮疏狂任此身。兒女漸多空自老，弟兄久別誰復親？亂雲愁色偏經眼，孤雁哀鳴欲同人。昨夜當歌轉惆悵，樽前不是故園春。」（〈春

---

〔註5〕見《列朝詩集小傳》。

日憶弟〉）又曰：「生涯憐汝自樵蘇，時序驚心尙道塗。別後幾年兒女大，望中千里弟兄孤。秋天落木愁多少，夜雨殘燈夢有無。遙想故園揮涕淚，況聞寒雁下江湖。」（〈秋日懷弟〉）又曰：「天空朔雁不成行，秋色年年似故鄉。門掩菊花人獨臥，冷風疏雨過重陽。」（〈重九雨中懷弟〉）手足情深，躍然字裏行間。其弟松死，茂秦悲痛逾恒，作詩以輓之云：「多病吾仍在，沈酣爾遽休。相依堪共老，永別杳難求。什臘還新酒，風烟豈故丘？漳河暮轉急，嗚咽正東流。」（〈哭弟松四首之一〉）又云：「夢裏論歸計，寧知隔渺茫。」（〈哭弟松之三〉）復云：「可憐生事盡，無那旅魂悲。……天教汝不死，同有故鄉期。」（〈哭弟松之四〉）

念子之情，則曰：「對汝還成嘆，寒更坐轉深。異鄉垂老計，春草隔年心。蠟炬明殘夜，天風破積陰。遙憐幾稚子，酒罷一長吟。」（〈除夕示兒元炳兼憶元輝諸兒〉）又曰：「吾兒同入鄴，今日汝先歸。留滯鄉音改，飄零舊業違。關河通古道，風雨倍春衣。寄我思親淚，西原洒落暉。」（〈送兒元炳東還〉）又曰：「汝曹年漸長，衣食竟何謀？世事身多懶，吾生老更愁。江湖征雁夕，南北戰雲秋。欲效龐公隱，青山何處求？」（〈示兒元煒元燭〉）又曰：「西北烟塵舊業違，汝兒憶汝淚沾巾。到家應說邊城苦，日暮烏啼望我歸。」（〈得兒元燦書感懷〉）又曰：「冰雪頻驚歲序過，向平心事獨蹉跎。貧欺老子疏狂在，懶到兒曹感歎多。鴻雁暮依沙岸草，鳳凰時下玉山禾。且傾陶令杯中物，月白空庭一放歌。」（〈對酒示五子〉）親子之愛，憂子之思，令人低徊不已。

思鄉之情，則曰：「故里民居夾軒塹，五十年來幾度改。當時兒曹今老大，垂髫舊識我獨在。人間醉眼莫見眞，攸忽春光不相待。東西兩河歸一流，岸擁葉荄秋復秋。憶昔揚帆坐舒嘯，海門北轉是燕州。」（〈望臨清故里感懷〉）茂秦原爲臨清人，後遷鄴，是以屢興故里之思，其〈過故居有感六首〉之一曰：「舊業成睽遠，親朋久失群。百年生長地，一片往來雲。獨立空流水，長吟但落暉。結茅何日定，西隴事耕耘。」又曰：「飄零三十春，下馬問比鄰。相見兄弟老，堪嗟門巷新。行踪猶冷梗，世故一浮塵。王謝豪華地，殊非舊主人。」〈還家〉一詩曰：「二十餘年寄鄴城，歸來誰不訝狂生？白頭況帶風塵色，青眼深知父老情。共話江湖多故事，自憐詞賦亦空名。仲宣踪跡猶無定，遙指浮雲意未平。」

憂時之情，則曰：「家在兵戈裏，還成相見期。死生多難過，骨肉異鄉悲。山照吳門火，城翻漢將旗。苦懷殊不盡，仍送渡江寺。」（〈鄒子序過鄴因談吳

門之亂偶贈〉）頗類子美詩風，又曰：「昔遊京國虜塵中，今客三關憂思同，李牧祠前獨懷古，疏林蕭颯起悲風。」（〈客中兩經虜患感而有賦〉）庚戌歲八月十六日，虜犯京師，茂秦作〈哀哉行〉四首，其一曰：「燕京老人鬢若絲，生長富貴無人欺。少年慷慨結豪俠，彎弓氣壓幽并兒。自嗟爾來筋力衰，動須僮僕相扶持。忽驚雜虜到門巷，黃金如山難解危。餘息獨存劍鋒下，子孫散盡生何為？廄馬北驅嘶故主，勁風吹斷枯桑枝。哀哉行，天如何。」千金散盡，子孫逃亡，禁不住老淚縱橫。其四曰：「燕京少婦殊可憐，自嫁北里無嬋娟。臨鏡妝成數顧影，見換羅綺何新鮮。正爾相歡鼓琴瑟，願如並蒂池中蓮。中秋月好寧長圓，烽烟散落高梁川。銛鋒逼人動寒色，不忍阿夫死眼前。一去龍沙斷歸路。吁嗟此身猶獨全。哀哉行，天胡然。」以詩史目之，殆不為過。再如虜亂之後，同李于鱗登西北城樓，亦慨然賦詩云：「候火警邊郡，胡笳動戍樓。地屯駝馬夜，草屬犬羊秋。將士心何物，瘡痍戰不休。請纓復誰子？北顧使人憂。」聞鼙鼓而思猛士，憂時事而念驍將，躍然紙上。其〈哀老營堡〉一詩曰：「嚴冬胡馬來，不意破高壘。縱有飛將軍，倉皇那可恃？殺氣與人烟，相侵慘如此。樹寒啼老鴟，月黑亂新鬼。親戚一聞變，競走霜風裏。寧言積血腥，各認骸骨是。群號振山巔，萬淚迸湍水。俯身不回顧，勿復虜塵起。潛復林谷中，狡黠殊無比。部落入空壁，屠戮甚羊豕。劫虜又北驅。哽咽苦千里。男女不兩存，去留見生死。生者詎得歸，死者長已矣！嗟哉仗鉞人，奮烈向朔鄙。」〈秋野〉一詩云：「地闊清霜滿，林寒樹葉稀。野雲秋澹澹，山日晚暉暉。殺氣三河動，邊聲一騎飛。中原多猛士，誰解晉陽圍？」

憫黎民之情，則曰：「東嶺上頭多樹木，猛虎藏威白晝伏。西潭水深魚鼈多，下有長蛟絕網羅。漁郎樵夫各生計，相逢共嗟太平世。兩毒所恃期永年，山根地軸暗相連。背嘗腰斧偶聚散，回首茅茨炊烟斷。妻孥菜色飢尚可，戶口辦錢悉殺我。問天不言空蒼茫，四郊落葉正風霜。」（〈漁樵歎〉）

（四）具批評精神──茂秦極富批評精神，嘗曰：「雖古人詩，亦有可議者。」（《四溟詩話》卷三）又曰：「作詩勿自滿，若識者詆訶則易之，雖盛唐名家亦有罅隙可議。」（《四溟詩話》卷二）既言作詩勿自滿，則須謙虛受教，此種涵養，對批評家與詩人皆屬必要；既言雖盛唐名家亦有罅隙可議，是以崇盛唐而不盲目，於李杜雖時有佳評，然亦揭其短處，例如評李白之疵曰：「太白贈浩然詩，前云：『紅顏棄軒冕』，後云：『迷花不事君』，兩聯意頗相似。……興到而成，失於檢點；意重一聯，其勢使然；兩聯意重，法不可從。」（《四

溪詩話》卷三）於有明一代詩人，即王公富豪，親朋戚友，亦不稍假借。論詩過嚴，致遭擯於七子之列，然正見其具有獨來獨往，不同流俗，不作鄉愿之批評精神。

（五）自負——由茂秦之論詩態度，可斷其頗為自負，如主學初、盛唐十四家，而自成一家，若蜂釀蜜而自成一種佳味與芳馨，〔註6〕載滄溟之言曰：「數年常聞高論，皆古人所未發。」（《四溪詩話》卷三）又載杜約夫讚其論詩之語：「子能發情景之蘊，以至極致，滄浪輩未嘗道也。」（《四溪詩話》卷二）〈對西山詩〉亦云：「操筆有常變，兵家韓信知。」

（六）性倔強——茂秦生性倔強，其〈雜感篇遠示元燦元輝諸兒〉曰：「呂望八旬持釣竿，困龍且向積水蟠。誰道頹年氣傲岸，公門了無一字干。」〈登東關寺浩然臺〉曰：「老存浩然氣，今上浩然台。世事成千古，商歌寄七哀。」又陳田所輯《明詩紀事》亦云：「明卿自邵武還，投書茂秦，述汪中函玉卿意，欲招定居閩越，茂秦答詩云：『延士堪為主，移家豈在人。漁樵今自適，龍鳳古難馴。』茂秦倔強，差足為布衣吐氣。」中道為于鱗、元美諸人所擯，雖無怨言，然亦不屈服。

（七）妙入禪悟——茂秦論詩重禪悟，為人亦富禪機。其〈周子才見過談詩〉一首云：「詩家超悟方入禪，畫蛇添足何爭先？半夜冰霜苦自取，三春花鳥愁相愁。神遊浩渺下無地，氣轉混茫中有天。杜陵老子昨夢見，笑來更拍狂夫肩。」〈蟻穴嘆〉一詩曰：「人生誰是無營者，吉日築基起大廈。玄駒避雨會天機，一時避命萬杵下。別有疊土成山丘，何幸全生穴曠野。莊生見道在此蟲，亦知行藏賢哲風。槐蔭俯視走銜粒，鰲載蓬萊巨細同。至微至寂晴色中，莫掃落葉囑奚童。因嗟世事坐將夕，門掩城鴉啼月烏。」〈形問影〉一詩曰：「我養心神爾不悟，我還造化爾俱休。問答入微乃見道，陶潛異代神同遊。彼此相望但沈醉，臥榻焉知有天地。」〈自拙歎〉一詩曰：「出門何所營？蕭條掩柴荊。中除不洒掃，積雨莓苔生。感時倚孤杖，屋角鳩正鳴。千拙養氣根，一巧喪心萌。巢由亦偶爾，焉知身後名？不盡太古色，天末青山橫。」〈守拙吟〉曰：「世人得意笑轗軻，多營寡營無不可。一時爭巧鳥與蟲，百年守拙誰知我？畫裏疑通五岳雲，夢中恍駕三湘舸。少有四方志，老誠垂堂坐。君不見池面生漚不迸火，汨羅葬身首陽餓。古今萬事成浩歎，風雨西來木葉墮。夜寒擁衾茅屋破，日出群動人高臥。力疾正披老莊書，鄰翁扣門

〔註6〕見《四溪詩話》卷四。

送藥裏。」拙足以養氣，巧適喪心萌，坐擁老莊，復何所求？

（八）隱逸淡泊——茂秦性淡泊，以布衣終其一生。其〈野父雜感〉一詩曰：「結廬不臨車馬道，交游須待商山老。泉衝澗石聲自清，霜染江楓色更好。暗響泠泠長滿耳，一朝野望爭於掃。馴雀下階相對間，鉤簾獨坐披素袍。兒借佛書越松嶺，歸來短衣沾雪冷。老禪爲說梅初花，紙窗幽寂橫瘦影。杖藜不到諸天遙，臥聽清鐘徹凡境。」結廬仙境，臥聽清鐘，蓋其所慕。〈山中隱者〉一詩曰：「晚風吹雲覆四野，有人晦迹蘿岩下。百年杖屨祇荒徑，百年河山一草舍。御寇至言順道物，不知方命非達者，何必空名束此身？比鄰酒熟杯堪把，蟻群列陣眼前兵。世事浮塵隙外馬，烟火隔林古蘭若。石罅迸泉散地脈，飛流倒向山廚瀉。諸天在心半偈寫，白蓮正花香滿地。陶潛又醉遠公社，月轉松西坐深夜。曉來俗客忽敲門，啄苔馴雀上屋瓦。」〈老懷詠〉曰：「誰出塵寰獨高蹈，能鍊丹砂駐容貌。百病侵人一命微，髮短齒疎不易到。欲尋三老同嘯傲，商山采芝同四皓。梁園相士果如神，道我狂吟超八旬。卻訝荀卿昔非相，許負望氣見何眞。杖藜隨處任吾身，烟霞長醉旗亭春。」又其〈都門洒家翁〉一詩亦謂醒眼全眞，作太平民足矣！其詩曰：「大都世事總堪醉，半酣卻憎沈醉人。自覺醒眼全吾眞，四朝風光惟一身。歷觀豪華壯甲第，十度星霜易主頻。卜居此地歲婚嫁，兒兮女兮知孝親。犬能守夜雞報晨，焚香願作太平民。祝紫宸，焚香願作太平民。」

## 第三節　謝茂秦之著作

茂秦之著作傳世者，唯詩話與詩集耳。茲依其書刻行之年代先後，略述其版本內容於下：

### 一、《四溟山人全集》

凡廿四卷。明神宗萬曆甲辰（卅二年）趙府冰玉堂重刊本。中央圖書館、中央研究院歷史語言研究所藏。

卷一至卷二十爲詩作，即卷一有五言古詩廿三首，卷二、卷三有七言古詩一百八十六首，卷四至卷十有五言律詩八百另七首，卷十一至卷十五有七言律詩五百九十三首，卷十六有五言排律一百卅六首，卷十七有七言排律廿二首，卷十八有五言絕句一百五十六首，卷十九、二十有七言絕句四百廿六首，共計二千三百四十九首；卷廿一至廿四爲論詩之作，即〈詩家直說〉，

〔註7〕凡四百十六則。

先是太祖八世孫趙康王爲茂秦於嘉靖丁未年刻《四溟旅人集》四卷，〔註8〕其後茂秦遊燕適晉，續有所作，康王之曾孫穆王恒易道人命太史蘇潢與陳養才，詳加蒐輯，又潢之甥張稚魯亦與其役，於萬曆丙申年告成。〔註9〕然其書既出，傳播幾十季，多所挂漏，趙王遂屬內翰丁子裕，詳加核定，於甲辰年夏克底其成。

### 二、《四溟山人詩》

凡十卷，附《詩家直說》二卷。萬曆壬子（四十年）盛以進臨清刊本。近人鄧邦述手批，然缺一、二卷。中央圖書館藏。

本書內容除《詩話》缺二卷外，與前書相同。萬曆壬子年，臨清知州盛以進弔茂秦廬，傷其著作散逸，遂令秦日仁、吳善長取趙邸舊本，加以詮次，正其魯魚亥豕，得詩十卷，併《詩家直說》合刻之。〔註10〕

### 三、《四溟山人詩家直說》

凡二卷。萬曆四十年盛以進刊本。中央圖書館藏。

有茂秦自序一篇。盛以進並以紅筆作眉批，惜僅五則而已。

### 四、《四溟山人詩集》

凡十卷。《問影樓叢刻初編》。中央圖書館藏。

僅有詩作，無詩話。

### 五、《四溟集》

凡十卷。清文淵閣《四庫全書》本。故宮博物院藏。

全爲詩作，亦爲二千三百四十九首，卷一爲五言古詩，卷二爲七言古詩，卷三、四爲五言律詩，卷五、六爲七言律詩，卷七爲五言排律，卷八爲七言排律，卷九爲五言絕句，卷十爲七言絕句。

紀曉嵐據萬曆壬子年盛以進本而將《詩家直說》去除，僅存目於〈詩文評〉。〔註11〕《四庫提要》曰：「案榛詩足以傳，而論詩之語則多迂謬。」此

---

〔註7〕《詩家直說》即《四溟詩話》，見《四溟山人全集》。
〔註8〕見趙康王《四溟旅人詩序》。
〔註9〕見趙王恒易道人〈續刻謝茂秦全集序〉。
〔註10〕見盛以進〈四溟山人詩集序〉。
〔註11〕見〈四溟集提要〉。

所以不錄四溟子詩話之由也。

### 六、《四溟詩話》

丁福保（仲祜）編《續歷代詩話》，計收詩話二十八種，《四溟詩話》在其中，共四卷。民國五年無錫丁氏聚珍版印本。上海醫學書局發行。

### 七、《四溟詩話》

亦有四卷。臺灣藝文印書館發行，景海山仙館本。

# 第四節　《四溟詩話》之所由作

謝茂秦之文學觀具見於《四溟詩話》；《四溟詩話》又名《詩家直說》，成於萬曆二年，時茂秦已皤然一老翁矣！〔註12〕

然則何以謂《四溟詩話》耶？其亦有說乎？曰：「夫天地如籠，萬形羅於內，身與世浮，神與物游，飄然四極無不可，生也何勞，死也何寂，聖哲安在哉？」（茂秦〈自序〉）

至於詩話之所由作，茂秦於〈詩家直說自序〉曰：「晚唐以來，談詩者紛紜，互以雄辯相高，使人愈趨愈遠，不得捷要，故爾予梓詩說若干篇，譬諸築基起樓，勢必高大，所思不無益也。」《詩話》亦云：「予昔遊都下，力極盧柟之難，諸縉紳多其義，相與定交。草茅賤子，至愚至陋，但以聲律之學請益，因折衷四方議論，以為正式。」（卷三）又曰：「予著詩說，猶如孫武子作兵法，雖不自用神奇，以平列國，能使習之者戡亂策勳，不無補於世也。」（卷四）是其詩話撰述之由有二：（一）鑒於晚唐以降之論詩者，逞其口舌，不得捷要，故撰詩說，俾有益於詩之創作。（二）當代人向彼請益者頗眾，故折衷四方議論，而成詩話。

---

〔註12〕見〈詩家直說自序〉。

# 第二章　謝茂秦文學觀之淵源

中國文學思潮源遠流長，各批評家之理論，容或獨具創見，然必前有所本，謝茂秦之詩論自不例外。茲將影響於《四溟詩話》諸家，列述於後，以資印證。

## 一、老子之影響

「知者不言，言者不知。」自老子之觀念而言，所謂文學，祇是贅疣而已。雖然，「無心插柳柳成陰」，中國數千年來之文人雅士，受其影響者，卻不知凡幾，謝茂秦即為其中之一：

（一）尚自然──老子曰：「人法地，地法天，天法道，道法自然。」又曰：「以輔萬物之自然而不敢為。」一切後天之人為努力，徒然破壞自然之美。所謂「處其厚不居其薄，處其實不居其華。」韓非子加以闡釋云：「夫君子取情而去貌，好質而惡飾，夫飾貌而論情者，其情惡也；須飾而論質者，其質衰也。何以論之？和氏之璧不飾以五采，隋侯之珠不飾以銀黃，其質至美，物不足以飾之。」茂秦亦曰：「自然妙者為上，精工者次之，此著力不著力之分。」（《四溟詩話》卷四）又曰：「魏晉家常話與官話相半，迨齊梁開口，俱是官話。官話使力，家常話省力；官話勉然，家常話自然。」（《四溟詩話》卷二）評杜子美「讀書難字過，對酒滿壺傾」云：「上句真率自然，下句為韻所拘耳。」（《四溟詩話》卷四）又曰：「七言絕句，盛唐諸公用韻最嚴，大曆以下，稍有旁出者，作者當以盛唐為法，盛唐人突然而起，以韻為主，意到辭工，不假雕飾。……宋人專重轉合，刻意精鍊，或難於起句，借用旁韻，牽強成章，此所以為宋也。」（《四溟詩話》卷一）茂秦崇盛唐，薄宋代，其

原因之一,即在盛唐人爲詩不假雕飾,自然天成;宋詩則刻意精鍊,失自然之美。又引《碧雞漫志》,以讚〈敕勒歌〉能發自然之妙,韓昌黎〈琴操〉則因摹擬而不足貴:「斛律金〈敕勒歌〉曰:敕勒川,陰山下,天似穹廬,籠蓋四野。天蒼蒼,野茫茫,風吹草低見牛羊。金不知書,同於劉項,能發自然之妙。韓昌黎〈琴操〉雖古,涉於摹擬,未若金出性情爾。」(《四溟詩話》卷二)勸人學太白或子美,宜從性情之所近,順其自然,不可勉強:「趙章泉謂作詩貴乎似,此傳神寫照之法,當充其學識,養其氣魄,或李或杜,順其自然而已。」(《四溟詩話》二)又曰:「凡作近體古體,其法各有異同,或出於有意無意之間,妙之所由來,不可必也。妙則天然,工則渾然,二體之法,至矣盡矣。」(《四溟詩話》卷三)天然即是「自然」之意,工即精工;自然有若李卓吾所謂「化工」,精工即「畫工」,化工高於畫工。

(二)論奇正——老子曰:「以正治國,以奇用兵。」茂秦則云:「李靖曰:『正而無奇,則守將也;奇而無正,則鬭將也;奇正皆得,國之輔也。』譬諸詩,發言平易而循乎繩墨,法之正也;發言雋偉而不拘乎繩墨,法之奇也;平易而不執泥,雋偉而不險怪,此奇正參伍之法也。白樂天正而不奇,李長吉奇而不正,奇正相參,李杜是也。」(《四溟詩話》卷二)又曰:「同而不流於俗,異而不失其正。」(《四溟詩話》卷三)評李長吉、孟東野詩:「造語奇古,正偏相半。」(《四溟詩話》卷二)老子論奇正以治國,李靖言奇正以用兵,謝茂秦則用之於詩法。

## 二、莊子之影響

茂秦一再提及莊子,如云:「莊子曰:『儵魚出遊從容,是魚樂也。』白居易曰:『獺捕魚來魚躍出,此非魚樂是魚驚。』翻案莊子而無趣。」(《四溟詩話》卷四)又曰:「阮卓〈遊魚詩〉曰:『相忘自有樂,莊惠豈能知?』此出《南華經》惠子曰:『爾非魚,安知魚之樂耶?』阮生翻案尤妙。」(《四溟詩話》卷二)又曰:「嘉靖乙巳歲因訪西林禪侶,談及龐居士涅槃,代作偈子云:『來時忽墮,去時不躲。我歸太空,太空即我。』《南華經》曰:『適來夫子時也,適去夫子順也,安時以處順,哀樂不能入也。』李東岡謂予有悟禪旨,故與莊子默契焉。」(《四溟詩話》卷二)足見其受莊子影響之深。

茂秦受莊子影響者,厥爲「神」與「化」。《莊子·養生主篇》載庖丁答它文君解牛之道:「臣以神遇,不以目視;官知止,而神欲行。依乎天理,批大郤,導大窾,技經肯綮之未嘗,而況大軱乎?」〈達生篇〉曰:「工倕旋而

蓋規矩，指與物化，而不以心稽。」神既「進乎技」，則無規可循，無矩可摹。此「道」唯深造者，始能自得之。〈天道篇〉載輪扁之言：「斲輪，徐則甘而不固，疾則苦而不入；不疾不徐，得之於手而應之於心，口不能言，有數存焉於其間；臣不能以喻臣之子，臣之子亦不能受之於臣。」「數」即所謂「道」。神化之境究爲何種境界？〈養生主篇〉曰：「庖丁爲惠文君解牛，手之所解，肩之所倚，足之所履，膝之所踦，砉然響然，奏刀騞然，莫不中音，合於桑林之舞，乃中經首之會。」此即超神入化之境。

　　茂秦亦屢提及「神」，所謂：「詩有造物，一句不工，則一篇不純，是造物不完也。造物之妙，悟者得之。譬諸產一嬰兒，形體雖具，不可無啼聲也。趙王枕易曰：『全篇工致而不流動，則神氣索然，亦造物不完也。』」（《四溟詩話》卷一）又曰：「江淹有〈古離別〉，梁簡文、劉孝威皆有〈蜀道難〉，及太白作〈古離別〉、〈蜀道難〉，迺諷時事，雖用古題，題格變化，若疾雷破山，顚風簸海，非神於詩者不能道也。」（《四溟詩話》卷一）又力主詩貴有神氣：「詩無神氣，猶繪日月而無光彩，學李杜者，勿執於句字之間，當率意熟讀，久而得之，此提魂攝魄之法也。」（《四溟詩話》卷二）又云：「范德機曰：『絕句則先得後兩句，律詩則先得中四句，當以神氣爲主，全篇渾成，無餖飣之迹。』唐人間有此法。」又曰：「徐伯傳問詩法於康對山，曰：『熟讀太白長篇，則胸次含宏，神思超越，下筆殊有氣也。』」（《四溟詩話》卷二）又曰：「夫萬景七情，合於登眺，若面前列群鏡，無應不眞，憂喜無兩色，偏正惟一心，偏則得其半，正則得其全。鏡猶心，老猶神也，思入杳冥，則無我無物，詩之造玄矣哉！」（《四溟詩話》卷二）又勸人學陶、謝，應得其神而遣其貌：「專於陶者失之淺易，專於謝者失之餖飣，孰能處於陶謝之間，易其貌，換其骨，而神存千古？」（《四溟詩話》卷四）其言「化」者，則云：「陳繹曾曰：『凡律高則用重，律中則用正，律下則用子。』律大要欲調句耳，詩至於化，自然合律，何必庸心爲哉？」（《四溟詩話》卷二）又曰：「金學士王庭筠黃花山一絕，頗有太白聲調，詩曰：『掛鏡台西掛玉龍，半山飛雪舞天風。寒雲直上三千尺，人道高歡避暑宮。』邊華泉謂詩與行草，俱入化矣。」（《四溟詩話》卷二）。

　　莊子何由而臻神化之境？〈養生篇〉借庖丁之言曰：「始臣之解牛之時，所見無非牛者；三年之後，未嘗見全牛也。方今之時，臣以神遇而不以目視，官知止而神欲行，依乎天理，批大郤，導大窾，因其固然，技經肯綮之未嘗，而況大軱乎！良庖歲更刀，割也。族庖月更刀，折也。今臣之刀十九年矣，

所解數千牛矣！而刀刃若新發於硎。彼節者有間，而刀刃者無厚，以無厚入有間，恢恢乎其於遊刃必有餘地矣。是以十九年而刀刃若新發於硎。雖然，每至於族，吾見其難為，怵然為戒，視為止，行為遲，動刀甚微，謋然已解，如土委地，提刀而立，為之四顧，為之躊躇滿志，善刀而藏之。」積十九年之經驗，解數千牛，始克臻於斯境。〈達生篇〉亦云：「紀渻子為王養鬥雞，十日而問雞已乎：曰：『未也，方虛憍而恃氣。』十日又問，曰：『未也，猶應響景。』十日又問，曰：『未也，猶疾視而盛氣。』十日又問，曰：『幾矣！雞雖有鳴者，望之似木雞矣！其德全矣！異雞無敢應走者，反走矣！』」歷四旬而為鬥雞之王，此非「真積力久則入」之功而何？

茂秦曰：「琢句入神，力也。……萬轉心機，乃成篇什。」又曰：「苦心不休，則警句成。」（《四溟詩話》卷三）超神入化，乃由苦思琢鍊而致，「思未周處，病之根也。數求改穩，一悟得純，子美所謂『新詩改罷自長吟』是也。」（《四溟詩話》卷三）又曰：「新詩改罷自長吟，此少陵苦思處，使不深入溟渤，焉得驪頷之珠哉？」（《四溟詩話》卷二）此即所謂「悟以見心，勤以盡力也。」

### 三、樂記與詩大序之影響

《禮記・樂記篇》曰：「治世之音安以樂，其政和；亂世之音怨以怒，其政乖；亡國之音哀以思，其民困。」由詩之聲調，可窺知政事之興亡得失。《詩・大序》更進而指出變風變雅之所由作：「至於王道衰，禮義廢，政教失，國異政，家殊俗，而變風變雅作矣！」開論詩與時代環境關係之先河。

茂秦論詩，亦重時代環境。其《詩話》揭「文隨世變」之旨：「三百篇直寫性情，靡不高古，雖其逸詩，漢人尚不可及。今之學者務去聲律，以為高古，殊不知文隨世變，且有六朝唐宋影子，有意於古而終非古也。」（《四溟詩話》卷一）基於此，故不可拘守古人成法。又曰：「子美不遭天寶之亂何以發忠憤之氣，成百代之宗？國朝何仲默亦遭壬申之亂，但過於哀傷爾。」（《四溟詩話》卷二）茂秦自作，亦頗多與當時兵亂有關者，如〈客中兩經虜患，感而有作〉、〈哀老營堡〉、〈哀哉行四首〉、〈元夕同李員外于鱗登西北城樓望郭外人家，時經虜後，慨然有賦〉、〈邊警〉等皆是。

### 四、揚雄之影響

司馬相如言「賦心」，揚子雲則言「賦神」，並謂「神」與「心」可以相

通，《法言・問神篇》云：「或問神，曰：『心。』又混神與心而並言：「神心惚怳，經緯萬方。」又曰：「昔者仲尼潛心於文王矣，達之；顏淵亦潛心於仲尼矣，未達一間耳。神在所潛而已矣！天神天明，照知四方；天精天粹，萬物作類，人心其神矣乎！」臻於神境，蓋「熟能生巧」故也。桓譚《新論》曰：「揚子雲工於賦，王君大習兵器，余欲從二子學。子雲曰：『能讀千賦則善賦。』君大曰：『能觀千劍則曉劍。』諺曰：『伏習象神，巧者不過習者之門。』」

　　茂秦亦主博覽羣籍，其言曰：「漢人作賦，必讀萬卷書，以養胸次，離騷為主，《山海經》、輿地志。《爾雅》諸書為輔，又必精於六書，識所從來，自能作用。若揚袘戌削飛襳垂髾之類，命意宏博，措辭富麗，千彙萬狀，出有入無，氣貫一篇，意歸數語，此長卿所以大過人者也。」（《四溟詩話》卷一）又主苦心思索：「作詩譬如有人日持箕箒，遍於市廛，掃沙簸而揀之，或破錢折簪，碎銅片鐵，皆投於袋，饑則歸飯，固不如意，往復不廢其業，久而大有所獲，非金則銀，足贍卒歲之需，此得意在偶然爾。夫好物得之固難，警句尤不易得，掃沙不倦，則好物出；苦心不休，則警句成。」（《四溟詩話》卷三）又曰：「《世說新語》：徐孺子九歲時，嘗月下戲，或云：『若令月中無物，當極明邪？子美詩『斫卻月中桂，清光應更多。』意祖於此，造句奇拔，觀者不覺用事，所謂『讀書破萬卷，下筆如有神』，杜老不欺人也。」（《四溟詩話》卷四）

### 五、王充與葛洪之影響

　　王、葛二人之文學觀相似處頗多，而影響於茂秦詩論者亦大致相同：其一為反對用艱深之文字，其二為反模擬。

　　就反艱深之文字而言，王充《論衡・自紀篇》曰：「口則務在明言，筆則務在露文，高士之文雅，言無不可曉，指無不可覩，觀讀之者，曉然若盲之開目，聆然若聾之通耳。……夫文猶語也，或淺露分別，或深遠優雅，孰為辯者？故口言以明志；言恐滅遺，故著之文字；文字與言同趨，何為猶當隱閉指意？」言文既屬同趨，語文既欲人曉，豈可隱閉指意？同篇又指出經傳晦澀之因：「經傳之文，聖賢之語，古今言殊，四方談異也。當言事時非務難知，使指隱閉也。後人不曉，世相離遠，此名曰語異，不名曰材鴻。」由於古今音之異，方言之別，致成難曉。文字唯使人能解，方可獲得知音。〈自紀篇〉又曰：「秦始皇讀韓非之書，歎曰：『朕獨不得與此人同時。』其文可曉，故其事可思，如深鴻優雅，須師乃學，投之於地，何歎之有？夫筆著者欲其

曉而難爲，不貴難知而易造；口論務解紛而可聽，不務深迂而難睹。」葛洪《抱朴子》亦云：「夫發口爲言，著紙爲書；書者，所以代言；言者，所以書事。」〈鈞世篇〉云：「書猶言也，若入談語，故爲知音，胡越之接，終不相解，以此教戒，人豈知之哉？若言以易曉爲辯，則書何故以難知爲哉？」胡越之接即「四方談異」也。

茂秦戒人勿用僻字：「詩曰：『游環脅驅，陰靷鋈續。』又曰：『鉤膺鏤錫，鞹鞃淺幭。』此語艱深奇澀，殆不可讀。韓柳五言，有法此者，後學當以爲戒。」（《四溟詩話》卷一）又曰：「詩賦各有體製，兩漢賦多使難字，堆垛聯綿，不害於大義。詩自蘇李五言暨十九首，格古調高，句平意遠，不尙難字，而自然過之矣！」詩賦體製不同，賦可用難字，而詩則不可。王充不云乎？「夫口論以分明爲公，筆辯以荻露爲通，史文以昭察爲良；深覆典雅，指意難覩，唯賦頌耳。」（《四溟詩話》卷四）

王、葛二人又以模擬爲病，《論衡·自紀篇》曰：「飾貌以強類者失形，調辭以務似者失情，百夫之子，不同父母，殊類而生，不必相似，各以所稟，自爲佳好。文必與有合，然後稱善，是則代匠斲不傷手，然後稱工巧也。文士之務，各有所從，或調辭以巧文，或辯僞以實事，必謀慮有合，文辭相襲，是則五常不異事，三王不殊業也。」一母生九子，面貌尙不盡相同，況乎文章成於多人之手？故《抱朴子·辭義篇》曰：「義以罕覯爲異，辭以不常爲美，而歷觀古今屬文之家，尠能挺逸麗於毫端，多斟酌於前言，何也？」此非摹古之弊而何？

茂秦論詩尙自然，重眞情，故亦反模擬，其言曰：「揚雄作反騷、廣騷，班彪作悼騷，梁悚亦作悼騷，摯虞作愍騷，應奉作感騷，漢魏以來，作者繽紛，無出屈宋之外。」（《四溟詩話》卷二）規首矩步，終在人後！又曰：「唐人集句謂之四體，宋王介甫、石曼卿喜爲之，大率逞其博記云爾，不更一字，以取其便，務搜一句，以補其闕，一篇之作，十倍之工，久則動襲古人，殆無新語。」（《四溟詩話》卷一）又曰：「作詩最忌蹈襲。」又曰：「江淹擬劉琨，用韻整齊，造語沈著，不如越石吐出心肺。」（《四溟詩話》卷二）

## 六、陸機之影響

士衡影響於茂秦者有二：

（一）去瑕疵——白璧微瑕，終爲憾事，〈文賦〉曰：「混妍蚩而成體，累良質而爲瑕。」茂秦亦曰：「美玉微瑕，未爲全寶也。或睥睨當代，以爲世

無勁敵，吐英華而媚春林，瀉河漢而澤四野，隻字求精工，花鳥催之不厭；片言失輕重，鬼神忌之有因。」（《四溟詩話》卷二）又曰：「詩有造物，一句不工，則一篇不純，是造物不完也。」（《四溟詩話》卷一）又曰：「詩有至易之句，或從極難中來，雖非緊關處，亦不可忽，若使一句齟齬，則損一篇元氣矣。」（《四溟詩話》卷四）

（二）反模擬——士衡論文，謂須出於己，始為可貴：「必所擬之不殊，乃闇合乎曩篇。雖杼軸於予懷，怵他人之我先。苟傷廉而愆義，亦雖愛而必捐。」又曰：「謝朝華於已披，啓夕秀於未振。」茂秦亦反模擬，已見前述。

### 七、劉勰之影響

彥和《文心雕龍》一書，體大思精，後代文人鮮有不沾其澤者。其影響於茂秦者有如下述：

（一）觀奇正——《文心雕龍·定勢篇》曰：「奇正相反，必兼解以俱通。」奇正之道。貴乎得當。〈定勢篇〉曰：「文反正為乏，辭反正為奇，效奇之法，必顛倒文句，上字而抑下，中辭而外出，同互不常，則新色耳。夫道衢夷坦，而多行捷徑者，趨近故也。正文明白，而常務反言者，適俗故也。然密會者以意新得巧，尚異者以失體成怪。」立意構辭宜避免詭訛，所謂「務信棄奇」（〈史傳篇〉），「依義棄奇」（〈鍊字篇〉）是也。執正御奇，為必行之途徑：「舊鍊之才，則執正以御奇；新學之銳，則逐奇而失正；勢流不返，則文體逐弊。」《四溟詩話》論奇正之道，已見於「老子之影響」一節，茲不贅。

（二）觀置辭——《文心雕龍·情采篇》曰：「夫鉛黛所以飾容，而盼倩生於淑姿；文采所以飾言，而辯麗本於情性；故情者文之經，辭者理之緯，經正而後緯成，理定而後辭暢，此立文之本然也。」章句篇論字、句、篇、章之關係與煅鍊之重要：「夫人之立言，因字而生句，積句而成章，積章而成篇。篇之彪炳，章無疵也；章之明靡，句無玷也；句之清英，字不妄也；振本而未從，知一而萬畢矣。」又有〈鍊字篇〉。《四溟詩話》亦以為「一字不工，乃造物之不完。」「一句不工，則一篇不純。」「美玉微瑕，未為全寶。」注重命意、鍊字、造句，且屢為古人改字易詞。

（三）觀通變——《文心雕龍·通變篇》曰：「夫設文之體有常，變文之數無方。」〈時序篇〉曰：「時運交移，質文代變。」〈物色篇〉曰：「古來辭人，異代接武，莫不參伍以相變，因革以為功。」〈通變篇〉曰：「文律運周，日新其運，變則可久，通則不乏。」茂秦論作詩，謂須達權變：「凡詩債叢委，

固有緩急，亦當權變，若先作難者，則殫其心思，不得成章，復作易者，興沮而意澀矣。難者雖緊要，且置之度外；易者雖不緊要，亦當冥心搜句，或成三二篇，則妙思種種出焉，勢如破竹，此所謂先江南而後河東之法也。」（《四溟詩話》卷三）又曰：「文隨世變。」（《四溟詩話》卷一）

（四）觀宮商——《文心雕龍・聲律篇》曰：「凡聲有飛沈，響有雙疊，雙聲隔字而每舛，疊韻雜句而必睽；沈則響發而斷，飛則聲颺不還，並轆轤交往，逆鱗相比，與其際會，則往蹇來連，其為疾病，亦文家之吃也。」《四溟詩話》亦重審音與選韻，如「詩法妙在平仄四聲，而有清濁抑揚之分。」「凡字異而義同者，不可概用之，宜分乎彼此，此先聲律而後義意。」「詩宜擇韻，若秋舟平易之韻，作家自然出奇，若眸甌粗俗之類，諷誦而無音響；若鍐鍐艱險之類，意在使人難押。」二家所不同者，在於彥和更分內聽與外聽，所謂「外聽之易，絃以手定；內聽之難，聲與心紛；可以數求，難以辭逐」是也。（〈聲律篇〉）

（五）論環境——《文心雕龍》於〈物色〉、〈時序〉兩篇，曾論自然環境與時代環境。〈時序篇〉贊曰：「蔚映十代，辭采九變。」又曰：「文變染乎世情，興廢繫乎時序。」「故知歌謠文理，與時推移。」〈物色篇〉曰：「春秋代序，陰陽慘舒，物色之動，心亦搖焉。蓋陽氣萌而玄駒步，陰律凝而丹鳥羞，微蟲猶或入感，四時之動物深矣。……是以詩人感物，聯類不窮。流連萬象之際，沈吟視聽之區；寫氣圖貌，既隨物以宛轉；屬采附聲，亦與心而徘徊。……若乃山林皋壤，實文思之奧府，略語則闕，詳說則繁。然屈平所以能洞監風騷之情者，抑亦江山之助乎！」四時動物，發為篇章，三閭大夫所以成辭賦之宗者，江山之助，實不可無！茂秦亦謂時代環境對詩作影響甚大：「子美不遭天寶之亂，何以發忠憤之氣，成百代之宗？國朝何仲默亦遭壬申之亂，但過於哀傷爾。」（《四溟詩話》卷一）

（六）論才學——《文心雕龍》以為才與學對詩作皆不可無，〈事類篇〉曰：「夫薑桂同地，辛在本性；文章由學，能在天資。才自內發，學以外成。有學飽而才餒，有才富而學貧，學貧者迍邅於事義，才餒者劬勞於辭情，此內外之殊分也。是以屬意立文，心與筆謀；才為盟主，學為輔佐。主佐合德，文采必霸；才學褊狹，雖美少功。」茂秦亦不廢才：「心非源泉，而流不竭者，才也……非才無以充其氣。」又主充學識：「漢人作賦，必讀萬卷書，以養胸次」。（《四溟詩話》卷二）

　　（七）論用典──《文心雕龍・事類篇》曰：「事類者，蓋文章之外，據事以類義，援古以證今者也。」事即用事，不宜濫用，所謂綜學在博，取事貴約。」並應求其可信：「凡用舊合機，不啻自其口出；引事乖謬，雖千載而爲瑕。」又舉古人用事之謬者以爲戒：「陳思，羣才之英也。〈報孔璋書〉云：『葛天氏之樂，千人唱，萬人和，聽者因以蔑韶夏矣。』此引事之實謬也。」按葛天氏之歌，唱和三人而已。茂秦曰：「用事多則流於議論。」復舉用事之謬：「陸厥〈孺子妾歌〉曰：『安陵泣前魚』；劉長卿〈湘妃廟〉曰：『未作湘南雨，知爲何處雲？』盧仝〈贈馬異〉曰：『神農畫八卦』；楊敬之〈客思〉曰：『細腰沈趙女；』唐彥謙〈新豐〉曰：『半夜素靈先哭楚；』此皆用事之謬。」（《四溟詩話》卷一）

　　（八）論德行──《文心雕龍》有〈程器〉一篇，申論德行之重要，以爲「司馬相如竊妻而受金，揚雄嗜酒而少算，敬通之不循廉隅，杜篤之請求無厭，班固諂竇以作威」等，「並爲文士之瑕累。」茂秦亦云：「人非雨露而自澤者，德也。……非德無以養其心……心猶軻也，德猶舵也；鳴世之具，惟軻載之；立身之要，惟舵主之；士衡、士龍有才而恃，靈運、玄暉有才而露，大抵德不勝才，猶泛舸中流，舵師失其所主，鮮不覆矣！」（《四溟詩話》卷三）德高於才，有才尚且不足恃，無才且無德者，其何恃哉？

　　（九）論難易──《文心雕龍・明詩篇》曰：「然詩有恒裁，思無定位，隨性適分，鮮能通圓。若妙識所難，其易也將至；忽之爲易，其難也方來。」茂秦予以引用，且曰：「此劉勰明詩至要，非老於作者不能發。凡構思當於難處用工，艱澀一通，新奇迭出，此所以難而易也；若求之容易中，雖十脫稿而無一警策，此所以易而難也。獨謫仙思無難易，而語自超絕，此朱考亭所謂聖於詩者是也。」（《四溟詩話》卷四）又曰：「詩中用虛活字，時有難易。易若剖蚌得珠，難如破石求玉，且工且易，愈苦愈難，此通塞不同故也。縱爾冥搜，徒勞心思，當主乎可否之間，信口道出，必有奇字，偶然渾成，而無齟齬之患；譬人急買帽子入市，出其若干，一一試之，必有個好者，能用戴帽之法，則詩眼靡不工矣。」

　　（十）論神思──《文心雕龍・神思篇》曰：「古人云：『形在江海之上，心存魏闕之下。』神思之謂也。文之思也，其神遠矣。故寂然凝慮，思接千載；悄焉動容，視通萬里。」茂秦亦曰：「心非鑑光，而照無偏者，神也。」（《四溟詩話》卷三）又曰：「詩無神氣，猶繪日月而無光彩。」又曰：「神思超越。」（《四溟詩話》卷二）

（十一）論遲速──〈神思篇〉曰：「人之稟才，遲速異分，文之制體，大小殊功；相如含筆而腐毫，揚雄輟翰而驚夢。……雖有巨文，亦思之緩也。淮南崇期而賦騷，枚皋應詔而成賦……雖有短篇，亦思之速也。若夫駿發之士，心總要術，敏在慮前，應機立斷；覃思之人，情饒歧路，鑒在疑後，研慮方定。機敏故造次而成功，慮疑故愈久而致績。」詩作之成，雖遲速有別，及其成也，則無二致。茂秦曰：「夫才有遲速，作有難易，非謂能與不能爾。含毫改削而工，走筆天成而妙，其速也多暗合古人，其遲也每創新意。遲則苦其心，速則縱其筆，若能處遲速之間，有時妙而純，工而渾，則無適不可也。」（《四溟詩話》卷三）

## 八、蕭統之影響

昭明太子於〈文選序〉中揭「時義」之旨曰：「文之時義遠矣哉！若夫椎輪為大輅之始，大輅寧非椎輪之質？增冰為積水所成，積水曾微增冰之凜，何哉？蓋踵其事而增華，變其本而加厲，物既有之，文亦宜然；隨時變改，難可詳悉。」後世文章轉趨華靡，蓋以人心浮靡之故。茂秦亦謂「文隨世變」，前已述及。

## 九、杜甫之影響

子美影響於茂秦者有四：

（一）不廢六朝──子美詩云：「庾信文章老更成，凌雲健筆意縱橫。今人嗤點流傳賦，不覺前賢畏後生。」（〈戲為六絕句〉）又云：「熟精文選理。」其批評當代詩人，且以六朝文士為擬，如稱李白云：「李侯有佳句，往往似陰鏗。」（〈與李十二白同尋花十隱居〉）又云：「清新庾開府，俊逸鮑參軍。」（〈春日憶李白〉）稱岑參云：「謝朓每篇堪諷誦。」（〈寄岑嘉州〉）稱張九齡云：「綺麗元暉擁，牋誅任昉騁。」（〈八哀〉）稱孟浩然云：「賦詩何必多，往往凌鮑謝。」（〈遣興〉）茂秦論詩崇盛唐，尤崇李杜，亦如子美之不廢六朝：「唐律，女工也；六朝，隋唐之表，亦女工也；此體自不可少。」（《四溟詩話》卷一）又曰：「專於陶者失之淺易，專於謝者失之餖飣，孰能處於陶謝之間，易其貌，換其骨，而神存千古？子美云：『安得思如陶謝手？』此老猶以為難，況其他者乎？」（《四溟詩話》卷四）

（二）言神──子美曰：「揮翰綺繡揚，篇什若有神。」（〈八哀〉）又曰：「詩興不無神。」（〈寄張十二山人彪〉）又曰：「醉裏從為客，詩成覺有神。」

（〈獨酌成神〉）又曰：「文章有神交有道。」（〈寄薛三郎中據〉）所以能臻此者，一由於讀書，子美曰：「讀書破萬卷，下筆如有神。」（〈奉贈韋左丞丈〉）二由於感興，子美曰：「感激時將晚，蒼茫興有神。」（〈上韋左相二十韻〉）茂秦亦一再言及「神」：「琢句入神，力也。……萬轉心機，乃成篇什。」又曰：「范德機曰：『絕句則先得後兩句，律詩則先得中四句，當以神氣爲主，全篇渾成，無餖飣之迹。』」（《四溟詩話》卷二）

（三）論骨氣──子美論詩重骨氣：「凌雲健筆意縱橫。」（〈戲爲六絕句〉）又曰：「詞氣浩縱橫。」（〈同元使君春陵行〉）又曰：「詞源倒流三峽水，筆陣橫掃千人軍。」（〈醉歌行贈從姪勤〉）又曰：「雄筆映千古。」（〈送唐誡因寄禮部賈侍郎〉）茂秦亦評無己寄外舅郭大夫詩：「若此前後爲絕句，氣骨不減盛唐。」（《四溟詩話》卷一）又評田深甫擬少陵秋興詩：「得盛唐氣骨。」（《四溟詩話》卷三）又曰：「渾厚有氣。」（《四溟詩話》卷一）又曰：「氣重體厚。」（《四溟詩話》卷三）

（四）重詩律──子美曰：「晚節漸於詩律細。」（〈遣悶戲呈路十九曹長〉）又曰：「覓句新知律。」（〈示宗武〉）茂秦論詩重格律，亦嚴守不渝，蔣仲武評其詩「宗少陵，窮體極變。」陳臥子則云：「茂秦沈鍊雄渾，法度森然，眞節制之師。」朱彝尊《靜志居詩話》亦云：「斤斤局守格律，尺寸不渝。」

## 十、殷璠之影響

　　殷璠《河嶽英靈集》，凡二十有四人，除杜子美不在其列外，李白、岑參、高適、王昌齡、王維、孟浩然、儲光羲、常建、李頎、崔顥等，皆爲盛唐時人。其自序曰：「自蕭氏以還，尤增矯飾。武德初微波尚在，貞觀末標格漸高，景雲中頗通遠調，開元十五年後，聲律風骨始備矣。實由主上惡華好朴，去僞從眞，使海內詞場，翕然尊古，有同風雅，稱闡今日。」入集論曰：「昔劉倫造律，蓋爲文章之本也。是以氣因律而生，節假律而明，才得律而清焉，寧預於詞場而不可不知音律焉。孔聖刪《詩》，非代議所及。自漢魏至於晉宋，高唱者千有餘人，然觀其樂府，猶有小失。齊梁陳隋，下品實繁，專事拘忌，彌損厥道。夫能文者，匪謂四聲盡要流美，八病咸須病之，縱不拈綴，未爲深缺。即羅衣何飄飄，長裾隨風還，雅調仍在，況其他句乎？故詞有剛柔，調有高下，但令詞與調合，首末相稱，中間不敗，便是知音。而沈生雖怪曹王曾無先覺，隱侯去之更遠。璠今所集，頗異諸家，既閑新聲，復曉古體，文質半取，風騷兩挾，言氣骨則建安爲儔，論宮商則太康不逮。」

觀上所述，可知璠之推崇盛唐，其因有三：（一）盛唐詩有建安之氣骨而無六朝之輕靡、（二）閑聲律而不拘忌、（三）去僞從眞。

茂秦重氣骨，閑聲律，已論之於前，至於尙眞之說，則曰：「詩貴乎眞。」又曰：「今之學子美者，處富有而言窮愁，遇承平而言干戈，不老曰老，無病曰病，此摹擬太甚，殊失性情之眞也。」（《四溟詩話》卷一）皆爲其例。

## 十一、皎然之影響

皎然所作，據昔人著錄，有《詩式》、《詩議》、《詩評》、《中序》等。然《詩評》所載者多在五卷本《詩式》中，《中序》則爲卷中一篇序文，《詩議》或亦爲《詩式》之一部分，故皎然論詩之作，當以《詩式》爲最要。

其說影響於茂秦者有五：

（一）尙自然——皎然於〈詩有六至〉中曰：「至險而不僻，至奇而不差，至麗而自然，至苦而無跡，至近而意遠，至放而不迂。」《詩議》曰：「律家之流多拘忌，失於自然，吾常所病。」茂秦亦尙自然之論，已見〈老子之影響〉一章，茲不贅述。

（二）論難易——《詩式》曰：「取境之時，須至難至險，始見奇句；成篇之後，觀其風貌，有似等閑，不思而得，此高手也。」《詩評》曰：「或曰：『詩不要苦思，苦思則傷於天眞。此眞不然，固當繹慮於險中，采奇於家外，狀飛動之趣，寫冥奧之思。夫希世之珍必出驪頭之頷，況通幽名變之文哉！但貴成章之後，有其易貌，若不思而得也。」茂秦則曰：「凡構思當於難處用工，艱澀易通，新奇迭出，此所以難而易也。」（《四溟詩話》卷四）又云：「或曰：『詩適情之具，染翰成章，自然高妙，何必苦思？』予曰：『新詩改罷自長吟，此少陵苦思處，使不深入溟渤，正得驪頷之珠哉？』」（《四溟詩話》卷二）又曰：「作詩譬諸用兵，愼敵則勝，命題雖易，不可卒然下筆，至于渾化，無施不可。」（《四溟詩話》卷一）

（三）反模擬——《詩式》曰：「作者須知復變之道，反古曰復，不滯曰變。若惟復不變，則陷於相似之格。……後輩若乏天機，強效復古，反令思擾神沮。」茂秦反模擬之論，前已述及又皎然有所謂三偸（偸語、偸意、偸勢），以偸意爲鈍賊，爲最下。茂秦《四溟詩話》亦曰：「白樂天〈畫竹歌〉云：『西叢七莖勁而健，省向天竺寺前石上見；東叢八莖疎且寒，憶曾湘妃廟裏雨中看。』此作造語清潤，讀者襟抱灑然，能發萬里之興，所謂淘沙揀金，難得之句也。釋景雲〈畫松詩〉云：『畫松一似眞松樹，且待思量記得無？憶

在天台山上見，石橋南畔第三株。』此詩全襲樂天，未見超絕，皎然所論，雲公可當一二。」

（四）言神詣──〈詩式序〉云：「至如天眞挺拔之句，與造化爭橫，可以意冥，難以言狀，非作者不能知也。」茂秦言神化，已具見於〈莊子之影響〉一節，茲不贅述。

（五）以禪論詩──《詩式》曰：「兩重意以上皆文外之旨，若遇高手如康樂公，覽而察之，但見情性，不覩文字，蓋詣道之極也。」是爲以禪論詩之始，茂秦亦云：「詩有辭前意，辭後意，唐人兼之，婉而有味，渾而無迹；宋人必先命意，涉於理路，殊無思致。」（《四溟詩話》卷一）

### 十二、司空圖之影響

（一）茂秦所用辭彙多與詩品同──例如飄逸、流動、雄渾、高古、自然、冲淡、含蓄，皆在二十四品中，其他如古雅之與典雅，老健之與勁健，亦在近似之間。

（二）尙神味──表聖論詩以神味爲主，而重「味外之味」，「韻外之致」。〈與李生論詩書〉曰：「愚以爲辨於味，而後可以言詩也。江嶺之南，凡足資於適口者，若醯非不酸也，止於酸而已；若鹺非不鹹也，止於鹹而已。中華之人所以充饑而遽輟者，知其鹹酸之外醇美者有所乏耳。」又曰：「近而不浮，遠而不盡，然後可以言韻外之致耳。」又曰：「蓋絕句之作，本於詣極，此外千變萬狀，不知所以神而自神也。今足下之詩，時輩固復有難色，儻復以全美爲工，即知味外之旨矣。」又於〈與極浦書〉中指出「景外景，象外象」，而曰：「戴容州云：『詩家之景，如藍田日暖，良玉生烟，可望而不可置於眉睫之前也。』象外之象，景外之景，豈容易可談哉？」

茂秦論詩，亦屢言神味：「詩有可解、不可解、不必解，若水月鏡花，勿泥其迹可也。」又曰：「題外命意，善作者得之，不然流於迂遠矣！」（《四溟詩話》卷一）又曰：「辭達有味。」又曰：「詩有辭前意，辭後意，唐人兼之，婉而有味，渾而無迹。」（《四溟詩話》卷二）又曰：「清麗有味。」又曰：「點化而有餘味。」（《四溟詩話》卷一）

（三）崇盛唐──表聖〈與王駕評詩書〉曰：「國初主上好文雅，風流特盛，沈宋始興之後，傑出於江寧，宏肆於李杜，極矣！右函、蘇州趣味澄敻，若清風之出岫。大曆數十公，抑又其次焉。元白力勁而氣孱，乃都市豪估耳。劉公夢得，楊公巨源亦各有勝會，閬仙、東野（一作無可）、劉得仁輩，時得

佳致，亦足滌煩。厥後所聞，逾褊淺矣！」茂秦亦崇盛唐，以李杜爲極致，且讚王、孟之冲淡。

## 十三、張戒之影響

張戒崇李、杜，抑蘇、黃，其《歲寒堂詩話》曰：「詩以用事爲博，始於顏光祿而極於杜子美；以押韻爲工，始於韓退之而極於蘇、黃。……蘇、黃用事押韻之工，至矣盡矣，然究其實，乃詩人中一害。」又曰：「自漢魏以來，詩妙於子建，成於李、杜，而壞於蘇、黃。……子瞻以議論作詩，魯直又專以補綴奇字。學者未得其所長而先得其所短，詩人之意掃地矣！」又曰：「建安陶、阮以前詩，專以言志；潘陸以後詩，專以詠物，兼而有之者李、杜也。」

茂秦則云：「詩法曰：『《事文類聚》不可用，蓋宋事多也。』後引蘇、黃之詩以爲戒，教以養生之訣，繼以致病之物可乎？」（《四溟詩話》卷一）又曰：「宋人謂作詩貴先立意，李白斗酒詩百篇，豈先立許多意思而後措辭哉？」（《四溟詩話》卷一。此蓋指魯直而言。按《苕溪漁隱叢話》引山谷之言：「每作一篇，先立大意，長篇先須曲折三致意，乃可成章。」）又曰：「用事多，則流於議論，子美雖爲詩史，氣格自高。」（《四溟詩話》卷一）

## 十四、姜夔之影響

姜堯章著有《白石道人詩說》，與《四溟詩話》相合處甚多，如云：「波瀾開闔，如在江湖中，一波未平，一波已作；如兵家之陣，方以爲正，又復是奇；方以爲奇，又復是正，出入變化，不可紀極，而法度不可亂。」茂秦亦有奇正之說。又《詩說》曰：「不知詩病，何由能詩？不觀詩法，何由知病？」《四溟詩話・自序》亦曰：「晚唐以來，談詩者紛紜，互以雄辯相高，使人愈趨愈遠，不得捷要，故爾予梓詩說若干篇，譬諸築基起樓，勢必高大，所思不無益也。」〔註1〕

白石論詩主「妙」，其《詩說》曰：「詩有四種高妙：一曰理高妙，二曰意高妙，三曰想高妙，四曰自然高妙。礙而實通曰理高妙；出自意外曰意高妙；演出幽微，如清潭見底曰想高妙；非奇非怪，剝落文采，知其妙而不知其所以妙，曰自然高妙。」又言「悟」：「文以文而工，不以文而妙；然舍文無妙，勝處要自悟。」茂秦亦論「悟」，如「詩固有定體，人各有悟性，夫有一字之悟，一篇之悟，或由小以擴乎大，因著以入乎微，雖小大不同，至於渾化則一也。」

---

〔註1〕 見萬曆壬子年盛以進臨清刊本《四溟山人詩附詩家直說二卷》。

（《四溟詩話》卷四）又曰：「或問作詩中正之法，四溟子對曰：『貴乎同不同之間，同則太熟，不同則太生，二者似易實難，握之在手，主之在心，使其堅不可脫，則能近而不熟，遠而不生，此惟超悟者得之。』」（《四溟詩話》卷三）又曰：「詩不厭改，貴乎精也。唐人改之，自是唐語；宋人改之，自是宋語，格詞不同故爾。省悟可以超脫，豈徒斲削而已。」（《四溟詩話》卷二）

白石又以為尾句須有餘味，所謂：「一篇全在尾句，如截奔馬。詞意俱盡，如臨水送將歸是也。意盡詞不盡，如搏扶搖是已。詞盡意不盡，郊溪歸棹是已。詞意俱不盡，溫伯雪子是己。所謂詞意俱盡者，急流中截後語，非謂詞窮理窮者也。所謂意盡詞不盡者，意盡於未當盡者，則詞可以不盡矣，非以長語益之者也。至如詞盡意不盡者，非遺意也，辭中已彷彿可見矣。詞意俱不盡者，不盡之中固已深盡之矣。」以詞意俱不盡為最佳，正所謂「句中有餘味，篇中有餘意，善之善者也。」茂秦亦主結語須含不盡之意：「結句當如撞鐘，清音有餘。」（《四溟詩話》卷一）

《詩說》又云：「一家之語，自有一家之風味，如樂之二十四調，各有韻聲，乃是歸宿處。模倣者語雖似之，韻亦無矣，雞林豈可欺哉？」茂秦亦反模擬，與白石同。

又茂秦曾取白石釋歌、行、歌行、吟、謠、曲之語，以為己說。

### 十五、嚴羽之影響

《滄浪詩話》，沾漑後世，既深且遠，有明一代詩人，鮮有不受其影響者。馮定遠嘗云：「嘉靖之末，王李名盛，詳其詩焉，盡本於嚴滄浪。」（《滄浪詩話糾謬》）于鱗與茂秦詩亦云：「吾道指滄浪。」茂秦《四溟詩話》所云：「熟讀初唐、盛唐名家所作。」「詩有四格，曰興，曰趣，曰意，曰理。」「詩有不立意造句，以興為主，漫然成篇，此詩之入化也。」「凡作詩不宜逼真，……妙在含糊。」皆與《滄浪詩話》合。茲舉受其影響之犖犖大者於下：

（一）崇盛唐──《滄浪詩話》曰：「夫學詩者，以識為主，入門須正，立志須高，以漢魏盛唐為師，不作開元天寶以下人物。」茂秦亦曰：「古人作詩，譬諸行長安大道，不由狹斜小徑，以正為主，則通於四海，略無阻滯。」

（二）尊李杜──滄浪最為推崇李、杜，推求其因，凡有二端：一為「詩之極致有一：曰入神。詩而入神，至矣盡矣，蔑以加矣！惟李、杜得之。」二為「論詩以李杜為準，挾天子以令諸侯也。」茂秦亦以李、杜為極致。

（三）言超悟──《滄浪詩話》曰：「大抵禪道惟在妙悟，詩道亦在妙

悟，……惟悟乃爲當行，乃爲本色。」又重興趣：「詩者，吟咏情性也。盛唐諸人惟在興趣。羚羊挂角，無迹可求。故其妙處，透澈玲瓏，不可湊泊。如空中之音，相中之色，水中之月，鏡中之象，言有盡而意無窮。」茂秦則云：「非悟無以入其妙。」「作詩有專用學問而堆垛者，或不用學問而勻淨者，二者悟不悟之間耳。」（《四溟詩話》卷三）

（四）論起結——《滄浪詩話》曰：「對句好可得，結句好難得，發句好尤難得。」又曰：「發端忌作舉止，收拾貴有出場。茂秦論近體則曰：「詩以兩聯爲主，起結輔之，渾然一氣，或以起句爲主，此順流之勢，興在一時。」又曰：「律詩無好結句，謂之虎頭鼠尾，即當擺脫常格，夐出不測之語，若天馬行空，渾然無迹。張祐金山寺之作，則有此失也。」又曰：「凡起句當如爆竹，驟響易徹；結句當如撞鐘，清音有餘。」（《四溟詩話》卷一）

### 十六、宋濂之影響

（一）論模倣——宋濂〈答章秀才論詩書〉曰：「古之人其初雖有所沿襲，末後自成一家。」茂秦亦主學初盛唐十四家，而自成一家：「夫大道乃盛唐諸公所共由者，予則曳裾躡屬，由乎中正：縱橫於古人眾跡之中，及乎成家，如蜂采百花爲蜜，其味自別，使人莫之辨也。」（《四溟詩話》卷三）

（二）論養氣——景濂於〈林伯恭詩集序〉中曰：「詩，心之聲也；聲因於氣，皆隨其人而著形焉。是故凝重之人，其詩典以則；俊逸之人，其詩藻而麗；躁易之人，其詩浮以靡；苛刻之人，其詩峭厲而不平；嚴莊溫雅之人，其詩自然從容而超乎事物之表。」茂秦亦曰：「自古詩人養氣，各有主焉。蘊乎內，著乎外，其隱見異同，人莫之辨也。」（《四溟詩話》卷三）

### 十七、高啟之影響

高季迪於《獨庵集》中曰：「淵明之善曠，而不可以頌朝廷之光；長吉之工奇而不足以詠丘園之致；皆未得其全也。故必兼師眾長，隨事摹擬，待其時至心融，渾然自成，始可以名大方，而免夫偏執之弊矣。」茂秦亦主出入十四家，末後自成一家。

季迪於〈獨庵集序〉又云：「詩之要有三：曰格、曰意、曰趣而已。格以辨其體，意以達其情，趣以臻其妙也。體不辨則入於邪陋，而師古之義乖；情不達則墮於浮虛，而感人實淺，妙不臻則流於凡近，而超俗之風微。」茂秦亦主詩有興、趣、意、理四格。

### 十八、高棅之影響

高漫士著有《唐詩品彙》，《明史‧文苑傳》論其影響曰：「終明之世，館閣以爲宗；厥後李夢陽、何景明等摹擬盛唐，名聲崛起，其胚胎實肇於此。」《四庫全書提要》亦云：「唐音之流爲膚廓者，此書實啓其弊；唐音之不絕於後世者，亦此書實衍其傳。」漫士爲閩中詩派之重要人物，錢謙益《列朝詩集》謂「自閩詩一派盛行，永天之際，六十餘載，柔音曼節，卑靡成風，風雅道衰，誰執其咎？自時厥後，弘正之衣冠老杜，嘉隆之嚬笑盛唐，傳變滋長，受病則一。」《明史‧高棅傳》曰：「論者謂所采擇，嚴於音節，疏於神理。」七子之受其影響，乃屬必然。

（一）論超悟──〈唐詩品彙總序〉曰：「觀者苟非窮精闡微，超神入化，則於玲瓏透澈之悟，莫得其門。」其門人林誌志其墓曰：「詩至唐而極盛，宋失之理趣，元滯於學識，而不知由悟以入，自襄城楊士弘始編唐詩正始遺響，然知之尙鮮。閩三山林膳部鴻，獨倡鳴唐詩，其徒黃玄、周玄繼之，先生與皆山王恭起長樂，頡頑齊名，而殘膏剩馥，沾漑者多。」茂秦論悟者多矣，「非悟無以入其妙」，「悟以見心，勤以盡力」等皆是。

（二）初唐與盛唐──漫士《唐詩品彙》以初唐爲正始，盛唐爲正宗，爲大家，爲名家，爲羽翼，中唐爲接武，晚唐爲正變，爲餘響，方外異人爲旁流。五言古詩以初唐四傑爲正始，陳子昂、李白爲正宗，杜甫爲大家，王、孟、韋、柳、爲名家；七言律詩以沈佺期、宋之問爲正始，崔顥、李白、王維、李頎、孟浩然爲正宗，杜甫爲大家；五言律詩以李白、王維、孟浩然、岑參、高適爲正宗，杜甫爲大家；一以初盛唐人爲正宗。茂秦亦主出入初盛唐十四家。

（三）熟參──〈唐詩品彙自序〉曰：「今試以數十百篇之詩，隱其姓名，以示學者，須要識得何者爲初唐，何者爲盛唐，何者爲中唐，爲晚唐。」此種熟參之法即「審音律，辨體製。」〈自序〉又曰：「誠使吟咏情性之士，觀詩以求其人，因人以知其詩，以辨其文章之高下，詞氣之盛衰，本乎始以達其終，審其變而歸於正，則優遊敦厚之教，未必無小補云。」茂秦亦重審音擇韻：「詩法妙在平仄四聲，而有清濁抑揚之分。」「凡字異而義同者，不可概用之，宜分乎彼此，此先聲律而後義意。」「詩宜擇韻，若秋舟平易之韻，作家自然出奇，若眸甌粗俗之類，諷誦而無音響；若鍐鍐艱險之類，意在使人難押。」又重各家體製：「熟讀初唐盛唐諸家所作，有雄渾如大海奔濤，秀

拔如孤峯峭壁，壯麗如層樓疊閣，古雅如瑤瑟朱絃，老健如朔漠橫雕，清逸如九皋鳴鶴，明淨如亂山積雪，高遠如長空片雲，芳潤如露蕙春蘭，奇絕如鯨波蜃氣。」

### 十九、李東陽之影響

《四庫總目提要》曰：「李、何未出以前，東陽實以臺閣耆宿，主持文柄，其論詩主於法度音調，而極論剽竊摹擬之非，當時奉以爲宗。」西涯當時影響之大，於斯可見。王元美曰：「東陽之於李、何，猶陳涉之啓漢高。」空同、大復皆及西涯之門，七子之受影響，乃屬必然。東陽影響於茂秦者，有如下述：

（一）詩法不可泥──《懷麓堂詩話》曰：「今泥古詩之成聲，平側短長，句句字字，摹倣而不敢失，非惟格調有限，亦無以發人之情性；若往復諷詠，久而自有所得，得于心而發之乎聲，則雖千變萬化，如珠之走盤，自不越乎法度之外矣！」又曰：「律詩起承轉合不爲無法，但不可泥，泥於法而爲之，則撐柱對待，四方八角，無圓活生動之意。然必待法度既定，從容閑習之餘，或溢而爲波，或變而爲奇，乃自然之妙，是不可以強致也，若并而廢之，亦奚以律爲哉？」茂秦則曰：「魏武帝善哉行，七解；魏文帝煌煌洛京行，五解；全用古人事實，不可泥於詩法論之。」（《四溟詩話》卷一）又曰：「作詩者，立意易，措辭難；然辭意相屬而不離。若泥乎辭或傷於氣格；專乎意或傷於議論；皆不得盛唐之調。」又曰：「寫景述事，宜實而不泥乎實。有實用而無害於詩者，有虛用而無害於詩者，此詩之權衡也。」（《四溟詩話》卷一）

（二）論遲速──《懷麓堂詩話》曰：「巧遲不如拙速，此但爲副急者道，若爲後世計，則惟工拙好惡是論，卷帙中豈復有遲速之迹可指摘哉？對客揮毫之作，固閉門覓句者之不若也。嘗有人言作詩不必忙，忙得一首後，剩有工夫，不過亦是作詩耳，更有何事？此語最切。」茂秦論遲速之言，已於〈劉勰之影響〉一節中述及。

（三）崇盛唐──《懷麓堂詩話》曰：「唐人不言詩法，詩法多出於宋，而宋人於詩無所得，所謂法者，不過一字一句對偶雕琢之工，而天眞興致，則未可與道。其高者失之捕風捉影，而卑者坐于黏皮帶骨。」宗唐抑宋，有明一代詩家原多有此主張。東陽又曰：「宋詩深，卻去唐遠；元詩淺，卻去唐近，顧元不可爲法，所謂取法乎中，僅得其下耳。」又曰：「唐詩李杜之外，孟浩然、王摩詰足稱大家。」崇盛唐，以第一義爲準，以李、杜爲極致，推崇王、孟，茂秦皆有類似說法。

（四）反模擬——《懷麓堂詩話》曰：「詩貴不經人道語，自有詩以來，經幾千百人，出幾萬語，而不能窮，是物之理無窮，而詩之爲道亦無窮也。今令畫工畫十人，則必有相似，而不能別出者，蓋其道小而易窮，而世之言詩者，每與畫並論，則自小其道也。」又曰：「林子羽《鳴盛集》專學唐，袁凱《在野集》專學杜，蓋皆極力摹擬，不但字面句法，並其題目亦效之，開卷驟視，宛若舊本；然細味之，求其流出肺腑，卓爾自立者，指不能一再屈也。」茂秦亦反模擬，與西涯同。

（五）其他——東陽與茂秦俱注重音韻，《懷麓堂詩話》曰：「音韻鏗鏘，意象具足，始爲難得，若強排硬叠，不論其字面之清濁，音韻之諧舛，而云我能寫景用事，豈可哉？」而有具眼與具耳之說。茂秦亦主爲詩宜審音選韻，注意字之平仄清濁。《懷麓堂詩話》又曰：「長篇中須有節奏，有操有縱，有正有變，若平舖穩布，雖多無益，唐詩類有委曲可喜之處。惟杜子美頓挫起伏，變化不測，可駭可愕，蓋其音響與格律正相稱，回視諸作，皆在下風。」茂秦亦曰：「長篇之法，如波濤初作，一層緊於一層，拙句不失大體，巧句最害正氣。」又曰：「長篇古風最忌舖敘，意不可盡，力不可竭，貴有變化之妙。」東陽以爲「文章固關氣運，亦繫於習向。」茂秦亦以爲「文隨世變。」東陽以爲「文章如精金美玉，經百鍊萬選而後見。」茂秦亦主作詩要「披沙鍊金。」

### 二十、徐禎卿之影響

昌穀著《談藝錄》一書，有超悟之論，其曰：「詩者，乃精神之浮英，造化之秘思也。若夫妙騁心機，隨方合節，或約旨以植義，或宏文以敘心，或緩張如朱絃，或急張如躍栝。……此輪匠之超悟，不可得而詳也。」茂秦亦有是論。

昌穀持性情學問相輔之說曰：「夫情能動物，故詩足以感人。……詩賦粗精，譬之絺綌，而不深探研之力，宏識誦之功，何能益也？」茂秦亦曰：「作詩有專用學問而堆垛者，有不用學問而勻靜者。……此不專於學問，又非無學問者所能到也。」

昌穀曰：「詩不能受瑕，工拙之間，相去無幾，頓自經殊。」茂秦亦曰：「美玉微瑕，未穀全寶。」昌穀又云：「魏詩，門戶也；漢詩，堂奧也。」茂秦亦云：「詩以漢魏並言，魏不逮漢也。」（《四溟詩話》卷一）

### 廿一、李夢陽之影響

夢陽論詩以第一義爲準，古體宗漢魏，近體宗盛唐，《空同集》曰：「山人商宋梁時，猶學宋人詩，會李子客梁，謂之曰：『宋無詩。』山人於是遂棄宋而學唐。已問唐所無，曰『唐無賦哉！』問漢，曰『漢無騷哉！』山人於是則又究心賦騷於唐、漢之上。」茂秦論詩亦以第一義爲準，主四言當效三百篇，近體則宜出入初、盛唐十四家之間。

空同喜言格調，其〈潛虬山人記〉曰：「夫詩有七難，格古、調逸、氣舒、句渾、音圓、思冲、情以發之，七者備而後詩昌也。」茂秦論詩亦自格調說出。

空同又於〈駁何氏論文書〉中，自謂爲詩並非一味模倣，且不泥於法：「阿房之巨，靈光之巋，臨春結綺之侈麗，揚亭葛廬之幽之寂，未必皆佢與班爲之也；乃其爲之也，大小鮮不中方圓也。何也？獲所必同，寂可也，幽可也，侈以麗可也，巋可也，巨可也。守之不易，久而推移，因質順勢，融鎔而不自知，於是爲曹爲劉，爲阮爲陸，爲李爲杜，即令爲何大復，何不可哉！此變化之要也。故不泥法而法嘗由，不求異而其言人人殊。《易》曰：『同歸而殊途，一致而百慮。』謂此也。」茂秦亦主盡變化之妙，不可泥於法。

### 廿二、何景明之影響

大復論詩亦以第一義爲準，其《海叟集》序曰：「蓋詩雖盛於唐，其好古者自陳子昂後，莫如李杜二家，然二家歌行近體，誠有可法，而古作尚有離去者，猶未盡可法之也。故景明學歌行近體，有取於初、盛唐諸體，而古作必從漢魏求之。」茂秦亦主近體出入初盛唐十四家之間，至於古詩則謂：「詩以漢魏並言，魏不逮漢也。」（《四溟詩話》卷一）與大復之見合。

大復又反模擬，其〈與空同論詩書〉曰：「空同子刻意古範，鑄形宿鎮，而獨守尺寸，僕則欲富於材積，領會神情，臨景結構，不倣形迹。」繼謂古代詩作所以能「各擅其時」之故，乃在不一味擬古，而能自出機抒。〈與空同論詩書〉又曰：「曹劉阮陸，下及李杜，異曲同工，各擅其時，並稱能言，何也？辭有高下、皆能擬議，以成其變化也。若必例其同曲，夫然後取，則既主曹劉阮陸矣，李杜即不得更登詩擅，何以謂千載獨步也？……其爲詩不推其極變，開其未發，泯其擬議之迹，以成神聖之功，徒敘其已陳，稍離舊本，便自杌隉，如小兒倚物能行，獨趨顛仆，雖由此即曹劉，即阮陸，即李杜，何以益於道化也？」此又影響茂秦詩論之另一項也。

# 第三章　謝茂秦之文學觀（一）──論詩理

## 第一節　以正爲主──崇盛唐

　　從來論詩者，大抵以「崇盛唐」之說起自兩宋，尤以爲前後七子「近體必盛唐」、〔註1〕「詩必盛唐」〔註2〕之說受嚴滄浪第一義影響，〔註3〕茂秦自不例外，實則推本溯源，應是始於唐之殷璠。

　　殷璠所選《河嶽英靈集》，起自甲寅（玄宗開元二年），終於癸巳（天寶十二年），皆爲盛唐詩人之作。集中二十四人，除杜子美不在其列外，李白、岑參、高適、王昌齡、王維、孟浩然、儲光羲、常建、李頎、崔顥等，皆在其中。其自序曰：「自蕭氏以還，尤增矯飾。武德初微波尚在，貞觀末標格漸高，景雲中頗通遠調，開元十五年後，聲律風骨始備矣。」〈入集論〉亦云：「自漢魏至於晉宋，高唱者千有餘人，然觀其樂府，猶有小失。齊梁陳隋，下品實繁，專事拘忌，彌損厥道。……璠今所集，頗異諸家，既閑新聲，復曉古體，文質半取，風騷兩挾，言氣骨則建安爲儔，論宮商則太康不逮。」

　　璠之後，則有司空表聖，其〈與王駕評詩書〉曰：「國初主上好文雅，風流特盛，沈宋始興之後，傑出於江寧，宏肆於李杜，極矣！」

　　逮乎南宋，嚴儀卿倡言學詩者當以盛唐人爲師，其《滄浪詩話》曰：「夫學詩者以識爲主，入門須正，立志須高。以漢魏盛唐爲師，不作開元天寶以

---

〔註1〕見《四庫提要》。
〔註2〕見《明史·李夢陽傳》。
〔註3〕見《滄浪詩話》。

下人物。……即以李杜二集，枕藉觀之，如今人之治經。然後博取盛唐名家，醞釀胸中，久之自然悟入。」

降至明代，論詩者祖滄浪而祧表聖，崇盛唐者頗夥。貝瓊（廷琚）〈乾坤清氣序〉曰：「詩盛於唐，尚矣！盛唐之詩稱李太白、杜少陵而止，乾坤清氣常斷於人，二子得所斷而形之詩。」（《清江一集》）茂秦於盛唐詩人，亦最推崇李杜。廷琚又以爲有元一代詩人雖不及唐，然其佳者猶「駸駸然有李杜之氣骨，而熙寧、元豐諸家爲不足法矣！」〔註4〕揚元抑宋，足見其宗唐之殷，薄宋之切！

高彥恢選《唐詩品彙》一書，以初唐爲正始；盛唐爲正宗，爲大家，爲名家，爲羽翼；中唐爲接武；晚唐爲正變，爲餘響；方外異人爲旁流。各體詩皆以初、盛唐詩人爲宗，，例如五言古詩以初唐四傑爲正始，陳子昂、李太白爲正宗，杜子美爲大家，王、孟、韋、柳爲名家；七言律詩以沈佺期、宋之問爲正始，崔顥、李白、王維、李頎、孟浩然爲正宗，杜甫爲大家；五言律詩以李白、王維、孟浩然、岑參、高適爲正宗，杜甫爲大家。又曰：「李翰林之飄逸，杜工部之沈鬱，孟襄陽之清雅，王右丞之精緻。」以四家冠於盛唐，並於李白諸卷小序云：「使學者入門立志，取正於斯。」茂秦《四溟詩話》亦主出入初盛唐十四家之間，而尤推尊李杜。

李東陽爲前、後七子之先聲，王元美嘗云：「東陽之於李、何，猶陳涉之啓漢高。」漁洋山人《池北偶談》亦云：「海鹽徐豐厓《詩談》云：『本朝詩莫盛於國初，莫衰於宣、正，至弘治，西涯倡之，空同、大復繼之，自是作者森起，於今爲烈。』當時前輩之論如此，蓋空同、大復皆及西涯之門。」東陽宗唐抑宋，其《懷麓堂詩話》曰：「唐人不言詩法，詩法多出於宋，而宋人於詩無所得，所謂法者，不過一字一句，對偶雕琢之工，而天眞興致則未可與道。其高者失之捕風捉影，而卑者坐于黏皮帶骨。」尤崇盛唐，「唐詩李杜之外，孟浩然、王摩詰足稱大家。」而此四人皆爲盛唐時人。又曰：「京師人造酒類用灰，觸鼻螫舌，千方一味，南人嗤之，張汝弼謂之燕京琥珀，惟內法酒，脫去此味，風致自別，人得其方者，亦不能似也。予嘗譬今之爲詩者，一等俗句俗字，類有燕京琥珀之味，而不能自脫，安得盛唐內法手，爲之點化哉？」於此可見其對盛唐推崇之深。

李何復古派出，「古體必漢魏，近體必盛唐，句擬字摹，食古不化，亦往

---

〔註4〕見《清江集》第二十九卷。

往有之。」(《四庫提要》)《明史》謂李夢陽「倡言文必秦漢，詩必盛唐，非是者弗道。」何大復亦自言「學歌行近體，有取於（李杜）二家及唐初盛唐諸人，而古作必從漢魏求之。」皆以第一義爲準。

前後七子既揭櫫「文必秦漢，詩必盛唐」之旨，茂秦自不例外，然其崇盛唐之原因與乎對唐詩之見地，卻有獨到且爲其他諸子所不及處。

其《四溟詩話》曰：「古人作詩，譬諸行長安大道，不由狹斜小徑，以正爲主，則通於四海，略無阻滯。」（卷三）又曰：「學其上僅得其中，學其中斯得下矣，豈有不法前賢而法同時者？李洞、曹松學賈島，唐彥謙學溫庭筠，盧延讓學薛能，趙履常學黃山谷，予筆之以爲學者誡。」（卷一）在第一義準則下，自是宗唐而抑宋：「七言絕句，盛唐諸公用韻最嚴。大曆以下，稍有旁出者，作者當以盛唐爲法。盛唐人突然而起，以韻爲主，意到辭工，不假雕飾；或命意得句，以韻發端，渾成無跡，此所以爲盛唐也。宋人專重轉合，刻意精鍊，或難於起句，借用旁韻，牽強成章，此所以爲宋也。」七言絕句當以盛唐爲法，蓋由其以韻爲主，不假雕飾，而宋人則刻意精鍊，牽強成章故也。又戒人勿用《事文類聚》：「《詩法》曰：『《事文類聚》不可用，蓋宋事多也。』後引蘇黃之詩以爲戒，教以養生之訣，繼以致病之物，可乎？」東坡、庭堅之詩亦不可學。又評宋詩必先命意之弊：「詩有辭前意，辭後意，唐人兼之，婉而有味，渾而無跡。宋人必先命意，殊無思致。」又曰：「宋人謂作詩貴先立意，李白斗酒詩百篇，豈先立許多意思而後措詞哉！蓋意隨筆生，不假布置。」又曰：「唐人或漫然成詩，自有含蓄托諷，此爲辭前意，唐人謂之有激而作，殊非作者意也。」又評宋人泥於詩法：「唐人詩法六格，宋人廣爲十三曰……『一字血脈，二字貫串，三字棟梁，數字連續中斷，鈎鎖連環，順流直下，單拋雙拋，內剝外剝，前散後散，謂之層龍絕藝。』作者泥此，何以成一代詩豪邪？」又以聲調判唐詩與宋詩之高下：「唐人歌詩，如唱曲子，可以協絲簧，諧音節：晚唐格卑，聲調猶在；及宋柳耆卿、周美成輩出，能爲一代新聲，詩與詞爲二物，是以宋詩不入絃歌也。」茂秦以爲唐詩與宋詩之格詞不同：「詩不厭改，貴乎精也。唐人改之：自是唐語；宋人改之，自是宋語；格詞不同故爾。」又評瀛奎律髓發語，唐宋駁雜，決不可讀：「瀛奎律髓不可讀，間有宋詩純駁於心，發語或唐或宋，不成一家，終不可治。」又曰：「詩不可太切，太切則流於宋矣。」又曰：「空同子曰：『古詩妙在形容，所謂水月鏡花，言外之言。宋以後則直陳之矣，求工於字句，心勞而日拙也。』」

又語杜約夫，言情不可流於宋調，點景則應法盛唐人之超絕：「杜約夫問曰：『點景寫情孰難？』予曰：『詩中比興固多，情景各有難易，若江湖遊宦羈旅，會晤舟中，其飛揚蹴軻老少悲歡，感時話舊，靡不慨然言情，近於議論，把握住則不失唐體，否則流於宋調，此寫情難於景也，中唐人漸有之。多夜園亭具樽俎，延社中詞流，時庭雪皓目、梅月向人，清景可愛，模寫似易，如各賦一聯擬摩詰有聲之畫，其不雷同而超絕者，諒不多見，此點景難於情也，惟盛唐人得之。」（卷二）茂秦謂作詩有三等語，而以盛唐人為堂上語，宋人為階下語：「作詩有三等語：堂上語、堂下語、階下語。知此三者，可以言詩矣。凡上官臨下官，動有昂然氣象，開口自別，若李太白『黃鶴樓中次玉笛，江成五月落梅花』，此堂上語也；凡下官見上官，所言殊有條理，不免局促之狀，若劉禹錫『舊時王謝堂前燕，飛入尋常百姓家』，此堂下語也；凡訟者說得顛未詳盡，猶恐不能勝人，若王介甫『茅簷長掃淨無苔，花木成蹊手自栽』，此階下語也。有學晚唐者，再變可躋上乘，學宋者則墮下乘而變之難矣。」

綜上所述，可知茂秦所宗者，乃在盛唐，初唐亦在其師法之列，中晚則非其所尊，其《四溟詩話》曰：「予客京時，李于鱗、王元美、徐子與、梁公實、宗子相諸君招余結社賦詩，一日因談初唐、盛唐十二家詩集，并李杜二家，孰可專為楷範？或云沈宋，或云李杜，或云王孟。予默然久之，曰：『歷觀十四家所作，咸可為法。當選其詩集之最佳者，錄成一帙，熟讀之以奪神氣，歌詠之以求聲調，玩味之以意精華。得此三要，則造乎沈淪，不必塑謫仙而畫少陵也。』」（卷三）又曰：「自古詩人養氣，各有主焉。蘊乎內，著乎外，其隱見異同，人莫之辨也。熟讀初唐、盛唐諸家所作，有雄渾如大海波濤，秀拔如孤峰峭壁，壯麗如層樓疊閣，古雅如瑤瑟朱絃，老健如朔漠橫雕，清逸如九皋鳴鶴，明淨如亂山積雪，高遠如長空片雲，芳潤如露蕙春蘭，奇絕如鯨波蜃氣，此見諸家之所養不同也。學者能集眾長而為一，若易牙以五味調和，則為全味矣。」（卷三）又曰：「予以奇古為骨，平和為體，兼以初唐盛唐諸家，合而為一，高其格調，充其氣魄，則不失正宗矣。」（卷四）

茂秦尤重盛唐，除上所舉例外，亦時以「合於盛唐」譽人，如評曹子建〈白馬篇〉：「白馬飾金羈，連翩西北遲。借問誰家子？幽并遊俠兒。」四句：「類盛唐絕句。」（《詩話》卷一）稱陳無己寄外舅郭大夫詩曰：「若此前後為絕句，氣骨不減盛唐。」（《詩話》卷一）評「秋風吹渭水，落葉滿長安」二句：「氣象雄渾，大類盛唐。」嚴儀卿〈從軍行〉：「不減盛唐。」（《詩話》卷

二）評田深甫〈擬少陵秋興詩〉：「得盛唐氣骨。」（《詩話》卷三）稱栗道甫：
「其盛唐之流歟？」更戒作詩者若泥乎辭而傷於氣格，專乎意而傷於議論，
則不得盛唐之調。（《詩話》卷四）

　　茂秦持論，圓融而不偏執，其《四溟詩話》曰：「趙子昂曰：『作詩但用隋
唐以下故事，便不古也，當以隋唐以上爲主。』此論執矣，隋唐以上泛用則可，
隋唐以下泛用則不可，學者當自斟酌，不落凡調。」（卷二）學盛唐決不可泥乎
盛唐，又曰：「魏晉詩，家常話與官話相半，迨齊梁開口，俱是官話。官話使力，
家常話省力；官話勉然，家常話自然。夫學古不及，則流於淺俗矣。今之工於
近體者，惟恐官話不專，腔子不大，此所以泥乎盛唐，卒不能超越魏，進而追
兩漢也。」（卷三）學盛唐之目的，乃在超越魏而直追兩漢，初不以盛唐自限。

　　茂秦學唐十四家之目的，在於自成一家，其《四溟詩話》曰：「夫大道乃
盛唐諸公所共由者，予則曳裾躚屬，由乎中正，縱橫於古人眾跡之中，及乎
成家，如蜂采百花爲蜜，其味自別使人莫之辨也。」（卷三）又曰：「予以奇
古爲骨，平和爲體，兼以初唐盛唐諸家，合而爲一，高其格調，充其氣魄，
則不失正宗矣。若蜜蜂歷采百花，自成一種佳味與芳馨，殊不相同，使人莫
知所蘊。作詩有學釀蜜法者，要在想頭別爾。」（卷四）又曰：「是夕夢李杜
二公登堂謂余曰：『子老狂而遽言如此，若能出入十四家之間，俾人莫知所宗，
則十四家又添一家矣。』」（卷四）自負與自勉，茂秦蓋兼而有之也。

　　茂秦於十四家中，最爲欽崇李杜。稱杜甫者，則曰：「用事多，則流於議論，
子美雖爲詩史，氣格自高。」（卷一）又曰：「子美和裴迪早梅相憶之作，兩聯
用二十二虛字，句法老健，意味深長，非巨筆不能到。」（卷一）又曰：「景多
則堆垛，情多則闇弱，大家無此失矣。八句皆景者，子美棘樹寒雲色是也；八
句皆情者，子美死去憑誰報是也。」（卷一）又曰：「子美『星垂平野闊，月湧
大江流』，句法森嚴，湧字尤奇，可嚴則嚴，不可嚴則放過些子，若『鴻雁幾時
到，江湖秋水多』，意在一貫，又覺閒雅不凡矣。」（卷一）又曰：「五言律首句
用韻，宜突然而起，勢不可遏，若子美『落日在簾鈎』是也。」（卷二）又曰：
「子美起對固多切者。」（卷三）又曰：「少陵狀景極妙，巨細入元，無可指摘
者。」（卷四）稱李白者，則曰：「詩文以氣格爲主，繁簡勿論。或以用字簡約
爲古，未達權變，善用助語字，若孔鸞之尾，不可少也，太白深得此法。」（卷
一）又曰：「徐伯傳問詩法於康對山，曰：『熟讀太白長篇，則胸次含宏，神思
超越，下筆殊有氣也。』」（卷一）又曰：「江淹有古離別，梁簡文帝、劉孝威皆

有蜀道難，及太白作古離別，蜀道難，迺諷時事，雖用古題，體格變化，若疾雷破山，顛風簸海，非神於詩者不能道也。」（卷一）又曰：「太白金陵留別詩：『請君試問東流水，別意與之誰短長？』妙在結語，雖主客同賦，誰更擅場？謝宣城夜發新林詩：『大江一浩蕩，悲離足幾重？』二作突然而起，造語雄深，六朝亦不多見，太白能變化爲結，令人叵測，奇哉！」（卷三）李杜二人並稱者，則曰：「大篇決流，短章斂芒，李杜得之。」（卷二）又曰：「捫蝨新話曰：『詩有格有韻，淵明悠然見南山之句，格高也；康樂池塘生春草之句，韻勝也；格高似梅花，韻勝似海棠，欲韻勝者易，欲格高者難。兼此二者，惟李杜得之。』」又曰：「李靖曰：『正而無奇，則守將也；奇而無正，則鬥將也；奇正皆得，國之輔也。』譬諸詩，發言平易而循乎繩墨，法之正也；發言雋偉而不拘乎繩墨，法之奇也；平易而不執泥，雋偉而不險怪，此奇正參伍之此也。白樂天正而不奇，李長吉奇而不正，奇正參伍，李杜是也。」（卷二）勸人熟讀李杜全集：「凡作詩悲歡離合皆由乎興，非興則造語弗工。歡喜之意有限，悲感之意無窮；歡喜詩，興中得者雖佳，但宜乎短章；悲感詩，興中得者更佳。至千言反覆，愈長愈健，熟讀李杜全集，方知無處無時而非興地。」又讚二老工於聲調：「其工於聲調，盛唐以來，李杜二公而已。」（卷三）又曰：「詩乃模寫情景之具，情融乎內而深且長，景耀乎外而遠且大，當知神龍變化之妙，小則入乎微纊，大則騰乎天宇，惟李杜二老知之。」（卷四）

　　對李杜二人，則不加軒輊，其《詩話》曰：「子美五言絕句皆平韻，律體景多而情少；太白五言絕句平韻，律體兼仄韻，古體景少而情多；二公各盡其妙。」（卷二）

　　學李杜當順其自然，不可勉強，其《詩話》曰：「趙章泉謂作詩貴乎似，此傳神寫照之法，當充其學識，養其氣魄，或李或杜，順其自然而已。」（卷二）學李杜不可得其外貌而遺其神理，所謂「勿執於句字之間」是已。又以爲子美可法而太白則不易學：「若太白子美行皆力步，其飄逸沈重之不同，子美可法而太白未易法也。」（卷三）

## 第二節　養眞與悟妙

　　養眞故所以反模擬，而與後七子中之其他諸人論詩不合；悟妙蓋直承滄浪，遠紹表聖，而論詩重神味，冀自成一家。

　　《四溟詩話》曰：「體貴正大，志貴高遠，氣貴雄渾，韻貴雋永，四者之本，非養無以發其眞，非悟無以入其妙。」（卷一）

　　然則何謂眞？曰：「江淹擬劉琨，用韻整齊，造語沈著，不如越石吐出心肺。」吐出心肺即爲眞。言不由衷，無病呻吟，爲賦新詞強說愁，即失其眞。又云：「今之學子美者，處富有而言窮愁，遇承平而言干戈，不老曰老，無病曰病，此摹擬太甚，殊非性情之眞也。」（卷二）基於此，遂薄孟德之虛僞而厚文姬之眞摯：「蔡琰曰：『薄志節兮念死難。』魏武帝曰：『周公吐哺，天下歸心。』既以周公自任，又曰：『天命在吾，吾爲周文王矣。』老瞞如此欺人，詩貴乎眞，文姬得之。」（卷二）基於此，遂對行不顧言者，予以抨擊，「漢高祖〈大風歌〉曰：『安得猛士兮，守四方。』後乃殺戮功臣。魏武帝〈對酒歌〉曰：『耄耋皆得以壽終，思澤廣及草木昆蟲。』坑流民四十餘萬。魏文帝〈猛虎行〉曰：『與君結新婚，託配與二儀。』甄后被讒而死。張華〈勵志詩〉曰：『甘心恬澹，柄志浮雲。』竟以貪位被殺。郭璞〈遊仙詩〉曰：『長揖當塗人，去作山林客。』亦爲王敦所殺。隋煬帝〈景陽井銘〉曰：『前車已覆，後乘將沒。』淫亂尤甚於陳。唐玄宗〈過寧王宅詩〉曰：『復尋爲善樂，方驗保山河。』天寶荒政，宗廟播遷。李林甫〈贈韓席侍郎詩〉曰：『努力事干謁，我心終不平。』後與王涯之禍。高駢〈寫懷詩〉曰：『卻恨王彭興漢室，功成不向五湖遊』。節度淮南，驕橫被誅。予筆此數事，以爲行不顧言之誡。」（卷一）

　　其次請言養眞之道：

　　一曰以德養，《四溟詩話》云：「人非雨露而自澤者，德也；人非金石而自澤者，名也；心非源泉而流不竭者，才也；心非鑑光而照無偏者，神也。非德無以養其心，非才無以充其氣。心猶舸也，德猶舵也，鳴世之具，惟舵載之；立身之要，惟舵主之。士衡士龍有才而恃，靈運玄暉有才而露，大抵德不勝才，猶泛舸中流，舵師失其所主，鮮不覆矣！」（卷三）欲以德養，務必去除詩中之忌，詩中之奸，詩中之諂：「凡製作繫名，論者心有同異，豈待見利而變哉？或見有佳篇，面雖云好，默生毀端，而播於外，此詩中之忌也；或見有奇句，佯爲沈思，欲言不言，俾其自疑弗定，此詩中之奸也；或見名公巨卿所作，不拘工拙，極口稱賞，此詩中之諂也。諂者利之媒，奸者利之機，忌者利之蠹，然愼交則保名，三者有一，不能無損，如藥加硝黃之類，其耗於元氣者多矣。」（卷三）

　　二曰以學養，《四溟詩話》云：「漢人作賦，必讀萬卷書，以養胸次，《離

騷》為主，《山海經》、《輿地志》、《爾雅》諸書為輔，又必精於字書，識所從來，自能作用，若揚施戊削之類，命意宏博，措辭富麗，千彙萬狀，出有入無，氣貫一篇，意歸數語，此長卿所以大過人者也。」（卷二）又曰：「充其學識，養其氣魄。」又曰：「杜甫讀書破萬卷。」（卷二）茂秦雖主「非才無以充其氣」，但不廢學，以為讀書可使胸次含宏：「夫縉紳作詩者，其形也易腴，其氣也易充，貫乎經史，粹乎旨趣，若江河有源，而滔滔弗竭，欲造名家，殊不難矣。」（卷三）

再其次所欲言者，即所養者何？

一曰養性情，《四溟詩話》云：「陶潛不仕宋，所著詩文，但書甲子；韓偓不仕梁，所著詩文，亦書甲子。偓節行似潛而詩綺靡，蓋所養不及爾。薛西原曰：『立節行易，養性情難』。」（卷一）有真性情始有真詩：「漢武帝秋風起兮白雲飛，出自大風起兮雲飛揚；蘭有秀兮菊有芳，懷佳人兮不能忘，出自沅有芷兮澧有蘭，思公子兮未敢言；漢武讀書，故有沿襲；漢高不讀書，多出己意。」此非謂作詩不必讀書，乃欲人勿因學而汨其本性，失其真情。作詩無他，在言己之志，出己之意而已。又曰：「皇甫湜曰：『陶詩切以事情，使加藻飾，無異鮑謝，何以發真趣於偶爾，寄至味於澹然？』陳后山亦有是評，蓋本於湜。」（卷二）淵明詩之所以佳，乃得力於性情之真爾，茂秦之前，楊龜山嘗曰：「淵明詩所不可及者，冲淡深邃，出於自然，若曾用力學，然後知淵明詩非著力之所能及也。」昭明太子亦云：「論懷抱則曠而且真。」曠即指性情而言。又曰：「《碧雞漫志》曰：『斛律金〈敕勒歌〉曰：敕勒川，陰山下，天似穹廬，籠蓋四野。天蒼蒼，野茫茫，風吹草低見牛羊。金不知書，同於劉頃，能發自然之妙。韓昌黎〈琴操〉雖古，涉於摹擬，未若金出性情爾。』」（卷二）退之所以不及處，正坐失性情之真爾。

二曰養氣。《四溟詩話》曰：「徐伯傳問詩於康對山，曰：『熟讀太白長篇，則胸次含宏，神思超越，下筆殊有氣也。』」（卷二）復主熟讀初唐、盛唐諸家所作，〔註5〕此即由養以發其真之道。

何謂悟？茂秦言悟者多矣，如「悟而且精，李杜且不可及。」（卷四）「體無定體，名無定名，莫不擬斯二者，悟者得之，措詞短長，意定而止，隨意命名，人莫能易，所謂信手拈來，頭頭是道也。」（卷二）「夫四聲抑揚，不失疾徐之節，惟歌詩者能之，而未知其所以妙也。非悟何以造其極，非喻無

〔註5〕見《四溟詩話》卷三。

以得其狀。」（卷三）評安慶王〈贈別玉峰上人詩〉曰：「此作乃見超悟，禪家之正宗也。」（卷四）又曰：「《南華經》曰：『適來夫子時也，適去夫子順也，安時以處順，哀樂不能入也。』李東岡謂予有悟禪旨，故與莊子默契焉。」（卷四）又曰：「古人論詩，舉其大要，未嘗喋喋以泄眞機，但恐人小其道爾。詩固有定體，人各有悟性，夫有一字之悟，一篇之悟，或由小以擴乎大，因著以入乎微，雖小大不同，至於渾化則一也。」（卷四）又曰：「或問作詩中正之法，四溟子對曰：『貴乎同不同之間，同則太熟，不同則太生，二者似易實難，握之在手，主之在心，使其堅不可脫，則能近而不熟，遠而不生，此惟超悟者得之。』」（卷三）又曰：「詩不厭改，貴乎精也。唐人改之，自是宋語，格詞不同故爾。省悟以超脫，豈徒斵削而已。」（卷二）

《四溟詩話》又云：「空同子曰：『古詩妙在形容，所謂水月鏡花，言外之言。……杜甫見道過韓愈，如白小羣分命，文章有神交有道，隨風潛入夜，水流心不競，出門流水住等語，皆是道也；王維詩高者似禪，卑者似僧，奉佛之應，人心係則難脫。』」（卷二）又曰：「作詩有專用學問而堆垛者，或不用學問而勻靜者，二者悟不悟之間耳。惟神會以定取捨，日趨乎大道，不涉於歧路矣。譬如楊升庵狀元謫戍滇南，猶尚奢侈，其粳糯黍稷，膴臠殽鱐，種種羅於前，而筯不周品，此乃用學問之癖也。又如遊五台山訪僧侶，廚下見一胡僧執爨，但以清泉注釜，不用粒米，沸則自成饘粥。此無中生有，暗合古人出處。此不專於學問，又非無學問者所能到也。」（卷三）末二句猶《滄浪詩話》所謂「詩有別材，非關書也；詩有別趣，非關理也；然非多讀書，多窮理，則不能極其至」也。

茂秦又言由悟入妙之法，其《四溟詩話》曰：「思末周處，病之根也。數求改穩，一悟得純，子美所謂新詩改罷自長吟是也。」（卷三）又曰：「或曰：『自然高妙，何必苦思？』四溟子曰：『新詩改罷自長吟，此少陵苦思處，使不深入溟渤，焉得驪頷之珠哉？』」（卷二）悟乃由無數之苦思而致。所謂：「自然妙者爲上，精工者次之，此著力不著力之分，學之者不必專一而逼眞也。專於陶者，失之淺易；專於謝者，失之餖飣；熟能處於陶謝之間，易其貌，換其骨，而神存千古？子美云：『安得思如陶謝手。』此老猶以爲難，況其他者乎？」又曰：「悟以見心，勤以盡力。」（卷四）又曰：「凡作近體古體，其法各有異同，或出於有意無意之間，妙之所由來，不可必也。妙則天然，工則渾然。」（卷三）二體之法，至矣盡矣。

# 第三節　其　他

## 第一目　非興則造語弗工

　　《四溟詩話》曰：「詩有不立意造句，以興爲主，漫然成篇，此詩之入化也。」（卷一）何謂興？曰：「詩有四格，曰興，曰趣，曰意，曰理。大白贈汪倫曰：『桃花潭水深千尺，不及汪倫送我情』，此興也。」（卷二）又曰：「詩有天機，待時而發，觸物而成，雖幽尋苦索，不易得也。」（卷二）又曰：「走筆成詩，興也。」（卷二）爲興詮釋之後，繼曰：「凡作詩悲歡皆由乎興，非興則造語弗工，歡喜之意有限，悲感之意無窮。歡喜詩，興中得者雖佳，但宜乎短章，悲感詩，興中得者更佳。至於千言反覆，愈長愈健，熟讀李杜全集，方知無處無時而非興也。」（卷三）又曰：「詩以兩聯爲主，起結輔之，渾然一氣，或以起句爲主，此順流之勢，興在一時。」（卷二）又讚唐人爲詩，多以興爲主，宋人不及處，在於必先命意之弊：「詩有辭前意，辭後意，唐人兼之，婉而有味，渾而無迹；宋人必先命意，涉於理路，殊無思致。」（卷一）以興爲詩固佳，然亦不可以害義：「李頎〈貽張旭詩〉曰：『左手持蟹螯，右手執丹經』，豈命人舉杯耶？蓋偶然寫興以害意爾。賈島〈望山詩〉曰：『長安百萬家，家家張屏新。誰家最好山？我願爲其鄰。』然好山非近一家，何必擇鄰哉？此亦寫興害義，與頎同病也。」（卷一）又評李白與劉文房兩聯意重：「太白〈贈浩然詩〉，前云：『紅顏棄軒冕』，後云：『迷花不事君』，兩聯意頗相似。劉文房〈靈祐上人故居詩〉，既云：『幾日浮生哭故人』，又云：『雨花垂淚共沾巾』，此與太白同病，興到而成，失於檢點。意重一聯，其勢使然；兩聯意重，法不可從。」（卷三）

## 第二目　尙雄渾

　　茂秦論詩尙雄渾，其《詩話》曰：「氣貴雄渾」（卷一）崇盛唐之一因，即以其有雄渾之氣：「韓退之稱賈島『鳥宿池邊樹，僧敲月下門』爲佳句；未若『秋風吹渭水，落葉滿長安』，氣象雄渾，大類盛唐。」（卷二）又曰：「許用晦〈金陵懷古〉，頷聯簡板，對爾頸聯，當贈遠遊者，似有戒愼意，若刪其兩聯，則氣象雄渾，不下太白絕句。」又曰：「趙章泉、韓澗泉所選唐人絕句，惟取中正渾厚，閒雅平易，若夫雄渾悲壯，皆不之取，惜哉！」所以推重李白者以雄渾，所以稱人者亦以雄渾。又讚謝、陰二人之詩曰：「謝

宣城〈夜發新林〉詩：『大江流日夜，客心悲未央。』陰常侍〈曉發新亭〉詩：『大江一浩蕩，悲離足幾重。』二作突然而起，造語雄渾，六朝亦不多見。」（卷三）又曰：「學選詩不免乎套子，去套子則語新而句奇，務新奇則太工，辭工流動，氣乏渾厚。」此學選詩者所宜深知。又曰：「賦詩要有英雄氣象，人不敢道，我則道之；人不肯爲，我則爲之，厲鬼不能奪其正，利劍不能折其剛。」（卷四）

## 第三目　反模擬

大略言之，前、後七子爲明代擬古運動之兩大時期。然諸子間之理論不盡相同，尤以茂秦與諸人間之差異更大。錢牧齋《列朝詩集小傳》予後七子以嚴厲之批判，惟獨於四溟山人深致讚詞：「茂秦今體，工力深厚，句響而字穩，七子、五子之流，皆不及也。」錄七子之詠，首茂秦曰：「使後之尙論者，得以區別其薰蕕，條分其涇渭。」茂秦在七子中，眾濁而獨清，眾醉而獨醒。

茂秦雖主學十四家，然最後目的則在於自成一家。細閱《四溟詩話》，其基本立論乃在於「反模擬」，其故可得而言者有四：

（一）文隨世變：《四溟詩話》曰：「三百篇直寫性情，靡不高古，雖其逸詩，漢人尙不可及。今之學者，務去聲律，以爲高古，殊不知文隨世變，且有六朝、唐、宋影子，有意於古，終非古也。」（卷一）詩文隨環境而變，一味強學古人，祇招「贗古」之譏而已。又云：「范德機曰：『詩當取材於漢魏，而音律以唐爲宗。』此近體之法，古詩不泥音律而調自高也。」（卷一）與上之所引，足相發明。

（二）性情宜眞：茂秦反對學子美者，處富有而言窮愁，遇承平而言干戈，不老曰老，無病曰病。〔註6〕又評江淹擬劉琨之作，雖用韻整齊，造語沈著，猶不如越石吐出心肺。〔註7〕又以爲漢武學高祖〈大風歌〉，故有沿襲。〔註8〕基於「爲詩要出自性情」之論，是以反模擬。

（三）自成一家：茂秦既志在自成一家，故欲意新語妙，不可模擬：「作詩最忌蹈襲，若語工字簡，勝於古人，所謂化陳腐爲新奇是也。」（卷二）。又曰：「凡襲古人句，不能翻意新奇，造語簡妙，乃有愧古人矣！」（卷三）

〔註6〕見《四溟詩話》卷二。
〔註7〕見《四溟詩話》卷一。
〔註8〕見《四溟詩話》卷一。

（四）不可泥古：《四溟詩話》曰：「夫學古不及，則流於淺俗矣。今之工於近體者，惟恐官話不專，腔子不大，此所以泥乎盛唐，卒不能超越魏，進而追兩漢也。」（卷三）是茂秦決不欲泥古而以盛唐自限也。

# 第四章　謝茂秦之文學觀（二）──論詩法

茂秦論詩法，頗有足取之處，如云：「凡造句已就，而復改削求工，及示諸朋好，各有去取，或兼愛不能自定，可兩棄之，再加沈思，必有警句；譬泅者入海，捨蚌珠而獲驪珠，自不失重輕也。」（《四溟詩話》卷四）又曰：「裨諶草創，世叔討論，子羽修飾，子產潤色，鄭國凡作辭命，必經四賢之手，故見重於列國。予因之以為詩法，每見疑字，示諸社友定正，工而後已，能受萬益而不受一損，其立心何如也。或者過於服善，不思可否，欲求完美，反致氣格不純。昔陳王稱丁敬禮服善，恐異地則不然。惟賤士人得而指擿，其虛心請教，惟言是從，或有一二不合調者，當自詳審而無偏聽之弊，求其純亦不難矣。」（《四溟詩話》卷四）茲將其詩法分作六節，論述於下：

## 第一節　古體與近體

### 第一目　古體詩

茂秦論長篇之作法曰：「長篇古風，最忌舖敘，意不可盡，力不可竭，貴有變化之妙。」（《四溟詩話》卷二）變化而外，寧拙勿巧：「長篇之法，如波濤初作，一層緊於一層，拙句不失大體，巧句最害正氣。」（《四溟詩話》卷一）。

### 第二目　近體詩

茂秦謂近體須過四關，方有佳句：「凡作近體，誦要好，聽要好，觀要好，講要好。誦之行雲流水，聽之金聲玉振，觀之明霞散綺，講之獨繭抽絲；此詩家四關，一關未過，則非佳句矣。」（《四溟詩話》卷一）。

茂秦今體工力深厚，所論亦多獨到，試分絕句與律詩兩部份述之。

## 甲、絕　句

茂秦引左舜齊之言曰：「一句一意，意絕而氣貫，此絕句之法；一句一意，不工亦下也；兩句一意，工亦上也。以工為主，勿以句論。趙韓所選唐人絕句，後兩句皆一意。」（《四溟詩話》卷一）按舜齊之說，本於楊仲宏。又謂七絕宜法盛唐：「七言絕句，盛唐諸公用韻最嚴，大曆以下，稍有旁出者。」「作者當以盛唐為法。盛唐人突然而起，以韻為主，意到辭工，不假雕飾；或命意得句，以韻發端，渾成無迹，此所以為盛唐也。宋人專重轉合，刻意精鍊，或難於起句，借用旁韻，牽強成章，此所以為宋也。」（《四溟詩話》卷一）。

## 乙、律　詩

茂秦論律詩之虛字與實字曰：「律詩重在對偶，妙在虛實。子美多用實字，高適多用虛字，惟虛字極難，不善學者失之。實字多，則意簡而句健；虛字多，則意繁而句弱；趙子昂所謂兩聯宜實是也。」（《四溟詩話》卷一）又謂子美雖多用虛字，卻無繁弱之病：「子美和裴迪早梅相憶之作，兩聯用二十二虛字，句法老健，意味深長，非巨筆不能到。」（《四溟詩話》卷一）。

又主情景交融：「景多則堆垛，情多則闇弱，大家無此失矣。八句皆景者，子美『棘樹寒雲色』是也；八句皆情者，子美『死去憑誰報』是也。」（《四溟詩話》卷一）。

又論律詩之結構曰：「詩以兩聯為主，起結輔之，渾然一氣，或以起句為主，此順流之勢，興在一時。」（《四溟詩話》卷二）律詩尤重結尾：「律詩無好結局，謂之虎頭鼠尾。即當擺脫常格，敻出不測之語，若天馬行空，渾然無迹。張祐金山寺之作，則有此失也。」（卷二）

又論濃淡之道：「律詩雖宜顏色，兩聯貴乎一濃一淡，若兩聯濃，前後四句淡，則可；若前後四句濃，中間兩聯淡，則不可。亦有八句皆濃者，唐四傑有之；八句皆淡者，孟浩然、韋應物有之；非筆力純粹，必有偏枯之病。」（《四溟詩話》卷二）

復論興與力之別：「走筆成詩，興也；琢句入神，力也。句無定工，疵無定處，思得一句妥貼，則兩疵復出，及中聯愜意，或首或尾又相妨，萬轉心機，乃成篇什。」（《四溟詩話》卷三）

末論短律與長律作法之異：「短律貴乎精工，長律宜浩瀚奇崛，其法不可並論。」（《四溟詩話》卷三）

## （一）五　律

茂秦詩以五律爲最佳，其《四溟詩話》論五律之作法，最重起句：「五言律首句用韻，宜突然而起，勢不可遏，若子美『落日在簾鈎』是也；許渾『天晚日沈沈，便無力矣。』（《四溟詩話》卷二）又曰：「太白夜宿筍媼家，聞比鄰春臼之聲以起興，遂得『比鄰夜春寒』之句。然本韻盤餐二字，應用『夜宿五松下』發端，下句意重辭拙，便無後六句，必下落歡韻。此太白近體先得聯者，豈得順流直下哉？」（《四溟詩話》卷二）

又皆用實字，宜含虛活：「五言詩皆用實字，如穆齊己『山寺僧樓月，江城鼓角風。』此聯僅合聲律，要含虛活意乃佳。」（《四溟詩話》卷一）

## （二）七　律

七律多用虛字，每易流於宋調，杜子美因善使之而不爲病，迨乎錢、劉，格調遂下。茂秦曰：「七言近體，起自初唐應制，句法嚴整，或實字疊用，虛字單使，自無敷衍之病，如沈雲卿〈興慶池侍宴〉『漢家城闕疑天上，秦地山川似鏡中』；杜必簡守歲侍宴：『彈弦奏節梅風入，對局探鈎柏酒傳』；宋延清〈奉和幸太平公主南莊〉：『文移北斗成天象，酒近南山獻壽杯』；觀此三聯，底蘊自見。暨少陵〈懷古〉：『一去紫臺連朔漠，獨留青塚向黃昏。』此上二字雖虛，而措詞穩貼。〈九日藍田崔氏莊〉：『藍水遠從千澗落，玉山高並兩峰寒。』此中二字亦虛，工而有力。中唐詩虛字愈多，則異乎少陵氣象，劉文房七言律，品彙所取廿一首，中有虛字者半之，如『暮雨不知溳口處，春風只到穆陵西』之類。錢仲文七言律，《品彙》所取十九首，上四虛者亦強半，如『不知鳳沼霖初霽，但覺堯天日轉明。』『鴛衾久別難爲夢，鳳管遙聞更起愁』之類。凡多用虛字便是講，講則宋調之根，豈獨始於元白？」（《四溟詩話》卷四）「錢、劉七言近體，兩聯多用虛字，聲口雖好，而格調漸下，此文隨世變故爾。」（《四溟詩話》卷四）

## （三）排　律

茂秦以爲排律結句不宜對偶：「若杜子美『江湖多白鳥，天地有青蠅』，似無歸宿。」（《四溟詩話》卷一）

# 第二節　識　解

為詩之道，才、學而外，厥為「識」字；茂秦論詩之識解，有如下述。

茂秦最重格字：「詩有四格，曰興、曰趣、曰意、曰理。太白贈汪倫曰：『桃花潭水深千尺，不及汪倫送我情』，此興也；陸龜蒙〈詠白蓮〉曰：『無情有恨何人見？月曉風清欲墜時』，此趣也；王建宮詞：『自是桃花貪結子，錯教人恨五更風』，此意也；李涉〈上于襄陽〉曰：『下馬獨來尋故事，逢人惟說峴山碑』，此理也；悟者得之，庸心以求，或失之矣。」（《四溟詩話》卷二）

作詩須重體、志、氣、韻：「《餘師錄》曰：『文不可無者有四：曰體、曰志、曰氣、曰韻。』作詩亦然，體貴正大，志貴高遠，氣貴雄渾，韻貴雋永。四者之本，非養無以發其真，非悟無以入其妙。」（《四溟詩話》卷一）

茂秦論學陶、謝之法：「自然妙者為上，精工者次之，此著力不著力之分，學者不必專一而逼真也。專於陶者失之淺易，專於謝者失之餖飣，孰能處於陶、謝之間，易其貌，換其骨，而神存千古？子美云：『安得思如陶、謝手？』此老猶以為難，況其他者乎！」（《四溟詩話》卷四）淵明之自然高妙，雖較靈運之精工雕琢更高一籌，然若專於前者，則流於淺易；專於後者，則失之餖飣；能處兩者之間，脫胎換骨，則神存其中矣！

再論小而大之之法：「詩乃模寫情景之具，情融乎內而深且長，景耀乎外而遠且大，當知神龍變化之妙，小則入乎微罅，大則騰乎天宇。此惟李杜二老知之。古人論詩，舉其大要，未嘗喋喋以洩真機，但恐人小其道爾。詩固有定體，人各有悟性，夫有一字之悟，一篇之悟或由小以擴乎大，因著以入乎微，雖大小不同，至於渾化則一也。或學力未全，而驟欲大之，若登高臺而摘星，則廓然無著手處。若能用小而大之之法，當如行深洞，捫壁盡處，豁然見天；則心有所主，而奪盛唐律髓。追建安古調。殊不難矣！」（《四溟詩話》卷四）越盛唐，追漢魏，正為茂秦之理想也。

又作詩宜勿泥於辭或專於意：「作詩者，立意易，措辭難，然辭意相屬而不離。若泥乎辭，或傷於氣格；專乎意，或涉於議論；皆不得盛唐之調。」（《四溟詩話》卷四）

又詩戒艱深奇澀：「詩曰：『游環脅驅，陰靷鋈續。』又曰：『鉤膺鏤錫，鞹鞃淺幭。』此語艱深奇澀。」（《四溟詩話》卷二）又云：「詩賦各有體製，兩漢賦多使難字，堆垛聯綿，意思重疊，不害於大義也。詩自蘇李五言暨十九首，格古調高，句平意遠，不尚難字而自然過人矣。詩用難韻，起自六朝，若庾開

府『長代手中洺』，沈東陽『願言反魚修』，從此流於艱澀。唐陸龜蒙『織作中流百尺葭』，韋莊『汧水悠悠去似絣』，葭絣二字，近體尤不宜用。譬若王羲之偕諸賢於蘭亭脩禊，適高麗使者至，遂延之席末，流觴賦詩，文雅雖同，如此眼生者，便非諸賢氣象。韓昌黎、柳子厚長篇聯句，字難韻險，然誇多鬥靡，或不可解，拘於險韻，無乃庾、沈啓之邪？」（《四溟詩話》卷四）

又其他宜禁者，如云：「子美〈居夔州〉上句曰：『春知催柳別，農事聞人說。』別、說同韻。王維〈溫泉〉上句曰：『新豐樹裏行人度，聞道甘泉能獻賦。』度、賦同韻。此非詩家正法，章碣上句皆用輸韻，尤可怪也。」（《四溟詩話》卷一）又云：「凡山河廊廟之類，顛倒通用，若天地不可倒用，倒則爲泰卦，曹子建〈桂之樹行〉曰：『天下乃窮極地天』，豈別有見耶？又如詩酒、兒女皆兩物也，倒則一也。」（《四溟詩話》卷四）

# 第三節　構思與立意

## 第一目　構　思

構思爲作詩之首要步驟，《文心雕龍》所謂「馭文之首術，謀篇之大端」（〈神思篇〉）是也。詩之有思，鄭棨得之於灞橋風雪中驢子上，歐陽文忠則得之於馬上、枕上、廁上。茂秦論詩思之生曰：「凡作文靜室隱几，冥搜邈然，不期詩思遽生，妙句萌心，且含毫咀味，兩事兼舉，以就興之緩急也。予一夕欹枕面燈而臥，因詠蜉蝣之句，忽機轉文思，而勢不可遏。」（《四溟詩話》卷三）

又謂構思之道，先難後易：「若妙識所難，其易也將至；忽之爲易，其難也方來。此劉勰明詩至要，非老於作者不能發。凡構思當於難處用工，艱澀一通，新奇迭出，此所以難而易也；若求之容易中，雖千脫稿而無一警策，此所以易而難也。獨謫仙思無難易，而語自超絕，此朱考亭所謂聖於詩者是也。」（《四溟詩話》卷四）

又言詩貴遠而近，否則渺無歸宿：「詩貴乎遠而近，然思不可偏，偏則不能無弊。陸士衡文賦曰：『其始也收視反聽，耽思旁訊，精騖八極，心游萬仞。』此但寫冥搜之狀爾。唐劉昭禹詩云：『句向夜深得，心從天外歸。』此作祖陸士衡，尤知遠近相應之法。凡靜屋索詩，心神渺然，西遊天竺國，仍歸上黨昭覺寺，此所謂遠而近之法也。若經天竺，又向扶桑，此遠而又遠，終何歸宿？」（《四溟詩話》卷四）

## 第二目 立 意

曹子桓嘗云:「文以意爲主,以氣爲輔,以詞爲衞。」劉貢甫詩話亦云:「詩以意義爲主,文詞次之,意深義高,雖文詞平易,自是奇作。」陵陽《屋中語》則云:「作詩必先命意,意正則思生,然後擇韻而用,如驅奴隸,故首尾有序。」然茂秦卻不以必先命意爲然,其言曰:「詩有辭前意,辭後意。唐人兼之,婉而有味,渾而無迹。宋人必先命意,涉於理路,殊無思致。及〈讀世說〉:『文生於情,情生於文』,王武子先得之矣。」(《四溟詩話》卷一)又曰:「宋人謂作詩貴先立意,李白斗酒詩百篇,豈先立許多意思而後措辭哉?」(《四溟詩話》卷一)

又戒人作詩勿專一意:「作詩不必執於一個意思,或此或彼,無適不可,待語意兩足乃定。《文心雕龍》曰:『詩有恒裁,思無定位』,可見作詩不專一意也。」(《四溟詩話》卷三)

# 第四節 鍛 煉

唐子西《語錄》有云:「詩,最難事也。吾於他文不至蹇澀,惟作詩最苦。悲吟累日,僅能成篇,初讀時未見可羞處,姑置之;明日取讀,瑕疵百出,輒復悲吟累日,反復改正,比之前時,稍稍有加焉;復數日取出讀之,疵病復出;凡如此數四,方敢示人,然終不能奇。」賦詩千篇,不若改詩一首,鍛鍊之功,必不可無。

茂秦五律句烹字鍊,用力最深,茲將《四溟詩話》有關鍛鍊之議論,分鍊字與造句二目述之

## 第一目 煉 字

茂秦謂作詩不可用難字:「若柳子厚奉寄張使八十韻之作,篇長韻險,逞其問學故爾。」(《四溟詩話》卷一)又謂忌用粗俗字,「然用之在人,飾以顏色,不失爲佳句,譬諸富家厨中,或得野蔬,以五味調和,而味自別,大異貧家矣。紹易君曰:『凡詩有鼠字而無貓字,用則俗矣,子可成一句否?予應之曰:『貓蹲花砌午。』紹易君曰:『此便脫俗。』」(《四溟詩話》卷三)又曰:「忠孝二字,五七言古體用之則可,若能用於近體,不落常調,乃見筆力。于濆〈送成客南歸〉詩云:『莫渡汨羅水,回君忠孝腸。』此即野蔬借味之法,

而瀆亦知此邪？」（《四溟詩話》卷三）又曰：「凡詩用恩字，不粗則俗，難於造句，陳思王『恩紀曠不接』，梁武帝『籠鳥易爲恩』，謝玄暉『恩變龍庭長』，張正見『讒新恩易盡』，蘇廷碩『戈甲爲恩輕』，杜子美『漏網辱殊恩』，竇叔向『恩深犬馬知』，高蟾『君恩秋後葉，日日向人疏』，李義山『但保紅顏莫保恩』，此皆句法新奇，變俗爲雅，名家自能吻合，作文亦然，若陸士衡『廣樹恩不足以敵怨』是也。予〈悼徽藩〉詩：『撫膺臣妾淚，葬骨死生恩。』〈哭沈參軍鍊〉詩：『今日孔融留二子，應知生死感餘恩。』此二作易於措詞，由於悲感故爾。」（《四溟詩話》卷四）

　　茂秦有關鍊字之言多矣，如云：「左太冲〈魏都賦〉云：『八極可圍於寸眸』，子美『乾坤萬里眼』之句本於此，若曰眸，則不佳。」（《四溟詩話》卷一）「庾信〈詠荷〉詩：『若有千年蔡，須巢但見隨。』梁簡文帝〈納涼〉詩：『遊魚吹水沫，神蔡上荷心。』蔡雖大龜，然字面入詩，殊欠明爽。包佶〈秋日園林寺〉：『鳥窺新罅粟，龜上半攲蓮』，晚唐雖下六朝，由其不用蔡字，乃佳。」（《四溟詩話》卷四）「耿湋〈贈田家翁〉詩：『簪屋朝寒閉，田家晝雨閒。』此寫出村居景象，但上句語拙，朝、晝二字合掌，若作『田家閒晝雨，蠶屋閉春寒。』亦是王孟手段。」（《四溟詩話》卷一）「僧處默〈勝果寺〉詩：『到江吳地盡，隔岸越山多。』陳後山鍊成一句：『吳越到江分。』或謂簡妙勝默作。此到字未穩，若更爲『吳越一江分』，天然之句也。」〔註1〕

## 第二目　造　句

　　茂秦云：「詩有至易之句，或從極難中來，雖非緊要處，亦不可忽。若使一句齟齬，則損一篇元氣矣。」（《四溟詩話》卷四）基於此理，遂主作詩要情景俱工：「聯必相配，健弱不單力，燥潤無兩色，能用此法，則不墮歧路矣。少陵狀景極妙，巨細入玄，無可指摘者。寫情失之疏漏，若『讀書難字過，對酒滿壺傾』，上句眞率自然，下句爲韻所拘耳。昌黎寫情亦有佳者，若『飯中相顧色，別後獨歸情』，辭淡意濃，讀者靡不慨然。每拙於寫景，若『露排四岸草，風約半池萍』，下句清新有格，上句聲調齟齬，使無完篇，則血脈不同，病在一臂故爾。」（《四溟詩話》卷四）又謂句重自然：「武元衡曰：『殘

---

〔註1〕程泰之《考古編》曰：「吳僧〈錢塘白塔院〉詩：『到江吳地盡，隔岸越山多。』陳後山《詩話》鄙其語不文，曰：『是分界堠子耳。』及後山在錢塘，乃有句云：『語音隨地改，吳越到江分。』」

雲帶雨過春城』；韓致光曰：『斷雲含雨入孤林』；二句巧思，不及子美『澹雲疏雨過高城』，句法自然。」「《鶴林玉露》曰：『詩惟拙句最難，至於拙，則渾然天成，工巧不足言矣。若子美『雷聲忽送千峯雨，花氣渾如百合香』之類，語平意奇，何以言拙？劉禹錫〈望夫石〉詩：『望來已是幾千載，只是當時初望時』，陳后山謂辭拙意工是也。」(《四溟詩話》卷一)「今人作詩，忽立許大意思，束之以句則窘，辭不能達，意不能悉，譬如鑿池貯青天，則所得不多；舉杯收甘露，則被澤不廣；此乃內出者有限，所謂辭前意也。或造句弗就，勿令疲其神思，且閱書醒心，忽然有得，意隨筆生，而興不可遏，入乎神化，殊非思慮所及。或因字得句，句由韻成，出乎天然，句意雙美；若接竹引泉，而潺湲之聲在耳；登城望海，而浩蕩之色盈目；此乃外來者無窮，所謂辭後意也。」(《四溟詩話》卷四)

又謂宋詩闕疵之一在蓄意爲巧句：「子美詩：『仰蜂粘落絮，行蟻上枯梨。』『芹泥隨燕觜，花蕊上蜂鬚。』『翠翡鳴衣桁，蜻蜓立鉤絲。』『魚吹細浪搖歌扇，燕蹴飛花落舞筵。』諸聯綺麗，頗宗陳隋，然句工氣渾，不失爲大家。譬如上官公服，而有黼黻錦繡，其文采照人，乃朝端之偉觀也；晚唐此類尤多。又如五色羅縠，織花盈匹，裁爲少婦之襦宜矣。宋人亦有巧句，宛如村婦盛塗脂粉，學徐步以自媚，不免爲旁觀者一笑耳。」(《四溟詩話》卷四)

又譽子美句法有森嚴，亦有閒雅：「子美『星垂平野闊，月湧大江流』，句法森嚴，湧字尤奇。可嚴則嚴，不可嚴則放過些，若『鴻雁幾時到？江湖秋水多』，意在一貫，又覺閒雅不凡矣。」(《四溟詩話》卷一)

其他有關鍊句之說，則謂：「《詩》云：『觀閔既多，受侮不少』，初無意於對也。〈十九首〉云：『胡馬依北風，越鳥巢南枝』，屬對雖切，亦自古老；六朝惟淵明得之，若『芳草何茫茫，白楊亦蕭蕭』是也。」(《四溟詩話》卷一)「韓昌黎曰：『婦人不下堂，遊子在萬里』，託興高遠，有風人之旨。杜少陵曰：『丈夫則帶甲，婦人終在家』，此文不逮意，韓詩爲優。」(《四溟詩話》卷二)「鎭康王西巖〈題宋參政瞻遠樓〉：『江樓懸樹杪，山色到窗中』，精拔有骨，上句尤奇。王右丞〈登辨覺寺〉：『窗中三楚盡，林上九江平』，曠闊有氣，但上字聲律未妥。又西巖〈陪國主謁堅塗中有感〉：『仗劃浮烟破，旗衝過鳥翻』，句法森嚴，何異沈宋應制？崔湜〈題唐都尉山池〉：『雁翻蒲葉起，魚撥荇花遊』，聯雖全美，但晚唐纖巧之漸，若與陪駕之作並論，譬諸艷姬從命婦升階，氣象自別。韓偓〈晚春旅舍〉：『樹頭蜂抱花鬚落，池面魚吹柳絮

行』，祖於湜而敷衍七言，斯又下矣！」（《四溟詩話》卷四）「子美〈秋野〉詩：『水深魚極樂，林茂鳥知歸』，此適會物情，殊有天趣，然本於子建〈離思賦〉：『水重深而魚悅，林脩茂而鳥喜。』二家辭同工異，則老杜之苦心可見矣。」（《四溟詩話》卷四）

# 第五節　聲　韻

茂秦所長在律詩，其論聲韻尤有獨到之處，茲分審音與選韻兩目述之：

## 第一目　審　音

茂秦謂詩法妙在平仄四聲，且有清濁抑揚之分：「試以東董棟篤四聲調之，東字平平直起，氣舒且長，其聲揚也；董字上轉，氣咽促然易盡，其聲抑也；棟字去而悠遠，氣振愈高，其聲揚也；篤字下入而疾，氣收斬然，其聲抑也。夫四聲抑揚，不失疾徐之節，惟歌詩者能之，而未知其所以妙也，非悟何以造其極，非喻無以得其狀。譬如一鳥，徐徐飛起，直而不迫，甫臨半空，翻若少旋，振翮復向一方，力竭始下，塌然投於中林矣。沈休文固已訂正，特言其大概。若夫句分平仄，字關抑揚，近體之法備矣！凡七言八句，起承轉合，亦具四聲，歌則揚之抑之，靡不盡妙，如杜子美〈送韓十四江東省親〉詩云：『兵戈不見老萊衣，嘆息人間萬事非』，此如平聲揚之也；『我已無家尋弟妹，君今何處訪庭闈』，此如上聲抑之也；『黃牛峽靜灘聲轉，白馬江寒樹影稀』，此如去聲揚之也；『此別應須各努力，故鄉猶恐未同歸』，此如入聲抑之也。」（《四溟詩話》卷三）

茂秦又特重聲律：「凡字異而義同者，不可概用之，宜分乎彼此，此先聲律而後義意。用之中的，尤見精工。」（《四溟詩話》卷三）並舉例如下：「然禽不如鳥，翔不如飛，莎不如草，涼不如寒，此皆聲律中之細微，作者審而用之，勿專於義意而忽於聲律也。」（《四溟詩話》卷三）

又評劉禹錫詩抑揚不佳：「夫平仄以成句，抑揚以合調，揚多抑少則調勻，抑多揚少則調促，若杜常〈華清宮〉詩：『朝元閣上西風急，都入長楊作雨聲』，上句二入聲，抑揚相稱，歌則為中和調矣。王昌齡〈長信秋詞〉：『玉顏不及寒鴉色，猶帶昭陽日影來』，上句四入聲相接，抑之太過，下句一入聲，歌則疾徐有節矣。劉禹錫〈再過玄都觀〉詩：『種桃道士歸何處？前度劉郎今又來』，上句四去聲相接，揚之又揚，歌則太硬，下句平穩，此一絕廿六字皆揚，惟

百畝二字是抑，又觀竹枝詞所序，以知音自負，何獨忽於此邪？」（《四溟詩話》卷三）

## 第二目　擇　韻

茂秦謂詩當擇韻：「若秋舟平易之韻，作家自然出奇；若晡甌粗俗之類，諷誦而無音響；若鎪鎪艱險之類，意在使人難押。」（《四溟詩話》卷一）

繼謂勿為難韻所窘：「九佳韻窄而險，雖五古造句亦難。況七言近體，押韻穩，措詞工，而兩不易得，自唐以來，罕有賦者。皮日休、陸龜蒙館娃宮之作，雖弔古得體，而無渾然氣格，窘於難韻故爾。」（《四溟詩話》卷四）

又謂進退格不可法：「李師中送唐介，錯綜寒山兩韻，謂之進退格，李賀已有此體，殆不可法。」（《四溟詩話》卷一）

又謂字有兩音，不可誤為一韻：「凡字有兩音，各見一韻，如二冬逢，遇也；一東逢音蓬，〈大雅〉：『鼉鼓逢逢』。四支衰，減也；十灰衰音崔，殺也，《左傳》：『皆有等衰』。十三元繁，多也；十四寒繁音盤，《左傳》：『曲縣繁纓。』四豪陶，姓也、樂也；二蕭陶音遙，相隨之貌；《禮記》：『陶陶遂遂。』皋陶，舜臣名。作詩宜擇韻審音，勿以為末節而不詳考。賀知章〈回鄉偶書〉云：『少小離鄉老大回，鄉音無改鬢毛衰』，此灰韻衰字，以為支韻衰字誤矣。」（《四溟詩話》卷三）

又近體詩不可用古韻：「張說〈送蕭都督〉曰：『孤城抱大江，節使往朝宗。果是台中舊，依然水土逢。京華逢此日，疲老颯如冬。竊羨能言鳥，銜恩向九重』，此律詩用古韻也。李賀〈詠馬〉曰：『白鐵挫青禾，砧聞落細莎。世人憐小頸，金埒愛長牙』，此絕亦用古韻也。二詩不可為法。」（《四溟詩話》卷一）

茂秦又謂古詩自有所協，漢代用韻參差，迨沈休文始趨嚴整，唐詩遂成定式：「古詩之韻，如三百篇協用者，『西北有高樓，上與浮雲齊』是也；如洪武韻互用者，『灼灼園中葵，朝露待日晞』是也；如沈約拘用者，『有鳥西南飛，熠熠似蒼鷹』是也。漢人用韻參差；沈約類譜，始為嚴整，早發定山岡，用山、先二韻。及唐以詩取士，遂為定式，後世因之，不復古矣。楊誠齋曰：『今之禮部韻，乃是限制士子成文，不許出韻，因難以見工爾。至於吟詠性情，當以國風、離騷為法，又奚禮部韻之拘哉？』鄒國忠曰：『不用沈韻，豈得謂之唐詩？古詩自有所協，如『靡室靡家，獫狁之故』，曹大家字本此。」（《四溟詩話》卷一）

其他論選韻者，尚有：「江韻不附於陽韻之後，而附於東冬之後，何哉？江韻之字，皆出於東冬二韻，若金傍著工爲釭，木傍著舂爲樁，餘類此。凡作古詩，三韻互用。謝康樂〈田南謝園〉詩曰：『樵隱俱在山，由來事不同。卜室倚北阜，啓扉面南江。』漢魏諸賢如此者尤多。」（《四溟詩話》卷四）「七言絕律，起句借韻，謂之孤雁出羣，宋人多有之。寧用仄字，勿用平字，若子美『先帝貴妃俱寂寞，諸葛大名垂宇宙』是也。」（《四溟詩話》卷一）

# 第六節　用事與屬對

## 第一目　用　事

用事多，則難免有誤，茂秦戒人對此宜加謹慎：「陸厥〈孺子妾歌〉曰：『安陵泣前魚』；劉長卿〈湘妃廟〉曰：『未作湘南雨，知爲何處雲？』盧仝〈贈馬異〉曰：『神農畫八卦』；楊敬之〈客思〉曰：『細腰沈趙女』；唐彥謙〈新豐〉曰：『半夜素靈先哭楚』，此皆用事之謬。」（《四溟詩話》卷一）

子美嘗云：「作詩用事，要如禪家語：『水中著鹽，飲水乃知鹽味。』」其詩亦能符其所言，茂秦於《詩話》中一再言及：「用事多，則流於議論，子美雖爲詩史，氣格自高。」（《四溟詩話》卷一）「杜少陵『避人焚諫草』之句，善用羊祜事，此即是晏子『諫乎君不華乎外』之意。」（《四溟詩話》卷一）「《世說新語》：徐孺子九歲時，嘗月下戲，或云：『若令月中無物，當極明邪？』子美詩：『斫卻月中桂，清光應更多。』意祖於此，造句奇拔，觀者不覺用事。所謂『讀書破萬卷，下筆如有神』，杜老不欺人也。」（《四溟詩話》卷四）

## 第二目　屬　對

《文心雕龍》有云：「造化賦形，支體必雙；神理爲用，事不孤立。夫心生文辭，運裁百慮；高下相須，自然成對。」（〈麗辭篇〉）是對偶乃依乎天理，順乎自然，非可強而爲之，茂秦亦有是論：「《詩》曰：『覯閔既多，受侮不少』，初無意於對也。〈十九首〉云：『胡馬依北風，越鳥巢南枝』，屬對雖切，亦自古老。六朝唯淵明得之，若『芳草何茫茫，白楊亦蕭蕭』是也。」（《四溟詩話》卷一）又讚曹子建之善於屬對：「陳思王〈五游詩〉云：『披我丹霞衣，襲我素霓裳。徘徊文昌殿，登陟太微堂。上帝休西櫺，羣后集東廂。帶我瓊瑤佩，漱我沆瀣漿。踟躕玩靈芝，徙倚弄華芳。王子奉仙藥，羨門進奇方。』

此皆兩句一意，然祖於古樂府，觀其〈陌上桑〉：『湘綺爲下裙，紫綺爲上襦。耕者忘其犁，鋤者忘其鋤。』〈焦仲卿妻〉：『東西植松柏，南北種梧桐。枝枝相覆蓋，葉葉相交通。』〈相逢行〉：『黃金爲君門，白玉爲君堂。』〈羽林郎〉：『長裙連理帶，廣袖合歡襦。』此皆古調，自然成對。陳思通篇擬之，步驟雖似五言長律，其辭古氣順如此。」（《四溟詩話》卷三）

又論六朝曰：「謝靈運〈折楊柳行〉：『鬱鬱河邊樹，青青田野草』，此對起雖有模倣，而不失古調，至於『騷屑出穴風，揮霍見日雪』，此亦對起，用於中則穩帖。卓文君〈白頭吟〉：『皚如山上雪，皎如雲間月』，其古雅自是漢人語，鮑明遠擬之曰：『直如朱絲繩，清如玉壺冰』，此亦用漢人機軸，雖能織文錦羅縠，惜時樣不同爾。」（《四溟詩話》卷三）再論子美，謂其〈遣意〉二首，皆偏入格：『四更山吐月，殘月水明樓』，突然而起，似對非對，而不失格律，時孤城四鼓，睡起憑高，良工莫能狀其妙，不待講而自透澈，此豈偶然得之邪？此豈冥然思之邪？至於『囀枝黃鳥近，泛渚白鷗輕』，此亦對起，頗似簡板，況用二虛字，意多氣靡，緩於發端。夫鳴於枝上者黃鳥，則近而可親，泛於渚次者白鷗，則輕而可愛；著於前聯則可，子美起對固多切者，宜在中而不宜在首，此近體定法也。又〈寄劉峽州四十韻〉，末二句云：『江湖多白鳥，天地有青蠅』，長律自無徹尾屬對，若蒸韻不窮，想更有布置。（《四溟詩話》卷三）

劉彥和嘗曰：「麗辭之體，凡有四對。」，〔註2〕《文鏡祕府論》謂對有廿九種，上官儀則有六對與八對之說，茂秦於《詩話》中亦提及隔句對：「吳筠〈覽古〉詩曰：『蘇生佩六印，奕奕爲殃源；主父食五鼎，昭昭成禍根。李斯佐二辟，巨釁鍾其門；霍孟翼三后，伊戚及後昆。』此古體敘事，文勢使然，蓋出於無意也；若分爲兩篇，皆謂之隔句對，自與近體不同爾。」（《四溟詩話》卷二）又云：「江淹〈貽袁常侍〉詩曰：『昔我別秋水，秋月麗秋天；今君客吳坂，春日媚春泉。』子美〈哭蘇少監〉詩曰：『得罪台州去，時違棄碩儒；移官蓬閣後，穀貴歿潛夫。』此皆隔句對，亦謂之扇對格，然祖於〈采薇〉詩：『昔我往矣，楊柳依依；今我來思，雨雪霏霏。』」（《四溟詩話》卷四）

---

〔註2〕見《文心雕龍‧麗辭篇》。

# 第五章 謝茂秦之文學觀（三）──論體裁

## 第一節 論詩體

### 第一目 以題名分

人各有體，詩亦各有其體。其以題名分體者，茂秦曰：「文式：放情曰歌；體如行書曰行；兼之曰歌行；悲如蚩蝥曰吟；讀之使人思怨，委曲盡情曰曲，宜委曲諧音；通乎俚俗曰謠，宜隱蓄近俗；載始末曰引，宜引而不發。此雖體式，猶欠變通，舊同名異體，同體異名耳。」（《四溟詩話》卷二）

茂秦所言諸體，盡在元微之所云二十四名之內。《元氏長慶集》曰：「是後詩之流為二十四名：賦、頌、銘、贊、文、誄、箴、詩、行、詠、吟、題、怨、歎、章、篇、操、引、謠、謳、歌、曲、詞、調，皆詩人六藝之餘，而作者之旨。」

茂秦所釋諸體涵義，又與姜堯章所云相符，蓋襲取其說耳。按姜氏《白石道人詩說》曰：「守法度曰詩；載始末曰引；體如行書曰行；放情曰歌；兼之曰歌行；悲如蚩蝥曰吟；通乎俚俗曰謠；委曲盡情曰曲。」

茂秦所云諸體，以《文心雕龍》例之，則屬雜文之類。劉氏於〈雜文篇〉曰：「詳夫漢來雜文，名號多品。或典誥誓問，或覽略篇章，或曲操弄引，或吟諷謠詠，總括其名，並歸雜文之篇。」

茲列述各家釋義，並舉例說明之：

（一）歌──毛氏傳曰：「曲合樂曰歌。」元氏〈樂府古題序〉曰：「備度曲者謂之歌。」《文章辨體》曰：「放情長言曰歌。」徐師曾《詩體明辨》曰：「其放情長言雜而無方者曰歌。」張表臣《珊瑚鉤詩話》曰：「永言謂之

歌。」徐禎卿《談藝錄》曰：「歌聲雜而無方。」薛雪《一瓢詩話》曰：「放情曰歌。」上述諸家，以《文章辨體》、《詩體明辨》、《一瓢詩話》所言者，與茂秦之說最為近似。

按嚴儀卿《滄浪詩話》以為歌有一句之歌，如「枹鼓不鳴董少平」（《漢書》）、「千乘萬騎上北邙」（漢童謠）、「清絲白馬壽陽來」等是；有二句之歌，如荊軻〈易水歌〉：「風蕭蕭兮易水寒，壯士一去兮不復還。」（《史記·刺客列傳》）古詩青驄、白馬、共戲樂、女兒子之類是。〔註1〕有三句之歌，如漢高〈大風歌〉：「大風起兮雲飛揚，威加海內兮歸故鄉，安得猛士兮守四方。」（《史記·高祖本紀》）又〈古華山畿〉二十五首，〔註2〕其辭亦多為三句。

實則滄浪所引漢童謠「千乘萬騎上北邙」之上，尚有「侯非侯，王非王」二句，故不當作一句計。考古時一句之歌甚多，如「關西孔子楊伯起」、「五經紛綸井大春」、「五經無雙許叔重」、「說經鏗鏗楊子行」〔註3〕等皆是，蓋不止儀卿所言者也。至〈華山畿〉二十五首中，一首為五句，一首為四句。餘皆為三句之歌。明楊慎《升庵詩話》曰：「古有三句之詩，意足詞贍，盤屈於二十一字之句，最為難工。」近人胡才甫著《詩體釋例》一書，以為若古逸詩不計，則當以漢高〈大風歌〉、〈鴻鵠歌〉為最早。

（二）行——元微之〈樂府古題序〉謂行乃詩之一體。張表臣《珊瑚鉤詩話》曰：「步驟馳騁，斐然成章，謂之行。」徐禎卿《談藝錄》曰：「行體疏而不滯。」薛雪《一瓢詩話》曰：「流走曰行。」《詩體明辨》曰：「步驟馳騁，疏而不滯曰行。」以上諸說，大致相同。茂秦所言，則與白石道人所釋之義，殊無二致。

按東漢馬援有〈武溪深行〉，當是行之最古者，茲錄於下：

> 「滔滔武溪一何深，鳥飛不度，獸不敢臨。嗟哉武溪多毒淫。」

（三）歌行——薛雪《一瓢詩話》曰：「放情曰歌，流走曰行，兼曰歌行。」茂秦說亦與此合。

按歌行有有聲有詞者，樂府所載諸歌是也；有有詞無聲者，後人所作諸歌是也。〔註4〕

---

〔註1〕 均為清商曲辭西曲歌，見《樂府詩集》。
〔註2〕 均為清商曲辭吳聲歌，見《樂府詩集》。
〔註3〕 《續漢書》曰：「楊政字子行，京兆人，少好學……京師為之作〈楊子行歌〉。」
〔註4〕 見《詩體明辨》。

　　儀卿《滄浪詩話》曰：「古有鞠歌行、放歌行、長歌行、短歌行，又有單以歌名者，行名者，不可枚述。」茲舉陸士衡〈鞠歌行〉於下，以見其體製之一斑：

　　　　「朝雲升，應龍攀，乘風遠遊騰雲端。鐘鼓歇，豈自歡，急弦高張思和彈。時希值，年夙怨，循己雖易知人難。王陽登，貢公歡，罕生既沒國子歎。嗟千載，豈虛言，邈矣遠念情愾然。」

　　（四）吟──《釋名・釋樂器篇》曰：「吟，嚴也，其聲本出於憂愁，故其聲嚴肅，使人聽之悽歎也。」元微之〈樂府古題序〉以為吟亦詩之一體。《珊瑚鉤詩話》曰：「吁嗟慨歎，悲憂深思，謂之吟。」《談藝錄》曰：「吟以呻其鬱。」《一瓢詩話》曰：「悲鳴如蛩曰吟。」《詩體明辨》曰：「吁嗟嘅歌，悲憂深思，以呻其鬱者曰吟。」按張表臣、徐昌穀、徐師曾所言相同；而茂秦則與薛雪之說合。

　　樂府相和歌辭楚調曲有〈白頭吟〉、〈梁父吟〉、〈泰山吟〉、〈東武吟〉等。茲錄〈白頭吟〉一首於下：

　　　　「皚如山上雲，皎若雲間月，聞君有兩意，故來相決絕。」一解
　　　　「平生共城中，何嘗斗酒會。今日斗酒會，明旦溝頭水，蹀躞御溝上，溝水東西流。」二解
　　　　「郭東亦有樵，郭西亦有樵，兩樵相推與，無親為誰驕？」三解
　　　　「淒淒復淒淒，嫁娶不須啼，願得一心人，白頭不相離。」四解
　　　　「竹竿何嫋嫋，魚尾何離簁，男兒欲相知，何用錢刀為？皛如馬噉其，川上高士嬉，今日相對樂，延年萬歲期。」五解

　　（五）曲──《珊瑚鉤詩話》曰：「聲音雜比，高下短長，謂之曲。」《談藝錄》曰：「曲以導其微。」《一瓢詩話》曰：「委曲曰曲。」而徐師曾則兼括諸家之言，其《詩體明辨》曰：「高下長短，委曲盡情，道其微者曰曲。」茂秦所釋，與諸家同，而多「讀之使人思怨」一語。

　　按《文體通釋》曰：「曲者，曲不直也，行也，屈折委曲而行其歌也；亦謂之行，行亦曲也，歌曲之行若步趨也。」是曲亦行也。

　　茲舉梁簡文帝〈烏栖曲〉，以見其概：

　　　　芙蓉作船絲作筰，北斗橫天月將落，
　　　　採蓮渡頭礙黃河，郎今欲渡畏風波。
　　　　浮雲似帳月如鉤，那能夜夜南陌頭，

宜城投泊今行熟，停鞍繫馬暫棲宿。

青年丹穀七香車，可憐今夜宿倡家，

倡家高樹鳥欲棲，羅幃翠被任君低。

織成屏風金屈膝，朱唇玉面燈前出。

相看氣息望君憐，誰能含羞不自前。

（六）謠──《爾雅》曰：「徒歌謂之謠。」〈毛傳〉曰：「徒歌曰謠。」《文體通釋》曰：「謠者，省作䚻，徒歌也，詩歌之不合樂者也。」《珊瑚鉤詩話》曰：「非鼓非鐘，徒歌謂之謠。」《一瓢詩話》曰：「通俗曰謠。」《詩體釋例》曰：「謠，徒聲歌也。一說有曲曰歌，無曰謠。」

《滄浪詩話》謂沈炯有〈獨酌謠〉，王昌齡有〈箜篌謠〉，《穆天子傳》有〈白雲謠〉；實則昌齡所作者為〈箜篌謠〉，此蓋儀卿之誤。茲舉沈炯〈獨酌謠〉於下：

「獨酌謠，獨酌謠，獨酌獨長謠，智者不我顧，愚夫余不要，不愚復不智，誰當余見招？所以成獨酌，一酌一傾瓢。生涯本漫漫，神理暫超超。再酌矜許史，三酌傲松喬，頻頻四五酌，不覺凌丹霄。倏爾厭五鼎，俄然賤九韶。彭殤無異葬，夷跖可同朝，龍蠖非不屈，鵬鷃本逍遙。寄語號咷侶，無乃大塵囂。」

（七）引──《文體通釋》曰：「引者，開弓也，導也，長也；歌曲之導引而長者，若引弓也。」元稹〈樂府古題序〉曰：「其在琴瑟者，為操為引。」《文章辨體》曰：「述事本末曰引。」《珊瑚鉤詩話》曰：「品秩先後，敘而推之，謂之引。」《談藝錄》曰：「引以抽其臆。」《詩體明辨》曰：「述事本末曰引。」茂秦所釋，與《文章辨體》相合。

《滄浪詩話》以為古曲有〈霹靂引〉、〈走馬引〉、〈飛龍引〉。茲舉石崇〈思歸引〉於下：

思歸引，歸河陽。假余翼，鴻鶴高飛翔。經芒草，濟河梁，望我舊館心悅康。清渠激，魚彷徨，雁驚沂波羣相將，終日周覽樂無方。

登雲閣，列姬姜，拊絲竹，叩宮商，宴華池，酌玉觴。

## 第二目　以篇章分

茂秦論集句之始曰：「晉傅咸集七經語為詩，北齊劉晝緝綴一賦，名為六合。魏收曰：『賦名六合，其愚已甚，及觀其賦，又愚於名，後之集句肇於此。』」

（《四溟詩話》卷一）

按傅咸作〈七經詩〉，其〈毛詩〉一篇曰：

聿脩厥德，令終有淑。勉爾遁思，我言維服。盜言孔甘，其何能淑。

讒人罔極，有靦面目。

又其〈論語〉詩二首曰：

守死善道，磨而不磷。直哉史魚，可謂大臣。見危授命，能致其身。

克己復禮，學優則仕。官貴在天，爲仁由己。以道事君，死而後已。

楊用修《升庵詩話》與陳伯敷（名繹曾）《詩語》亦以爲集句始於傅咸。

然《金玉詩話》及《蓼花洲閒錄》謂宋初始有集句，至石曼卿而大著，其〈下第〉集句曰：「一生不得文章力，欲上青雲未有因。聖主不勞千里召，姬娥何惜一枝春。鳳凰詔下雖沾命，豺虎叢中也立身。啼得血流無用處，著朱騎馬定何人。」又以「月如無恨月長圓」，對「天若有情天亦老」。螢雪雜又有集杜詩，如「扈聖登黃閣，享衢照紫泥」，「泥融飛燕子，地僻無鸚雞」，「獻納紆皇眷，衣冠拜紫宸」此集杜之始也。又文文山亦有〈集杜詩〉兩百首。

此外沈括則謂集句始自王荊公，如「風定花猶落，鳥鳴山更幽」之類，有多至百韻者。〔註5〕陳后山亦謂：「荊公暮年，喜爲集句，黃山谷以爲正堪一笑耳。」〔註6〕《滄浪詩話》亦云：「集句惟荊公最長，胡笳十八拍渾然天成，絕無痕跡，如蔡文姬肺肝間流出。」

大體言之，集句因難以見巧，乃文人遊戲翰墨之一端。偶一爲之，可見巧思，多作則不可也。晁美叔以集句示劉貢父，貢父曰：「君高明之識，何至作此等伎倆。集古人句，譬如蓬蓽之士，適有佳客，既無自己庖廚，而器皿肴蔌，悉假貸於人，意欲強學豪奢，而寒酸之氣，終是不脫。」東坡〈答孔毅夫集句見贈〉亦云：「羨君戲集他人詩，指呼市人如小兒。天邊鴻鵠不易得，便令作對隨家雞。退之驚笑子美泣，問君久假何時歸。世間好事世人共，明月自滿千家墀。」

## 第三目　以字句分

### （一）三言詩

茂秦曰：「江有汜乃三言之始，迨〈天馬歌〉，體製備矣。嚴滄浪謂創自

---

〔註5〕　見《夢溪筆談》。

〔註6〕　見《後山詩話》。

夏侯湛，蓋泥於《白氏六帖》。」(《四溟詩話》卷二)

按三言詩，皎然謂起於虞典元首之歌；〔註7〕《金玉詩話》謂起自高貴鄉公；楊用修《升庵詩話》則曰：「《詩·頌》：振振鷺，鷺于飛；鼓咽咽，醉言歸。三言之始也。」近人謝无量以爲研究詩體者，每謂三言起於高貴鄉公，蓋指通篇而言，若以一句二句論，則《詩經》中之「綏萬邦、累豐年、振振鷺等，是三言詩。」〔註8〕楊、謝二人所言，蓋本摯虞之《文章流別》。

綜而論之，皎然謂三言起於虞典元首之歌，然元首歌每句句末皆有哉字足成，去哉字則不成句。《詩經》雖有三言，然非全體，茂秦謂起自江有汜，蓋就一句兩句而論。夏侯湛集中無三言詩，不足爲據。(胡鑑曰：「夏侯湛字孝若，有集，而無三言詩，想已佚矣。」)《金玉詩話》謂起於高貴鄉公，然夷考其實，漢世〈房中歌〉〈豐草蔞〉及〈雷震震〉二章，〈郊祀歌〉之〈練時日〉、〈象載瑜〉，〈天馬歌〉等，已創其體，劉舍人且引〈喜起歌〉爲三言之首，而謂詩之有三五言，多成自西漢，〔註9〕是不始於魏末明矣。茂秦謂三言詩至〈天馬歌〉，體製該備，洵爲碻論。茲錄其詞於下：

> 太一貺，天馬下；霑赤汗，沫流赭。志俶儻，精權奇；躡浮雲，晻
> 上馳。體容與，迣萬里；今安匹，龍爲友。

## (二) 四言詩

茂秦曰：「四言體始於〈康衢歌〉，暨三百篇則盛矣。滄浪謂起自韋孟，非也。」(《四溟詩話》卷二)

按《文心雕龍·明詩篇》曰：「漢初四言，韋孟首唱；匡諫之義，繼軌周人。」王元美《藝苑巵言》亦曰：「四言詩須本風雅，間及韋孟，然勿相雜也。」是劉、王二人皆以四言始自〈風〉〈雅〉，韋孟則爲漢之首唱者。滄浪所以謂起自韋孟者，蓋其論詩體不取三百篇也。(《漢書·韋賢傳》曰：「韋孟爲楚元王傅，傅子王夷及孫王戊。戊荒淫不遵道，孟作詩諷諫。」)茂秦雖謂四言詩不起自韋孟，然卻以諷諫詩乃四言長篇之祖。〔註10〕

又趙甌北《陔餘叢考》曰：「四言詩當以舜典喜起之歌爲首，大禹所訓『內作色荒，外作禽荒』六句，亦濫觴也。三百篇外，如《帝王世紀》所載〈繫

〔註7〕見《詩式》。
〔註8〕見謝无量《詩經研究》。
〔註9〕見《文心雕龍·明詩篇》。
〔註10〕見《四溟詩話》卷一。

壤歌〉『日出而作，鑿井而飲，耕田而食。』《尚書大傳》所記〈卿雲歌〉：『明明上天。爛然星陳，日月光華，宏於一人，糺乎鼓之，軒乎舞之。精華既竭，褰裳去之。』又〈塗山歌〉：『綏綏白狐，九尾龐龐。』《左傳》所載〈虞人箴〉曰：『茫茫禹跡，畫爲九州。經啓九道，民有寢廟。獸有茂草，各有攸處，德用不擾。』《穆天子傳》所載〈西王母謠〉：『白雲在天，山陵自出。道里悠遠，山川間之。將子無死，尚復能來。』《戰國策》所記荀卿作歌曰：『以瞽爲明，以聾爲聰，以是爲非，以吉爲凶。嗚乎上天，曷其有同！』其音節皆簡貴高古，縱出於後人擬作，要非漢以後所能也。」此亦一說也。

周秦以迄漢初，詩多四言；迨五言興，四言遂衰。然漢魏六朝尚有爲之者，韋孟而外，相如〈封禪頌〉，傅毅〈迪志詩〉，曹孟德〈短歌行〉，張茂先〈勵志詩〉，陶淵明〈停雲詩〉，皆其尤者也。唐以後四言遂成絕響，李太白「羅幃舒卷，似有人開，明月直入，無心可猜。」及柳子厚〈皇雅〉，皆僅見者。宋蘇東坡作〈觀棋〉詩，記廬山白鶴觀事：「不聞人聲，但聞落子。」亦偶爲之耳。方嶽《深雪偶談》五言而上，世人往往極其所至，惟四言難工，劉後村謂三百篇在前之故，蓋有至理存焉。

茲舉曹孟德〈短歌行〉於下：

> 對酒當歌，人生幾何？譬如朝露，去日苦多。慨當以慷，憂思難忘。
> 何以解憂？惟有杜康。青青子衿，悠悠我心。但爲君故，沈吟至今。
> 呦呦鹿鳴，食野之苹。我有嘉賓，鼓瑟吹笙。明明如月，何時可掇？
> 憂從中來，不可斷絕。越陌度阡，枉用相存。契闊談讌，心念舊恩。
> 月明星稀，烏鵲南飛。繞樹三匝，何枝可依？山不厭高，海不厭深。
> 周公吐哺，天下歸心。

### （三）六言詩

茂秦曰：「六言體起於谷永陸機長篇一韻，迨張說劉長卿八句，王維、皇甫冉四句，長短不同，優劣自見。」（《四溟詩話》卷二）

其謂六言起自谷永，任彥昇《文章緣起》、嚴儀卿《滄浪詩話》，已有是言。然劉彥和於《文心雕龍・章句篇》卻謂：「六言七言，雜出詩騷。」（按《詩經》：「昔者先王受命」，「有如召公之臣」，「謂爾遷於王都」，「曰予未有室家」，皆六言之例。又《離騷》去其分字。六言尤多。）

楊用修《升庵詩話》則謂：「《文選》註引董仲舒〈琴歌〉二句，亦六言，不始於谷永明矣。」

趙甌北《陔餘叢考》，辨之更詳，其言曰：「任昉云：『六言始於谷永。』然劉勰云：『六言七言，雜出詩騷。』今按《毛詩》『謂爾遷于王都』，『曰予未有室家』等句，已開其端，則不始於谷永明矣。然永六言詩今不傳。《後漢書·孔融傳》云：『融所著詩頌碑文六言策文表檄。』其曰六言者，蓋即六言詩也，今已不傳。蓋此體非天地自然之音節，故雖工而終不入大方之家耳。古六言詩間有可見者，如《文選》注引董仲舒〈琴歌〉二句。又樂府：『月穆穆以金波，日華耀以宣明。』邊孝先〈解嘲〉：『寢與周公通夢，靜與孔子同意。』〈滿歌行〉：『命如鑿石見火，居世竟能幾時？』《唐書》中宗賜宴羣臣，李景伯歌曰：『廻波爾持酒巵，微臣職在箴規。侍宴既過三爵，喧嘩竊恐非宜。』此皆六言之見於史傳者。至王摩詰等又以之創爲絕句小律，亦波峭可喜。」

又《北史》載陽俊之作六言歌詞，世俗流傳，名爲〈陽五律呂〉，寫而賣之。一月過市，欲取而改之。賣者曰：「陽五古之賢人，君何所知，輒敢議論。」俊之喜而止。則陽五專以此見長，世俗競相倣傚可知也。

綜上所述，可知在谷永之前已有六言，或永本此體，剏爲全篇，以此名家，然其詩今已不傳。至趙甌北謂孔融六言詩不傳，此乃趙氏未之見耳，融之六言詩三首具存，可以履按。（載於《古文苑》）然章樵又謂融詩「率直無含蓄，必非其眞。」

《文心雕龍·章句篇》曰：「四字密而不促，六字格而非緩，或變之以三五，蓋應機之權節也。」此或爲六言詩不盛之原因。近人黃晦聞於《詩學》一書中，推求其故曰：「蓋六言起於五言之後，且漢人文賦書牘，多用六言，是故以之爲文者多，而以之爲詩者少，此六言之詩所以不能興起歟？」

茲將孔融六言詩三首分錄於後：

漢家中葉道微，董卓作亂乘衰。僭上虐下專威，萬官惶怖莫違，百姓慘慘心悲。

郭李分爭爲非，遷都長安思歸。瞻望關東可哀，夢想曹公歸來，從洛到許巍巍。

曹公輔國無私。減去廚膳甘肥，羣僚率從祈祈。雖得俸祿常飢，念我苦寒心悲。

## （四）七言詩

茂秦曰：「《塵史》曰：『王得仁謂七言始於〈垓下歌〉，〈柏梁篇〉祖之。

劉存以交交黃鳥止於桑為七言之始，合兩句為一，誤矣！〈大雅〉曰：維昔之富不如時；〈頌〉曰：學有緝熙於光明，此為七言之始。』亦非也。蓋始於〈擊壤歌〉：帝力何有於我哉？〈雅〉〈頌〉之後，有〈南山歌〉、〈子產歌〉、〈採葛婦歌〉、〈易水歌〉，皆有七言，而未成篇及〈大招〉百句，〈小招〉七十句，七言已盛於楚，但以參差語間之，而觀者弗詳焉。」（《四溟詩話》卷二）斷然以〈擊壤歌〉為七言之始。

七言始於何時，論者紛紜，茲列述各家之說如下：

**甲、起自《詩經》者**

謂七言起自詩經者頗眾，《文心雕龍》即云：「六言七言，雜出詩騷。」孔穎達謂「為彼築室於道謀」，為七言之始。實則《詩經》之七言句甚多，如「維今之疚不如昔」，「尚之以瓊華乎而」，「胡取禾三百廛兮」，「學有緝熙於光明」，「自今伊始歲其有」，「君子有穀貽子孫」等皆是。

**乙、起自《楚辭》者**

謂起於《楚辭》者，顧炎武《日知錄》曰：「昔人謂〈招魂〉〈大招〉，去其些只，即是七言詩。余考七言之興，自漢以前，固多有之。如《靈樞經‧刺節真邪篇》：『凡刺小邪日以大，補其不足乃無害，視其所在迎三界。凡刺寒邪日以溫，徐經徐來致其神，門戶已閉氣不分，虛實得調其氣存。』宋玉〈神女賦〉：『羅紈綺繢盛文章，極服妙采照萬方。』此皆七言之祖。」郭正域亦有是言。

又游國恩《楚辭概論》則舉〈離騷〉「汩余若將不及兮，恐年歲之不吾與。」〈九章‧涉江〉「與前世而皆然兮，吾又何怨乎今人？余將董道而不豫兮，固將重昏而終身。」〈九辯〉「願一見兮道余意，君之心兮與余異。車既駕兮揭而歸，不得見兮心傷悲。」並謂〈九歌〉中之〈山鬼〉、〈國殤〉二篇，為七言古風。

**丙、起自荀子者**

梁啟勳《中國韻文概論》謂《荀子‧成相篇》「均以兩句三言，一句七言組成長短句之韻語。」亦可謂七言之祖。（按〈成相篇〉首兩句為三言，第三句則為七言，如「請成相，身之殃，愚闇愚闇墮賢良。」）

**丁、起自漢武之前者**

梁啟勳氏又謂漢武帝之前，七言甚多，其言曰：「秦史游〈急就章〉：『急就

奇觚與眾異，羅列諸物名姓字，分別部居不雜厠，用日約少殊快意。』儼然一首七古，後之西漢字書皆仿其體，《黃庭經》亦然。」又曰：「緯書中七言句最多，如《孝經緯・援神契》之『玄立制命帝卯行』《易緯・乾鑿度》之『太易變教民不倦』之類是也。緯書大抵爲先秦儒生方士所作。」又曰：「〈易水〉、〈垓下〉、〈大風〉諸歌，或並兮字，或將兮字刪除，皆成七言詩。」又曰：「漢高〈房中歌〉：『大海蕩蕩水所歸，高賢愉愉民所懷。』乃純粹之七言詩。」

戊、起自〈大風〉、〈柏梁〉者

沈德潛《說詩晬語》曰：「〈大風〉、〈柏梁〉，七言權輿也。」《金玉詩話》亦謂起於〈柏梁〉。

上述諸家所言，多有未洽處。蓋《詩經》中之七言，僅爲一句二句，非是全篇。〈楚辭〉有兮字，亦不得目爲七言。《荀子・成相》，史游〈急就〉、緯書、〈大風〉，皆不純乎全篇七言。〈易水〉〈垓下〉亦有「兮」字，皆不得視爲七言之始。茂秦謂肇於〈擊壤歌〉，此亦不確，蓋其全篇非七言也。〈柏梁〉之說，任彥昇《文章緣起》亦力主之。考〈柏梁台〉詩之成，係武帝元封廿一年作柏梁台，詔羣臣二千名，有能爲七言者，乃得上坐。顧炎武於《日知錄》中力辨其僞，歸納其說，凡有二端：（一）按《史記》及《漢書》，元昇二年春起柏梁台。爲梁平王廿二年；孝王之薨至此已有廿九年。始爲元封。（詩中有孝王名）（二）光祿勳，大鴻臚、執金吾、左馮翊、大司農、京兆尹，六官皆太初以後之名，不應預書於元封時。是不得謂七言始於〈柏梁〉一詩也明矣。然則七言詩始於何時？一言以蔽之，曰：「曹子桓〈燕歌行〉是也。」

附曹子桓〈燕歌行〉於後：

> 秋風蕭瑟天氣涼，草木搖落露爲霜。羣燕辭歸雁南翔，念君客遊思斷腸。慊慊思歸戀故鄉，何爲淹留寄他方。賤妾煢煢守空房，憂來思君不敢忘。不覺淚下霑衣裳，援琴鳴絃發清商，短歌微吟不能長。明月皎皎照我床，星漢西流夜未央，牽牛織女遙相望，爾獨何辜限河梁。

# 第四目 雜 體

茂秦曰：「孔融離合體，竇韜妻迴文體，鮑照十數體，建除體，謝莊道里名體，梁簡文帝卦名體，梁元帝歌曲名體，姓名體，鳥名體，獸名體，龜兆名體，鍼穴名體，將軍名體，宮殿名體，屋名體，車名體，船名體，草名體，樹名體，沈炯六府體，八音體、六甲體，十二屬體，魏晉以降，多務纖巧，

此變之變也。」此茂秦論雜體之言也。六朝以來，窮極工巧，盡態爭妍，各體蠹出。嚴儀卿《滄浪詩話》謂：「字謎、人名、卦名、數名、藥名、州名之詩，只成戲論，不足爲法。」近人劉師培著《中古文學史》一書，則云：「觀齊梁所存之詩，自離合詩，回文詩，建除詩以外，有四色詩，八音詩，數名詩，州郡詩，藥名詩，姓名詩，鳥獸詩，樹名詩，草名詩，宮殿名詩各體。又有大言、小言諸詩，此均是惟工數典者也。」茲述茂秦所言各體之意義及其源流，並分別舉例以明之。

## （一）離合體

何謂離合體？明陳懋仁曰：「字可析而合成文，故曰離合。」

至謂離合起始年代，則言人人殊。任彥昇《文章緣起》，吳兢《樂府古題要解》，劉餗《樂府解題》，嚴羽《滄浪詩話》皆謂肇始於孔融；劉勰《文心雕龍・明詩篇》卻謂：「離合之發，則萌於圖讖。」

近人王運熙作〈離合詩考〉，於離合詩之源流，辨析甚詳，其言曰：「離合字體以成詩章，昔之學人，率謂孔融肇始，夷考其實，文舉以前已有此體。東漢袁康、吳平著《越絕書》，魏伯陽著《參同契》，均隱籍貫姓名於後序中，特知之者尠耳。大抵漢魏之際，析字之戲，衍成風氣，不特離合詩體爲然，其在歌謠亦有斯體，若溯厥遠源，猶當上及於讖緯，蓋析字者，廀其辭以成讔語，實謎之一種，文人好奇，因有離合詩焉。孔融之後，晉有潘岳離合詩，體式一遵孔氏，降及東晉，作者無聞。泊乎劉宋，王韻之始創爲騷體。其後孝武帝、劉駿亦有騷體離合，而謝靈運、謝惠連、何長瑜、賀道奕並有五言離合詩，唯陶弘景《眞誥》所錄誥命，猶爲四言，特體製未嚴，而《北史・斛律光傳》所載五言離合，亦率意不經。隋運短促，此製靡運，迄於唐初，其體未絕，泊乎中葉，權張（權德輿、張薦）贈答，同僚繼賡，蔚成篇什。降及末季，皮陸（皮日休、陸龜蒙）倡酬，篇章特富，並造新體，與前迴異。趙宋以降，其體式微，惟東坡『硯蓋離合』，頗稱簡妙。」

茲錄孔融〈離合詩〉如下：

「漁父屈節，水潛匿方；（離魚字）與昔進止，出行施張。（離日字，魚字合成魯。）呂公磯釣，闔口謂旁；（離口字）九域有聖，無土不王。（離或字，口或合成國。）好是正直，女回於匡；（離子字）海外有截，隼逝鷹揚。（離乙字、子字合成孔，說文乙或作鳦。）六翮將奮，羽儀未彰；（離帚字）蛇龍之蟄，俾也可忘。（離虫字，二字

合成融。)玫璇隱耀，美玉韜光。(去玉成文不須合。)無名無譽，

放言深藏；(離與字)按彎安行，誰謂路長。(離手字，二字合成舉。)」

## （二）迴文體

世皆以迴文起於蘇蕙，《滄浪詩話》曰：「起於竇滔之妻，織錦以寄其夫也。」竇妻即蘇蕙。其詩亦名〈璇璣圖〉，見於記載。其序云：「前秦安南將軍竇滔，與寵姬趙陽臺之任，而遺其妻蘇蕙於家。蕙織錦迴文，題詩二百餘首，計八百餘字，縱橫反覆，皆為文章。名曰〈璇璣圖〉，寄滔。滔感其意，乃迎蘇氏而遺陽臺，此迴文之祖也。」

然《文心雕龍‧明詩篇》卻曰：「回文所興，則道原為始。」按李詳（審言）黃注補正曰：「《困學紀聞》十八評詩云：『《詩范類格》謂回文出於竇滔妻所作（《晉書‧列女傳》：『竇滔妻蘇氏名蕙字若蘭。滔被徙流沙，蘇氏思之，織錦為迴文璇璣圖詩以贈滔。宛轉循環以讀之，詞甚悽惋，凡八百四十字。』）又傅咸有〈回文反復詩〉，溫嶠有〈回文詩〉，皆在竇妻前。翁元圻注引《四庫全書總目》宋桑世昌《回文類聚》四卷。《藝文類聚》載曹植〈鏡銘〉，回環讀之，無不成文，實在蘇蕙以前。詳案：梅慶生音注本云：『宋賀道慶作四言〈回文詩〉一首，計十一句，四十八言，從尾至首，讀亦成韻，而道原無可考，恐原為慶字之誤。』案：道慶之前，回文作者已眾，不得定原字為慶之誤。」

茲錄王元長〈春遊回文詩〉備考：(《藝文類聚》作賀道慶。)

枝分柳塞外，葉暗榆關東。垂條逐絮轉，落蕊散花叢。池蓮照曉月，

慢錦拂朝風；低吹雜綸羽，薄粉艷妝紅；離情隔遠道，歎結深閨中。

## （三）十數體

詩有以數為題者，如四時、四氣、四色、五噫、六憶、六甲、六府、八音、十索、十離、十二屬、百年是也。有以數為詩者，如數詩、數名，自一至十是也。

晉陶潛有〈四時詩〉，宋鮑照有〈十數詩〉，齊虞羲有〈數名詩〉。茲將虞羲之〈數名詩〉錄後：

一去濠水陽，連翩遠為客。二毛颯已垂，家貧無所擇。三徑日荒疎，

遙人心不懌。四豪不降意，何事黃金百。五日來歸者，朱輪竟長陌。

六郡輕薄兒，追隨窮日夕。七發動音容，賓從紛奕奕。八表服英嚴，

光光滿墳籍。九流意何似，守玄遂成白。十載職不移，來歸落松柏。」

## （四）建除體

《滄浪詩話》原註曰：「鮑明遠有〈建除詩〉，詩每句首冠以建除平滿等字。其詩雖佳，蓋鮑本工詩，非因建除之體而佳也。」

茲錄鮑照〈建除詩〉如下：

> 建旗出敦煌，西討屬國羌。除去徒與騎，戰車羅萬箱。滿山又塡谷，
> 投鞍合營墻。平原亘千里，旗鼓轉相望。定舍後未休，候騎勒前裝。
> 執戈無暫頓，鷟孤不解張，破滅西陵國，生虜郅支王，危亂悉平蕩，
> 萬里置關梁。成軍八玉門，士女獻壺漿。收功在一時，歷世荷餘光。
> 開攘襲朱紱。左右佩金章，閉幃草太玄，茲事殆愚狂。

## （五）道里名體

謝茂秦舉謝莊〈自潯陽至都，集道里名爲詩〉爲例，茲錄其詩於下：

> 山經亙旋覽，水牒勦敷尋。稽謝城淹流，煙台信遐臨。翔州凝寒氣，
> 秋浦結清陰。眇眇高湖曠，遙遙南陵深。青溪如委黛，黃沙似舒金。
> 觀道雷池側，訪聽茅堂陰。魯顯闕微迹。秦良滅芳音，訊遠博望崖，
> 採賦梁山岑。崇觀非陳宇，茂苑豈舊林。

將道里名嵌入詩中，偶一爲之，頗有趣味。

## （六）卦名體

蕭綱（梁簡文帝）有〈卦名詩〉，每句含一卦名，茲錄其詩於後：

> 櫛比園花滿，徑復水流新。離禽時入袖，旅谷乍依蘋，豐壺要上客，
> 鴻鼎命佳賓。車由泰夏闆，馬散咸陽城，蓮舟雖未濟，分密已同人。

## （七）歌曲名體

茂秦舉梁元帝之〈歌曲名詩〉爲例，茲錄其詩如下：

> 啼鳥怨別偶，曙鳥憶離家。石關題書字，金燈飄落花。東方曉星沒，
> 西山晚石斜。縠衫廻廣袖，團扇掩輕紗。暫借青驄馬，來送黃牛車。

以曲名入詩，悠揚動聽。

## （八）姓名體

茂秦舉梁元帝之〈姓名詩〉爲例，可知六朝已有此體，然葉夢得卻謂起於唐之權德輿，其《石林詩話》曰：「荊公詩有『老景眞可惜，無花可留得。莫嫌柳渾青，終恨李太白』之句，以古人姓名藏句中，蓋以文爲戲。或者謂前無此體，自公始見之。余讀《權德輿集》，其一篇云：『藩宣秉戎寄，衡石

崇勢位。年紀信不留，弛張良自愧。樵蘇則爲愜，瓜李斯可畏。不顧榮宦尊，每陳農畝利。家林類巖巘，負郭躬歛積。忌滿寵生嫌，養蒙恬勝利。疎鐘皓月曉，晚景丹霞異。澗谷永不變，山梁冀無累。論自王符肇，學得展禽志。從此直不疑，支離疎世事。』則權德輿已嘗爲此體。」

謝氏之說，尤得源頭。

### （九）鳥名體

茂秦舉梁元帝〈鳥名詩〉爲例，茲錄其詩如下：

> 萬舟去鳲鵲，鵲引欲相邀。晨鳧移去舸，飛燕動歸橈。雞人憐夜刻，
> 風女念吹簫。崔釵炤輕幌，翠的繞纖腰。復聞朱鷺曲，鉦管離迴潮。

以禽鳥入詩，炫學耀才。

### （十）獸名體

茂秦亦舉梁元帝〈獸名詩〉爲例，茲錄其詩如下：

> 豹韜求秘術，虎略選良臣。水涉黃中浦，山過白馬津。
> 摧鋒上狐塞，畫象入麒麟。果下新花落，桃枝芳樹春。
> 王孫及公子，熊席復橫陳。

蕭繹仍以才學見長。

### （十一）龜兆名體

茂秦舉梁元帝〈龜兆名詩〉爲例，茲錄其詩如下：

> 土膏春氣生，倡女協春情。魚遊連北水，鵲作遼東鳴。折梅還插鬢，
> 盈柱更移聲。銀燭含朱火，金鑪對寶笙。百枝迎夕焰，卻月隱高城。

### （十二）鍼穴名體

茂秦舉梁元帝〈鍼穴名詩〉爲例，茲錄其詩如下：

> 金椎五百里，日晚唱歸來。車轉承光殿，步上通天臺。釵臨曲池影，
> 扇拂玉堂梅。先取中庭入，罷逐步廊迴。下關那早閉，人迎已復開。

### （十三）將軍名體

茂秦舉梁元帝〈將軍名詩〉爲例，茲錄其詩如下：

> 常旅皆成陣，龍騎盡能踔。揚鞭俱破虜，決勝往長楡。細柳浮輕暗，
> 大樹繞栖鳥。樓船寫退蹏，檣鳥狎飛鳧。渡河還自許，偏與功名俱。

### （十四）宮殿名體

獨有相思意，聊敞鳳凰台。蓮披香稍上，日含光正來。

離鶴將雲散，飛花似雪廻。遙想竹林友，前牖夜夜開。

謝氏舉例猶是蕭繹所作。

## （十五）屋名體

梁元帝有〈屋名詩〉：

梁園氣色和，北斗共相遇。玉桂調新笛，畫扇掩餘歌。深潭影菱菜，

絕壁挂輕羅。木蓮恨花晚，薔薇嫌刺多。含情戲芳節，徐步待金梭。

## （十六）車名體

梁元帝有〈車名詩〉：

長墟帶江轉，連甍映日分。佳人坐椒屋，接膝對蘭薰。繞砌縈流水，

邊梁圖畫雲。錦香懸珠眾，衣香遙出群。思暮輕帷下，黃金妾贈君。

## （十七）船名體

梁元帝有〈船名詩〉：

六際浮雲飛，三翼自相追。池模白鶴舞，檐知青雀歸。華淵通轉塹，

伏櫺誇相磯。松澗流星影，桂窗斜月暉。思君此無極，高樓淚染衣。

## （十八）草名體

梁元帝有〈草名詩〉：

胡王迎聘主，塗經蒯北遊。金錢買含笑，銀玦影梳頭。初控遊龍馬，

仍移卷柏舟。中江離思切，蓬鬢不堪秋。況度菖蒲海，落月似懸鈎。

## （十九）樹名體

桃李競追隨，輕移露弱枝。杏梁始東炤，柘火未西馳。香因玉釧動，

佩逐金衣移。柳葉生眉上，珠璫搖鬢垂。逢君桂枝馬，車下覓新知。

觀茂秦舉例，知梁元帝多以文字為戲。

## （二十）六府體

茂秦謂沈烱有六府體，茲錄其詩如下：

水廣南山暗，杖策出蓬門。火炬村前發，林烟樹下昏。

金花散花蘂，蕙艸雜芳蓀。木蘭露漸落，山芝風屢翻。

土高行已冒，抱甕憶中園。穀城定若近，當終黃石言。

沈氏有文才，梁元帝時領尚書左丞。

## （廿一）八音體

茂秦謂沈烱有八音體，茲錄其詩如下：

> 金屋貯阿嬌，樓閣起迢迢。石頭是年少，大道跨河橋。
>
> 絲桐無緩節，羅綺自飄颷。竹烟生薄晚，花色亂春朝。
>
> 匏衣詎冥匹，神女嫁蘇韶。土地多妍冶，鄉里是塵囂。
>
> 革年未相識，磬論動風飈。木桃底堪用，寄以答瓊瑤。

## （廿二）六甲體

茂秦謂沈烱有六甲體，茲錄其詩如下：

> 上戊勸農桑，長庚報夕陽。漁丁藏小篆，螺甲秘清香。
>
> 句乙雛筠蘭，甘辛酌桂漿。丙科曾決策，波巳莫籌畫。

## （廿三）十二屬體

茂秦謂沈烱有十二屬體，茲錄其詩如下：

> 鼠迹生塵案，牛羊暮下來。虎嘯生空谷，免月向牕開。龍隰遠青翠，
>
> 蛇柳共徘徊。馬蘭方遠摘，羊負始春栽。猴栗羞芳果，雞砧引清杯。
>
> 狗其懷物外，豬蠡窈悠哉。

君臣喜爲此體，蔚爲風氣。

# 第二節　論賦體

茂秦論「七」之源流曰：「枚乘始作〈七發〉、後有傅毅〈七激〉、張衡〈七辯〉、崔駰〈七依〉、馬融〈七廣〉、劉向〈七略〉、劉梁〈七舉〉、崔琦〈七蠲〉、植麟〈七說〉、李尤〈七歎〉、劉廣世〈七興〉、曹桓子建〈七啓〉、徐幹〈七喻〉、王粲〈七釋〉、劉邵〈七華〉、陸機〈七微〉、孔偉〈七引〉、湛方生〈七歡〉、張協〈七命〉、顏延之〈七繹〉、竟陵王〈七要〉、蕭子範〈七誘〉，諸公馳騁文詞，而欲齊驅枚乘，大抵機括相同，而優劣判矣。趙王枕易曰：『七法來自鬼谷子〈七箝〉之篇。』」

茂秦之前，晉傅玄亦歷述「七」體之各代作家，並加評隲，其〈七謨序〉曰：「昔枚乘作〈七發〉，而屬文之士，若傅毅、劉廣世、崔駰、李尤、桓麟、崔琦、劉梁、桓彬之徒，承其流而作之者紛焉，〈七激〉、〈七興〉、〈七依〉、〈七款〉、〈七說〉、〈七蠲〉、〈七舉〉、〈七設〉之篇。於是通儒大才，馬季長、張平子亦引其源而廣之。馬作〈七屬〉，張造〈七辨〉，或以恢大道而導幽滯，

或以黼瑰夆而託諷詠，揚輝播烈，垂於後世者，凡十有餘篇。自大魏英賢迭作，有陳王〈七啓〉、王氏〈七釋〉、劉氏〈七華〉，從父侍中〈七誨〉，竝陵前而邈後，揚清風於儒林，亦數萬篇焉。世之賢明，多稱〈七激〉工，餘以為未盡善也。〈七辨〉似也，非張氏至思，比之〈七激〉，未為劣也。〈七釋〉僉曰妙哉，吾無間矣。若〈七依〉之卓轢一致，〈七辨〉之纚編精巧、〈七啓〉之奔逸壯麗、〈七釋〉之精密閑理，亦近代之所希也。」〔註12〕傅、謝二家所言者外，尚有何遜之〈七召〉、簡文帝之〈七勵〉。

　　七體，每作必八篇，首為序，後分七段，移步換形，隨處新人耳目，不若賦之冗長。意境逐段變化，層深一層，設為問對。梁啓勳〈中國韻文概論〉謂其淵源「出自〈楚辭〉，而體格則自漢賦轉變者也。」

　　枚乘〈七發〉為七之祖，首段為序，總絜全篇之機，二音樂、三飲食、四車馬、五遊宴、六校獵、七觀潮、八總結。前四段舖敘排比，第五段雜述山川、詞賦、宮殿、魚鳥、草木、聲伎。何義門謂曹子建〈七啓〉將此段分為數節。第六校獵，分三節，逐層加緊。第七尤令人驚心駭目。

　　後世為七者，其組織與結構，多倣〈七發〉而為之。如子建〈七啓〉，首段序引，次飲食，三服飾、四遊獵、五宮館、六聲色、七遊俠、八結論。梁簡文帝〈七勵〉，一總序、二宮館、三服御、四飲饌、五聲伎、六典籍、七武功、八文德。雖對仗工巧，詞藻綺麗，然辭勝於情，不逮古人遠矣。李善嘗評後世為七者曰：「〈七發〉者，說七事以起發太子也。枚乘之分七段，原隨手拈來，曾無定律，後世仿其體，每作七段，未免膠柱鼓瑟。」〔註13〕洵有至理。

〔註12〕昉書早亡，今本為唐績所補，見《唐書・藝文志》。
〔註13〕見李善注《文選》。

# 第六章　謝茂秦之文學觀（四）──論批評及評詩

## 第一節　論批評

茂秦首論批評之必要曰：「蓋擅名一時，寧肯帖然受詆訶？又自謂大家氣格，務在渾雄，不屑於句字之間。殊不知美玉微瑕，未爲全寶也。」（《四溟詩話》卷三）基於此理，故勸盧柟再假思索，以成無瑕之玉：「盧（盧柟）曰：『格貴雄渾，句宜自然。吾子何其太苦，恐刻削有傷元氣爾。』曰：『凡靜臥宜想頭流轉。思未周處，病之根也。數求改穩，一悟得純，子美所謂『新詩改罷自長吟』是也。吾子所作太速，若宿構然，再假思索，則無瑕之玉，倍其價矣。』盧曰：『凡走筆率成一篇，雖欲求疵而治，意不可得，做手定矣，奈何？』曰：『觀子直寫胸中所蘊，由乎氣勝，專效背水陣之法，久而雖熟，未必皆完篇也。』」（《四溟詩話》卷三）盧次楩以才氣勝，興至成詩，雖有佳構，然疵病亦所難免，故寫成之後，務須再改，始有完篇。

茂秦以爲「雖古人詩，亦有可議者。」（《四溟詩話》卷三）誠爲詩者切勿有驕矜之氣：「作詩勿自滿，若識者詆訶則易之，雖盛唐名家亦有罅隙可議，所謂瑜不掩瑕是也。已成家數，有疵易露；家數未成，有疵難評。」（《四溟詩話》卷二）可謂眞知灼見，經驗之談。茂秦又曰：「作詩不能自滿，此大雅之胚也。雖躋上乘，得正法眼評之尤妙。勤以進之，苦以精之，謙以全之，能入乎天下之目，則百世之目可知。」（《四溟詩話》卷三）詩人能虛懷若谷，則有所受益，再勤以進之，精益求精，所作必爲「全寶」。

茂秦曾舉古人服善之例：「古人之作必正定而後出，若丁敬禮之服曹子建，袁宏之服王洵，王洵之服王誕，張融之服徐覬之，薛道衡之服高構，隋文帝之服庾自直，古人服善類如此。」（《四溟詩話》卷一）學古人不僅在學其詩，更應學其雅量。

茂秦又誡批評者若偶正人之所失，不宜沾沾自喜：「范希文作〈嚴子陵祠堂記〉云：『先生之德，山高水長。』李泰伯易德為風，至今彰希文之善，此泰伯偶然爾。」（《四溟詩話》卷三）范文正公虛心求益，泰伯雖正其失，乃旁觀者清之故，非謂其才學必勝於文正公也。又曰：「近有詞流，與人一字之益，每對眾言之，其不自廣也如此。及出所作，稱之則快意，議之則變色。雖杜少陵更正，亦不免忌心萌焉。夫偶定人之未安，何其自矜？竟沮人之有益，甘於自誤！」惡聞忠言，驕滿招損，自誤之道，莫此為甚！

茂秦繼謂詩評家不吐真言之故，乃因：「凡以詩求正者，在乎知己，否則無益，徒有自忿之誚。或終篇稱許，而不雌黃一字，恐有誤則貽笑爾；或灼見其疵，雖有奇字，隱而不言，恐人完其美，振其名，是出於意，非忌而何？」畏失言而貽笑於大方，致不敢雌黃一字，此一因也；忌成人之美，振人之名，致隱其疵而不言，此二因也。〔註1〕

茂秦復言詩評家宜去心中三大敵：「凡製作繫名、論者心有同異，豈待見利而變哉？見有佳篇，面雖云好、默生毀端，而播於外，此詩中之忌也。或見有奇句，佯為沈思，欲言不言，俾其自疑，此詩中之奸也。或見名公巨卿所作，不論工拙，極口稱賞，此詩中之諂也。諂者利之媒，奸者利之機，忌者利之蠹，然慎交則保名，三者有一，不能無損，如藥加硝黃之類，其耗於元氣者多矣！」（《四溟詩話》卷三）三敵不去，不僅批評不易準確，即對詩作亦有大損！

## 第二節　評歷代詩

甲、關於《詩經》者——茂秦曰：「〈三百篇〉直寫性情，靡不高古，雖其逸詩，漢人尚不可及。」（《四溟詩話》卷一）又曰：「洪興祖曰：『〈三百〉比賦少而興多，〈離騷〉興少而比賦多』。予嘗考之〈三百篇〉，賦七百二十，興三百七十，比一百一十，洪氏之說誤矣。」（《四溟詩話》卷二）

---

〔註1〕 以下僅標出卷數，而省去「四溟詩話」四字。

乙、關於辭賦者──茂秦曰：「屈宋為辭賦之祖；荀卿六賦，自創機軸，不可例論；相如善寫楚辭，而馳騁太過；子建骨氣漸弱，體製猶存；庾信生平最蕭瑟，暮年詞賦動江關。託以自寓，非稱信也。」（卷二）又曰：「揚雄作〈反騷〉〈廣騷〉，班彪作〈悼騷〉，摯虞作〈愍騷〉，應奉作〈感騷〉，漢魏以來，作者繽紛，無出屈宋之外。」（卷一）又曰：「〈離騷〉語雖重復，高古渾然，漢人因之，便覺費力。」（卷一）又曰：「〈長門賦〉曰：『夫何佳人兮，步逍遙以自虞；魂踰佚而不返兮，形枯槁而獨居。』〈悼李夫人賦〉曰：『美連娟以脩嫮，命樔絕而不長；飾新宮以延佇兮，泯不歸乎故鄉。』二賦情詞悲壯，韻調鏗鏘，與歌詩何異？」（卷一）又曰：「宋玉〈大言賦〉曰：『并吞四夷，飲枯河海，跂越九州，無所容止。』〈小言賦〉曰：『無內之中，微物生焉，比之無象，言之無名，視之則渺渺，望之則冥冥，離婁為之嘆悶，神明不能察其情』二賦出於《列子》，皆有託寓。」（卷二）

丙、關於漢代者──茂秦曰：「唐山夫人〈房中樂〉十七章，格韻高嚴，規模簡古，駸駸乎商周之頌；迨蘇李五言一出，詩體變矣，無復為漢初樂章，以繼風雅，惜哉！」（卷一）又曰：「漢武帝柏梁台成，詔羣臣能為七言者，乃得與坐。有曰：總領天下誠難治；有曰：和撫四夷不易哉！有曰：『三輔盜賊天下危』；有曰：『盜賊南山為民災』；有曰：『外家公主不可治』。是時君臣宴樂，相為警誡，猶有二代之風。」（卷一）又曰：「詩自蘇李五言暨十九首，格古調高，句平意遠，不尚難字，而自然過人。」（卷四）

丁、關於魏代者──茂秦曰：「詩以漢魏並言，魏不逮漢也。建安之作，率多平仄穩帖，此聲律之漸，而後流於六朝，千變萬化，至盛唐極矣！」（卷一）

戊、關於六朝者──茂秦曰：「六朝以來，流連光景之弊，蓋自〈三百篇〉比興中來，然抽黃對白，自為一體。」（卷一）

己、《詩經》〈楚辭〉六朝合論者──茂秦曰：「〈三百篇〉已有聲律，若『蒹葭蒼蒼，白露為霜』；暨〈離騷〉『洞庭波兮木葉下』之類漸多；六朝以來，黃鐘瓦釜，審音者自能辨乏。」（卷二）

庚、漢魏六朝合論者──茂秦曰：「古詩十九首，平平道出，且無用工字面，若秀才對朋友說家常話，略不作意……魏晉詩家常話與官話相半，迨齊梁開口俱是官話。官話使力，家常話省力，官話勉然，家常話自然。」（卷三）

辛、六朝隋唐合論者──茂秦曰：「唐律，女工也；六朝，隋唐之表，亦女工也；此體自不可少。」（卷一）

壬、唐宋合論者——茂秦曰：「唐人歌詩，如唱曲子，可以協絲簧，諧音節；晚唐格卑，聲調猶在；及宋柳耆卿、周美成出，能爲一代新聲，詩與詞爲二物，是以宋詩不入絃歌也。」（卷一）又曰：「《霏雪錄》曰：『唐詩如貴介公子，舉止風流；宋詩如三家村乍富人，盛服揖賓，辭容鄙俗』。殊不知老農亦有名言，貴介公子不能道者。」（卷一）

## 第三節　評歷代詩人

### 甲、關於漢代詩人者

1. 韋孟——「韋孟詩，雅之變也；〈昭君歌〉，風之變也；三百篇後，二作得體，梁太子不取〈昭君〉，何哉？」（卷一）又曰：「韋孟諷諫詩，乃四首長篇之祖，忠鯁有餘，溫厚不足。」（卷一）

2. 漢武——「漢武帝『秋風起兮白雲飛』，出自『大風起兮雲飛揚』；『蘭有秀兮菊有芳；懷佳人兮不能忘』出自『沅有芷兮澧有蘭，思公子兮未敢言。』漢武讀書，故有沿襲；漢高不讀書，多出己意。」（卷一）

3. 班姬——「班姬託扇以寫怨，應瑒託雁以言懷，皆非徒作。」（卷一）

4. 蔡文姬——「蔡文姬〈胡笳十八拍〉曰：『城南烽火不曾滅，疆場征戰何時歇？殺氣朝朝衝塞門，胡風夜夜吹邊月。』此爲太白古風之祖。」（卷二）

5. 上元夫人——「《漢武內傳》：『上元夫人彈雲林之瑟，歌步元之曲曰：綠景清飆起，雲蓋映朱葩。蘭房闢琳闕，碧空起風沙。』此歌華麗無味，或六朝贗作。西王母〈白雲謠〉曰：『白雲在天，邱陵自出。道路悠遠，山川間之。將子無死，尚能再來。』辭簡意盡，高古莫及。」（卷二）

### 乙、關於魏代詩人者

1. 魏武帝——「魏武帝〈短歌行〉，全用〈鹿鳴〉四句，不如蘇武『鹿鳴思野草，可以喻佳賓』，點化爲妙。」（卷一）

   又曰：「魏武帝〈善哉行〉，七解；魏文帝煌煌京洛行，五解；全用古人事實，不可泥於詩法論之。」

2. 曹植——「曹子建曰：『白馬飾金羈，連翩西北遲。借問誰家子？幽并遊俠兒』。此類盛唐絕句。」（卷一）

又曰：「子建詩多有虛字實用處，唐人詩眼本於此。」（卷二）

## 丙、關於六朝詩人者

1. 傅玄——「傅咸〈艷歌行〉，全襲〈陌上桑〉，但曰：『天地正厥位，願君改其圖。』蓋欲辭嚴義正，以裨風教。不知『使君自有婦，羅敷自有夫』，已含此意，不失樂府本色。」（卷一）又曰：「〈木蘭詞〉後篇不當作，末曰：『忠孝兩不渝，千古之名焉可滅？』此亦玄之見也。」（卷一）

2. 張協——「《老子》曰：『五音令人耳聾。』張景陽〈七命〉：『百籟羣鳴聾其山。』此聾字太奇，雖有所祖而費講。」（卷四）

3. 陶潛——「皇甫湜曰：『陶詩切以事情，但不文爾。』湜非知淵明者，淵明最有性情，使加藻飾，無異鮑謝，何以發真趣於偶爾，寄至味於澹然？」（卷二）

4. 謝瞻與謝靈運——茂秦曰：「謝瞻〈從宋公戲馬臺送孔令〉曰：『聖人眷佳節，揚鑾戾行宮。』謝靈運曰：『良辰感聖心，雲旋興暮節。』是時晉帝尚存，二公世臣，媚裕若此。靈運又曰：『韓亡子房奮，秦帝魯連恥。』何前佞而後忠也。」（卷一）又曰：「謝靈運擬魏文帝〈芙蓉池〉之作，過於體貼，宴賢之際，何乃自陳德業哉？」（卷一）

5. 謝惠連——「謝惠連『屯雲蔽層嶺，驚風涌飛流。』一篇句法雷同，殊無變化。」（卷一）

6. 江淹——「江淹擬劉琨，用韻整齊，造語沈著，不如越石吐出心肺。」（卷一）又曰：「江淹擬顏延年，辭致典縟，得應制之體，但不變句法，大家或不拘此。」（卷一）

7. 沈約——「謝康樂〈述祖德〉詩云：『展季救魯人，勵志故絕人。』此亦兩用人字為韻，魏晉古意猶存，而不泥聲韻。沈隱侯〈白馬篇〉云：『停鑣過上蘭，輕舉出樓蘭。』〈緩聲歌〉云：『瑤軑信凌空，羽嚻已騰空。』此二篇亦兩用蘭字空字為韻。夫隱侯始定聲韻，為詩家楷式，何乃自重其韻，使人藉為口實，所謂蕭何造律而自犯之也。」（卷一）

8. 蕭統——「梁昭明太子〈大言詩〉曰：『觀脩鯤其若轍鮒，視滄海之如濫觴，經二儀而跼蹐，跨六合以翱翔。』〈細言詩〉曰：『坐臥鄰空塵，憑附蟭螟翼，越咫尺而三秋，度毫釐而九息』，此祖宋玉而無謂，蓋以文為戲爾。」（卷二）

9. 梁元帝——「梁元帝〈春日詩〉，用二十三春字，鮑泉奉和亦用二十九新字，不及淵明用二十止字，略無虛設，字字有味。」（卷一）

10. 陳後主——「陳後主曰：『日月光天德，山河壯帝居。』氣象宏闊，辭語精確，爲子美五言句法之祖。」（卷二）

## 丁、關於唐代詩人者

1. 各家合評——「孔文谷曰：『陳子昂之古風，尚矣！其含光飛文，懷幽吐奇，廊廟而有江山之致，烟霞而兼黼黻之裁，著色成文，吹氣從律，則燕公曲江高矣！美矣！擅其宗矣！杜子美稱李白詩清新俊逸，然卻太快。太白謂子美詩苦，然卻沈鬱，緣其性褊躁婞直，而多憂愁憤屬之氣，其用字之法，則老將之用兵也。王摩詰、孟浩然、韋應物，典雅冲穆，入妙通玄，觀寶玉於東序，聽廣樂於鈞天、三家其選也。過此以往，不能遍觀而盡識矣。』又曰：『長篇是賦之變體，而去一兮字；近體則研鍊精切，麗括諧儷，如文錦之有尺幅，絕句皆樂府也。長篇當以李嶠〈汾陰行〉爲第一，近體當以張說〈侍宴隆慶池應制〉爲第一。杜甫〈秋興〉則聞道長安似奕棋一篇尤勝。絕句如王摩詰『廣武城邊逢暮春，汶陽歸客淚沾巾。落花寂寂啼山鳥，楊柳青青渡水人。』與渭城朝雨一篇，韋應物『雨中禁火空齋冷，江上流鶯獨坐聽。把酒看花想諸弟，杜陵塞食草青青。』皆風人之絕響也。」（卷四）

2. 韋應物、白居易、司空曙三家合論——「韋蘇州曰：『窗裏人將老，門前樹已秋。』白樂天曰：『樹初黃葉日，人欲白頭時』。司空曙曰：『雨中黃葉樹，燈下白頭人。三詩同一機杼，司空爲優，善狀目前之景，無限凄感，見乎言表。」

3. 許敬宗——「〈擬江合九日〉三首，皆次韻，初唐殆不多見。」（卷二）

4. 柳宗元——「余讀柳子厚〈掩役夫張進骹〉詩，至『但願我心安，不爲爾有知』，誠仁人之言也。夫子厚一代文宗，故其構詞摛藻，能占地步如此。」（卷四）

5. 李賀——「予夜觀李長吉、孟東野詩集，皆能造語奇古，正偏相半，豁然有得，併奪搜奇想頭，去其二偏，險怪如夜壑風生，暝巖風生月墮，時時山精鬼火出焉；苦澀如枯林朔吹，陰崖凍雪，見者靡不慘然。」（卷四）

6. 杜牧——「杜牧之〈清明詩〉曰：『借問酒家何處有？牧童遙指杏花村。』

此作宛然入畫，但氣格不高。」（卷一）

### 戊、關於宋代詩人者

1. 陳無己——「陳無己〈寄外舅郭大夫〉詩曰：『巴蜀通歸使，妻孥且定居。深知報消息，不敢問何如。身健何妨遠，情深未肯疎。功名欺老病，淚盡數行書。』趙章泉謂此作絕似子美，然兩聯爲韻所牽，虛字太多而無餘味，若此前後爲絕句，氣骨不減盛唐。」（卷一）

2. 遜軒子——「遜軒子博學嗜詩，志在古雅，且得論詩之法，乃〈擬閭閻〉一絕，不下唐調，其頓悟也如此。」（卷四）

### 己、關於元代詩人者

1. 趙衍——「予客京師，遊翠巖七眞洞讀壁上詩曰：『紛披容與縱笙歌，蕙轉光風艷綺羅。露濕桃花春不管，月明芳草夜如何。璃珠浩蕩隨蘭檝，雲旆低回射玉珂。深入醉鄉休秉燭，盡情揮取魯陽戈。』耶律丞相門客趙衍所作，清麗有味，頗類唐調。」（《四溟詩話》卷二）

### 庚、關於金代詩人者

1. 王庭筠——「金學士王庭筠〈黃花山〉一絕，頗有太白聲調、詩曰：『掛鏡臺西掛玉龍，半山飛雪舞天風。寒雲直上三千尺，人道高歡避暑宮。』邊華泉謂詩與行草，俱入化矣！」

### 辛、關於明代詩人者

1. 崔後渠——「崔後渠贈予詩曰：『三月清洹上，翩翩兩度來。摛詞傾玉海，弔古賦銅臺。歧路楊朱淚，江湖李白杯。令公今謝事，迴首尙憐才。』楊朱李白，自然的對。」（卷二）

2. 張良玉——「任城張良玉，別號栗齋居士，以琴鳴於時，嘗賦閒居云：『手香丸藥後，心靜理琴時。』此聯閒雅有味，然出自呂居仁『手香橙熟後，髮脫草枯時』，此作者不及述者。」（卷三）

3. 田深甫——「大梁田深甫從李獻吉遊……嘗擬少陵〈秋興〉詩，得盛唐氣骨，眼中不多見也。」（卷三）

4. 潘王——「潘王西屛道人〈寄懷大司馬郭公〉二首……辭雅氣暢，風調夐別，其盛唐之流歟？」（卷四）

5. 鎭康王——「鎭康王西巖〈四月八日過昭覺禪院，同諸宗丈賦得宋字〉，……其格律精工，氣象渾厚，深得禪家宗旨，若與遠公同時，亦

當推蓮社之長也。」（卷四）

6. 栗道甫──「栗道甫自弱冠工詩……含英咀華，風調敻別，其盛唐之流歟？」（卷四）

7. 懶雲上人──「黎城懶雲上人了悟禪蘊，亦能詩，……體格勻靜，頗振唐聲。」（卷四）

8. 李夢陽與何景明──「栗太行曰：『李獻吉、何仲默古體可追古人，近體尚隔一層。』」（卷四）

9. 孫太初──「孫太初〈收菊花貯枕〉詩云：『呼童收落英，晨起晞清露。滿囊臕貯秋，寒香散庭戶。夜來夢東籬，枕上得佳句。』好個題目，唐人未之有也。前五句清雅，惜末句殊無深意，若更為陶潛宛相遇，則清而純矣。」（卷四）

10. 宗約兄弟──「宗約敬軒〈次栗太行枉顧〉韻曰：『城隅茸小軒，車馬不聞喧。邱壑元規興，蓬蒿仲蔚園。君詩清可挹，吾道拙能存。何似歲星隱，常依金馬門。』此作工於押韻，而沖淡自然，其劉長卿之亞歟？迺弟誠軒〈炙背詩〉曰：『昨夜清霜重，晴簷炙被初。寧言工我賦，兼得課兒詩。鐘鼎形骸外，溪山夢寐餘。角巾庭際影，坐惜鬢毛疏。』儼然寫一負暄障子，老誠之語，曠達之氣，此造少陵之漸也。」（卷四）

# 第四節　評歷代詩話與詩選

## 甲、評歷代詩話

1. 《金鍼詩格》──「《金鍼詩格》曰：『內意欲盡其理，外意欲盡其象，內外涵蓄，方入詩格，若子美『旌旗日暖龍蛇動，宮殿風微燕雀高』是也。』此固上乘之論，殆非盛唐之法，且如賈至、王維、岑參諸聯，皆非內意，謂之不入詩格，可乎？」（卷一）

2. 《詩法》──「《詩法》曰：『《事文類聚》不可用，蓋宋事多也。』後引蘇黃之詩以為式。教以養生之訣，繼以致病之物，可乎？」（卷一）

3. 《霏雪錄》──「《霏雪錄》曰：『唐詩如貴介公子，舉止風流；宋詩如三家村乍富人，盛服揖賓，辭容鄙俗。』殊不知老農亦有名言，貴介公子不能道者。林逋曰：『茂陵他日求遺稿，猶喜曾無封禪書。』此乃反唐人之意。竇庠曰：『漢家若欲論封禪，須及相如未病時。』」（卷一）

4. 《國寶新編》——「《國寶新編》曰：『唐風既成，詩自爲格，不與雅
頌同趣。漢魏變於〈雅〉〈頌〉，唐體沿於〈國風〉，雅言都盡，風辭則
微。今以雅文爲詩，未嘗不流於宋也。』此王欽佩但爲律詩而言，非
古體之法也。」（卷一）

5. 《捫蝨新話》——「《捫蝨新話》曰：『文中有詩，則語句精確；詩中
有文，則詞調流暢。』而引謝玄暉、唐子西之說。胡氏誤矣！李斯〈上
秦皇帝書〉，文中之詩也；子美〈北征〉篇，詩中之文也。」（卷二）

6. 《松石軒詩評》——「《松石軒詩評》，全是詩料，且深於詩，何以啓
發初學？」（卷二）

7. 《詩品》——「鍾嶸《詩品》，專論源流，若陶潛出於應璩，應璩出於
魏文，魏文出於李陵，李陵出於屈原，何其一脈不同邪？」（卷二）

8. 《文筌》——「《文筌》曰：『五言絕句主情景，七言絕句主意事。』
又曰：『五言絕句撤景入事，七言絕句掉句入情。』前後之法何相反
邪？」（卷二）

9. 《詩人玉屑》——「《詩人玉屑》集唐人句法，悉分其類，有裨於後學。
但風騷句法，皆有標題，若馬倦時衝草，人渡數望城，則曰『公明布
卦』；若芹泥隨燕觜，花蕊上蜂鬚，則曰『東方占鵲』；殆與棋譜牌譜
相類，論詩不宜如此。」（卷一）

## 乙、評詩選

1. 《瀛奎律髓》——「《瀛奎律髓》不可讀，間有宋詩純駁於心，發語或
唐或宋，不成一家，終不可治。譾言長語曰：『若讀《瀛奎律髓》，要
人自擇。』」

# 第七章　謝茂秦之交遊考（上）

謝茂秦之交遊廣矣，上自藩王，下至布衣，旁及方外佛老，幾達五百人；然可考者僅百餘人耳。何則？茂秦著作傳世者，唯《四溟集》與《四溟詩話》；《詩話》言及相與論詩之人，往往隻字片語，與其生平殊少關涉；詩集懷贈之作，則屬應酬懷念性質，或一人而數首，或一首而數人，欲由此有限資料，詳其交遊之跡，生平之事，戛戛乎其難哉！不得已轉求之於方志、別集、史傳中，其不可考者，則付之闕如。

## 一、徐中行

徐中行字子與，號龍灣，自稱天目山人，籍隸長興。嘉靖（廿九年）進士，除刑部主事，出知汀州府，歷雲南參政、福建按察使、江西左右布政使，萬曆六年卒於官，年六十二。有《青蘿》、《天目》兩集。

子與性亢爽好客，喜飲酒，胸中塊壘，有觸輒發，醒即忘之。不道人之短，好薦人，揚之，過其量。貧士有所請不休，力不能稱，強應之曰：「奈何令人有慚色耶？」客死無後，人多哀之，傳具《明史》，又見《列朝詩集小傳·丁集上》、《明詩綜》、《明人傳記資料索引》、《長興縣志》。

嘉靖卅一年，李于鱗、王元美、徐子與、梁公實、宗子相招茂秦結社，合稱五子，後與吳明卿合稱七子。諸人常相聚賦詩，尤以在子與宅，最為頻繁，茂秦詩屢言及之，如〈冬夜徐宅同梁公實、宗子相食黃精作〉一首、〈除夕徐子與宅同宣允得年字〉一首、〈初春同陳郎中汝思斟城，兼寄徐子與、李于鱗之比部〉一首、〈元夕道院同公實、子與、于鱗、子美、子相五君得家字〉一首、〈夏日張氏園亭同徐子與、李于鱗、賈守準、劉子成、王元美得窗字〉

一首、茂秦與子與最相莫逆，被擯之後，仍相往來，其〈暮秋寄懷徐子與，時宦長蘆〉十二首之四云：「才高兼二陸，格古變三吳。」稱其詩也。其七云：「宦味澹於水，羈懷清奪冰。」謂其品格高潔也。十一云：「正變關騷雅，深宵誰與論？吳歌惟片月，燕俗且孤樽。舊侶青雲冷，秋懷黃葉繁。寄書故鄉使，風雨亦過門。」感慨懷舊，兼而有之。其十二云，「舊社名相累，艱虞偏在君。世憎騷雅盛，天任死生分。並失龍珠影，長垂鳳藻文。（自註：「社友梁公實、宗子相相繼而歿。」）相知論往事，南北共愁雲。」寄懷子與並傷社友零落之辭也。

### 二、宗　臣

宗臣字子相，號方城，揚州興化人。嘉靖九年進士。除刑部主事，改吏部，歷員外郎中，出爲福建參議，遷提學副使。嘉靖三十九年卒，年三十六。著有《方城集》。

子相重義尚德，楊繼盛冤死，賻以金。其在郎署也，與茂秦、于鱗、元美、子與、公實合稱五子，而以茂秦爲長，已而謝、李交惡，于鱗黜茂秦而進明卿、德甫，號爲七子。子相詩、元美稱其天才奇秀，雄放橫厲，以爲上掩王孟，下亦錢劉。傳具《明史》，又見《明詩綜》、《列朝詩集小傳・丁集上》、《明人傳記資料索引》、《興化縣志》。

七子結社燕市時，時相酬酢唱和，茂秦亦屢過訪子相，如〈秋夜宗子相宅賦得君字〉、〈冬夜宗考功子相宅同張比部士直，錢進士惟重餞別方行人仲安使關里便道還蜀〉等；又有〈元夕道院同公實、子與、于鱗、元美、子相五君得家字〉一首。子相亦有〈揚氏園亭餞別謝榛〉一首。「離思忽超越，逍遙事行游。散步過華池，芙蓉夾芳流。悲哉蟋蛄鳴，凄切動我愁。凝霜莽零落，明月澹飛樓。感此歲華暮，耿耿生百憂。居者不可去，行者不可留。去留兩不愜，何以慰綢繆？」可見其交誼之篤。

### 三、李　秦

李秦字仲西，號東岡，河南臨漳人。嘉靖十四年進士，選庶吉士，累陞刑科都給事中，出爲大名府推官，終通政司左政通，卒年七十。生平見《披垣人鑑》、《國朝獻徵錄》、《明人傳記資料索引》、《臨漳縣志》等書。

茂秦與仲西往還頗勤，有〈冬夜過李黃門仲西別業〉一首、〈重陽集李給事仲西宅〉一首，蓋東岡宅聚飲所作；〈留別李給事仲西〉一首，足徵交誼之

厚；〈漳河秋漲候渡，因憶李通政仲西〉一首，則懷思之作也。東岡嘗謂茂秦有悟禪旨，與莊子默契焉。〔註1〕

## 四、章　适

章适字景南，號道峰，蘭谿人。嘉靖廿六年進士，官至禮科給事中，以言事忤旨，告歸卒，著有《道峰集》。傳略見《列朝詩集小傳》、《明詩綜》、《蘭谿縣志》。

茂秦有〈章景南署中對竹〉一首、〈章景南菊下讀離騷戲贈〉一首。景南嘗問茂秦作詩之法，〔註2〕並屢相倡和。及景南使上黨，茂秦與馮汝強、汝言昆李設宴餞之；既還，又爲詩以紀其事。〈章行人景南將發潞河，追送值雨，夜酌舟中〉一首，乃其時所作。

## 五、盧宗哲

盧宗哲字濬卿，號淶西，德州衛人。嘉靖十四年進士，選庶吉士，累官光祿卿，陞戶部侍郎，以不附嚴嵩，罷歸，卒年七十。生平見《國朝獻徵錄》、《衡陽集》、《葛端肅公文集》。

茂秦與濬卿爲文字交，〈雪中偶過李鴻臚東明宅留酌，因懷盧太史濬卿、劉少參才甫、王侍郎子梁、張戶曹肖甫〉一首、〈冬夜馬憲副吉甫同盧司業濬卿、李鴻臚東明得燈字〉一首，蓋聚詠之作也。迨督卿赴南都，茂秦以詩三首贈別，又有〈寄懷盧司業濬卿轉留都通政〉一首。

## 六、范　欽

范欽字堯卿，一字安卿，號東明。嘉靖十一年進士，三十八年以右副都御史提督南贛，翌年擢兵部右侍郎。喜購書，築天一閣以藏之，有《天一閣集》。生平見《余文敏公集》、《雲岡公文集》、《龍津原集》、《列朝詩集小傳》、《明詩綜》。

朱竹垞《靜志居詩話》云：「堯卿格律自矜，第取材太近，時倡和者，沈嘉則、呂中甫諸人，未免聲調似之。」是堯卿以詩名也。

茂秦與堯卿亦爲文字之交，〈冬夜范憲伯堯卿宅同許憲副子春得天字〉一首、〈季夏集朱士南太參宅同范堯卿、林維牧二方伯賦〉一首，皆倡和所作。及堯卿提督南贛，茂秦爲作〈送范中丞堯卿鎮贛州四首〉，又有〈寄范方伯堯

〔註1〕　見《四溟詩話》卷二。
〔註2〕　見《四溟詩話》卷三。

卿〉詩，後又作〈送堯卿方伯北渡黃河，因柬乃姪子宜〉一首。

## 七、馬子端

馬子端號立齋，夏邑人，騤子，汝瞻弟，嘗撰《溫公年譜》，補史傳之不足，有《立齋摘稿》。生平見《涇野先生文集》、《明人傳記資料索引》、《夏邑縣志》。

茂秦與馬氏兄弟友善，有〈送馬汝瞻暫還夏縣，兼訊其弟子端〉一首；與子端尤善，其〈馬子端、王鼎臣見過，因懷崔都尉〉、〈酬馬子端〉、〈崔岱屏園集同馬子端、王汝秀得先字〉三首，皆倡酬之作也。

## 八、盧　枏

盧枏字少枏，一字次枏，又字子木，濬縣人，太學生，有《蠛蠓集》。生平見《四溟詩話》、《列朝詩集小傳》、《明詩綜》、吳景旭《歷代詩話》、《列朝詩集小傳》、《明人傳記資料索引》、《濬縣志》。

次枏博聞強識，負才氣，好使酒罵座，嘗為具召縣令，令有他事，日昃乃至，次枏醉臥不能具賓主，令心銜之，誣以殺人，榜掠論死，繫獄幾十五年。茂秦攜次枏賦游長安，見諸豪貴曰：「生有一盧枏，視其死而不救，乃從千古惆悵，哀沅而弔湘乎？」平湖陸光祖代為縣令，平反其獄，得不死。由是感激，寄茂秦詩云：「魯連自是紫烟客，倜儻長揖二千右。一朝談笑解聊城，車入滄溟渺無跡。」茂秦〈有感次枏〉云：「燕霜終古憤，梁獄昔年書。世事疏狂裏，交情患難餘。」又〈答錫山華明伯寄詩，中及盧枏事二首〉亦有「力當排難久，眼見惜才多」之句。另〈贈次枏三首〉、〈和王比部元美喜濬人盧枏冤雪之作〉、〈張令肖甫郊餞聞笛，兼慰盧次枏〉、〈為盧枏呈內台比部大理諸公〉、〈黎陽盧生枏坐事繫獄，詩以矜之〉等，皆詠其事也。

次枏才氣橫溢，興至成詩，不假思索，牧齋謂其「詩律不如茂秦之細，而才氣橫放，實可以驅駕七子。」（《列朝詩集小傳》）胡元瑞亦評其詩「華藻不如茂秦而氣勝之。」茂秦亦云：「觀子（次枏）直寫胸中所蘊，由乎氣勝，專效背水陣之法，久而雖熟，未必皆完篇也。」（《四溟詩話》卷三）又謂其「佳句甚多……其讀書秋草園，情景俱到，宛然入畫，比康樂春草之句，更覺古老。」（同上）二人論詩，時相問難，實風雅中之諍友。至〈歲暮次枏過鄴有感〉、〈暮秋大伾山禪院同孟得之、盧次枏醉賦〉等詩，益見其友情之篤。

## 九、徐學詩

學詩字以言，號龍用，上虞人，文彪從孫。嘉靖廿三年進士。官刑部郎

中時，疏陳嚴嵩奸狀，下獄削籍。隆慶初，起南京通政參議，未之官。卒。有《石龍庵詩草》、《龍川詩集》。傳具《明史》、又見《明詩綜》、《明人傳記資料索引》、《上虞縣志》。

以言使晉北，茂秦有詩懷之；後與張子畏俱歸，過訪茂秦，值大雨，對觴賦詩。

## 十、謝東山

東山字少安，號高泉子，射洪人。嘉靖二十年進士，歷貴州提學副使，巡撫山東。性慷慨，博雅好奇，有《近礐軒集》、《黔中小稿》。傳略見《二西園文集》、《明詩綜》、《明人傳記資料索引》。

茂秦與少安亦文字交，其〈夏夜皇甫子循別駕宅，同謝少安、應瑞伯、方禹績諸兵部得君字〉、〈秋日同吳子有、朱伯麟、應瑞伯駕部，謝少安、周叔敬庫部即席賦詩〉，皆聚飲之作也。少安之蜀，茂秦有〈送謝少安犒師固原，因還蜀，會兄葬〉一首云：「天書早下促星軺，二月關河凍玉消。白首應憐班定遠，黃金先賜霍嫖姚。秦雲曉度三川水，蜀道春通萬里橋。一對郵筒腸欲斷，鶗鴂原上草蕭蕭。」

## 十一、謝　江

謝江字仲川，號岷山，河南鄼人。嘉靖廿六年進士，由行人選工科給事中，屢遷科都給諫，卅六年罷為民，有《岷陽集》。傳略見《掖垣人鑑》。

茂秦〈送謝給事封蜀〉一首云：「使星巴蜀外，漢節夜郎西。樹斷分金馬，江清見石犀。王孫重茅土，天子錫桐圭。異世懷張載，應留劍閣題。」又有〈謝給事仲川幽居〉一首、〈謝仲川雪中見過，時予未起〉一首、〈雨中赴洪法寺禪房，同謝給事仲川、黃水部叔秉得寒字〉一首、〈與謝黃門仲川同酌溫中丞純甫宅，賦得風字〉一首。

## 十二、李攀龍

攀龍字于鱗，山東歷城人。嘉靖廿三年進士，除刑部主事，歷郎中，出知順德府，升陝西提學副使，轉參政，終河南按察使，編《古今詩刪》，有《滄溟集》。

于鱗少孤家貧，稍長嗜詩歌，日讀古書，性簡傲，里人目為狂生，嘗為詩云：「意氣還從我輩生，功名且付兒曹立。」蓋自況之詞也。母喪，以毀卒，年五十七。傳具《明史・文苑傳》、又見《列朝詩集小傳》、《明詩綜》、《明人

傳記資料索引》、《歷城縣志》。

諸子結社燕市，奉茂秦為首，而次以于鱗。于鱗寄茂秦詩云：「向來燕市飲，此意獨飛揚。把袂看人過，論詩到爾長。世情搖白首，吾道指滄浪。去住俱貧病，風塵動渺茫。」可謂傾倒備至。諸人日夕論詩，茂秦有〈夏夜集王元美宅，同朱伯鄰、馮汝言、吳峻伯、徐汝思、李于鱗得絲字〉一首、〈初夏姚園同汪伯陽、徐子與、李于鱗、王元美、皇甫子循得逢字〉一首、〈夏日張氏園亭同徐子與、李于鱗、賈守準、劉子威、王元美得窗字〉一首、〈雪夜過李于鱗宅、適已醉臥，因留宿作〉一首、〈元夕道院同公實、子與、于鱗、子美、子相五君得家字〉一首，皆其時所作。及于鱗遺書絕交，茂秦無一怨言，僅慨然賦詩曰：「奈何君子交，中道兩棄置。」隆慶四年，于鱗卒，茂秦有〈賦得長歌答許左史殿卿兼傷李廉憲于鱗〉一首悼之。

## 十三、安慶王

安慶王名恬爐，瀋憲王第七子，高皇帝仍孫，自號西池道人。嘉靖三十一年受封，穆宗敕曰：「孝敬經濟」，有《嘉慶集》。傳具《明史》，又見《列朝詩集小傳》、《明詩綜》。

王雅愛詞章，優禮茂秦，茂秦之汾陽，王作〈夏夜寄懷謝山人，時客汾陽〉一首曰：「良夜孤清賞，懷君倍黯然。離居近三歲，明月幾回圓？紫塞雲邊過，青山雨後天。相思寫不盡，寂寞有冰絃。」眷愛之情，溢於言表。茂秦有〈上安慶王誕第四縣主天仙歌〉一首，又有〈歲杪行上德平、鎮康、安慶三王〉一首、〈中秋夜登樓憶昭覺寺，因寄德平、鎮康、安慶三王〉一首、〈夜過昭覺禪院，因憶懶雲上人同南泉、西巖、西池諸丈賦得嗟字〉一首、〈季冬夜、西池君見過〉一首。

## 十四、鎮康王

鎮康王名恬焯，瀋憲王第五子，高皇帝仍孫，自號西巖道人，嘉端廿四年受封，穆宗敕曰：「孝義純良。」萬曆八年卒，諡恭裕，有《西巖漫稿》。傳具《明史》，又見《列朝詩集小傳》、《明詩綜》、《明人傳記資料索引》。

王工詩，茂秦評曰：「西巖〈題瞻遠樓〉詩：『江樓懸樹杪，山色到牕中。』精拔有骨。」又曰：「鎮康王西巖〈四月八日過昭覺禪院，同諸宗丈賦得松字〉，……其格律精工，氣象渾厚，深得禪家宗旨，若與遠公同時，亦當推蓮社之長矣。」（《四溟詩話》卷四）茂秦作〈除夕西巖君見過同酌〉及〈昭覺

禪院同南泉、西巖二君賦得天字〉各一首，蓋酬答之詩也；至〈張子翔畫竹歌葬枯骨頌上鎮康王〉一首，則禮讚之詢。

### 十五、晁　瑮

瑮字君石，號春陵，開州人。嘉靖二十年進士，官至國子業司監，三十三年，卒於官。君石喜藏書，有《寶文堂書目》。傳略見《明詩綜》、《沱村先生文集》。

茂秦有〈歌送皇甫別駕子循之開州，兼寄晁太史君石〉一首、〈寄題晁太守君石湖亭〉一首、亦吟咏之友也。

### 十六、孔天胤

孔天胤字汝錫，汾州人。嘉靖十一年進士，廷試第二人，以王府親例，不得在內，補陝西提學僉事，官止浙江右布政使，有《文谷集》。生平見《列朝詩集小傳》、《明人傳記資料索引》、《汾州府志》。

茂秦與方伯亦文字之交，〈寄孔方伯汝錫〉一首、〈秋風歌呈孔方伯汝錫〉一首、〈賦得姑射山人歌，呈孔汝錫詞丈〉一首，皆其證也。

### 十七、許邦才

邦才字殿卿，歷城人。嘉靖二十二年解元，官永寧知州，遷德周二府長史，隆慶初相周藩六年，周王崇易爲其《梁園集》作序。與于鱗相友善，合著《海右倡和集》。生平見《列朝詩集小傳》、《明詩綜》、《歷城縣志》。

茂秦評殿卿詩曰：「殿卿軒軒豪舉，傍若無人。」有〈賦得長歌答許左史殿卿〉一首、〈送許殿卿寄建寧〉一首。

### 十八、徐文通

文通字汝思，永康人。嘉靖廿三年進士，歷官山東按察副使。元美嘗評其詩曰：「徐汝思如初調鷹見擊，故難獲鮮。」〔註3〕生平見《明詩綜》、《明人傳記資料索引》、《永康縣志》。

汝思於七子結社時始識茂秦，其後屢相酬和，茂秦有〈夏夜集王元美宅同朱伯鄰、馮汝言、吳峻伯、徐汝思、李于鱗得絲字〉一首、〈九日集徐郎中汝思宅得盃字〉一首；汝思使蜀，茂秦爲詩四首以贈。《四溟詩話》卷四亦嘗記汝思問詩於茂秦事。

---

〔註3〕參《藝苑卮言》。

### 十九、鄭若庸

若庸字中伯，崑山人。年八十餘卒，有《蛣蟟集》。

中伯早歲以詩鳴吳下，趙康王聞其名，走幣聘入鄴，客王父子間，具賓主之禮。中伯在府中，集古文奇字累千卷而成書，名曰《類雋》。康王薨，退居清源。又善度曲，有《玉玦記》傳世。生平見《列朝詩集小傳》、《明詩綜》、《明人傳記資料索引》。

中伯謁康王先於茂秦，茂秦因中伯而得見王，海內文士，爭擔簦而之趙者，以二人故也。二人俱不仕，在康王門下，日夕吟詠。茂秦有〈鄭徵君中伯見過〉一首、〈薄暮趙戶部良弼官署西園，同鄭山人中伯醉賦五首〉，皆其時所作。倭亂起，中伯亟欲返鄉，茂秦作詩送之，即〈吳人鄭速季入鄴省兄中伯，每誤倭寇之亂，久而思歸，賦此以贈〉是也。中伯既歸，又有〈寄姚叔，因憶鄭中伯〉一首。二人情誼之篤，實非他人所能擬也。

### 二十、王世貞

世貞字元美，號鳳洲，又號弇州山人，籍隸太倉。嘉靖丁未廿六年進士，除刑部主事，歷郎中，出爲山東副使，以父難解綬，補大名兵備，歷浙江參政、山西按察使，南京刑部侍郎，改兵部，進刑部尚書。有《弇州正續四部稿》。

元美官刑部主事時，楊繼盛被讒下獄，爲進湯藥，代其妻草疏，既死，復具棺殮之；嚴嵩大恨，會元美父忬以灤河失事，遂構忬於帝，繫獄，元美與弟麟洲伏嵩門乞貸，卒論死。隆慶初，伏闕訟冤，復忬官。萬曆十八年，元美卒，年六十五。傳具《明史》本傳，又見《列朝詩集小傳·丁集上》、《明詩綜》、《明人傳記資料索引》、《太倉州志》。

元美初問詩於茂秦，既而結社，以茂秦爲首。茂秦〈夏夜集王元美宅同朱伯鄰、馮汝言、吳峻伯、徐汝思、李于鱗得絲字〉、〈初夏姚園同徐子與、汪伯陽、李于鱗、王元美、皇甫子循得逢字〉、〈夏日張氏園亭同徐子與、李于鱗、賈守準、劉子成、王元美得窗字〉、〈春日同李于鱗、王元美比部集韋氏水亭得韻〉之作，皆在其時；元美知青州，茂秦亦有詩懷之。及茂秦被擯，元美評其詩，多不洽允，蓋其間有恩怨意氣在也。

### 廿一、史朝賓

朝賓字應之，號觀吾，晉江人。嘉靖丁未廿六年進士，任刑部郎中。楊繼盛死西市，朝賓爲收殮，因降判泰州。隆慶初，歷鴻臚寺卿，卒官，年六

十二。傳略見《方麓居士集》、《國朝獻徵錄》、《晉江縣志》。

茂秦與應之曾相論詩，有〈夢瑤池篇寄上大冢宰吳汝喬、大司徒體乾、少冢宰林貞恒、大理卿劉致卿、中丞朱自充、鴻臚史應之諸公〉一首，又有〈贈別史郎中應之還張秋二首〉。

### 廿二、顧聖少

聖少字季狂，吳江人。生平見《明詩綜》、《明人傳記資料索引》。

季狂有〈留別謝茂秦〉詩曰：「相對忽不樂，愴然傷我心。他鄉有同懷，胡爲遽分襟？憶昔醉燕市，擊筑誰知音？意氣獨吾子，排難輕千金。重以易水歌，兼之吳會吟。論文豈不遠，投分遂至今。我亦慕三閭，南去湘之陰。楚山一何長，楚水一何深！他日遙相思，鹿門還可尋。」二人早在七子結社時，即已相識，茂秦〈中秋夜衞河泛舟，同王元美、顧聖少醉賦〉一首、〈秋集杜子奇園亭，顧聖少同賦〉一首，皆其時所作；季狂赴釣台省兄介臣，茂秦作詩贈之。

### 廿三、張佳胤

佳胤字肖甫，嘉靖（廿九年）進士，知滑縣，擢戶部主事，累遷至右僉御史，兵部尚書，加太子太保。生平見《列朝詩集小傳》、《明詩綜》、《明人傳記資料索引》。

肖甫入七子社時，始識茂秦，與南昌余德甫、新蔡張助甫合稱三甫。詩才縱橫，而乏深雅之致，其視助甫，亦魯衞之政也。茂秦與肖甫往還甚密，可自其詩窺之。〈張令肖甫郊餞聞笛，兼慰盧次楩〉、〈紀勝歌寄贈張廉憲肖甫〉、〈寄贈張中丞肖甫〉、〈冬夜同張肖甫、陸道函、丁子學、董子才、王元卿五明府醉賦〉等四首，皆酬唱之作；又有〈郊送張肖甫〉一首。

### 廿四、嚴　訥

訥字敏卿，號養齋，常熟人。嘉靖二年進士，歷官至武英殿大學士，入參機務。善畫花卉，有奇致，年七十四卒，諡文靖，有《文靖集》。傳見《明史》卷一百九十三，又見《常熟縣志》。

敏卿嗜詩，嘗築「錦峯台」，茂秦爲長歌一首以頌，〈又有寄上嚴養齋閣老〉一首、〈送評參軍還都下，兼寄嚴冢宰敏卿〉一首。

### 廿五、栗應麟、栗應宏

應麟字仁甫，長治人。嘉靖己丑（八年）進士，知陳州，歷按察僉事，

有《去陳集》。仁甫弟應宏，字道甫，弱冠舉於鄉，累試不第，耕讀太行山中，有《山舍詩》六卷。二人生平見《列朝詩集小傳》、《明詩綜》、《明人傳記資料索引》、《長治縣志》。

茂秦與栗氏兄弟相善，與道甫尤善，嘗曰：「栗道甫自弱冠工詩，與兄仁甫齊名……諸作含英咀華。風調夐別，其盛唐之流歟？」（《四溟詩話》卷四）高子業亦云：「紫團高山概青雲，栗家兄弟殊不群。陳州一出驅五馬，令弟二十窺三墳。」言其兄弟博學工詩也。茂秦有〈栗道甫夜過送別〉一首、〈送栗道甫下弟歸上黨〉一首。道甫既歸，茂秦又作〈柬栗別駕道甫〉，〈寄潞州栗道甫兼訊乃兄仁甫〉、〈栗仁甫園亭餞別得天字〉等詩。

### 廿六、陳 棐

棐字汝忠，號文岡，鄢陵人。嘉靖進士，任禮科給事中，直諫敢言，不避權貴，以忤旨謫大名長垣丞，擢知縣，蒞政寬平，百廢俱舉，升寧夏巡撫，都御史，有《陳文岡集》。生平見《掖垣人鑑》。

茂秦有〈初春同陳郎中汝忠之鄴城，兼寄徐子與、李于鱗之比部〉一首；汝忠還任太原，又為詩送之。

### 廿七、匡 鐸

鐸字淑教，號松野，山東膠州人。嘉靖乙丑（四十四年）進士，授新鄭知縣，選兵科給事中，出知大名府，以事謫河南布政司都給事，歷南京兵部郎中。傳略見《掖垣人鑑》、《宋文懿公文集》。

淑教自京歸鄉，茂秦賦詩寄懷；謫大梁，又作〈長江之水歌〉一首以贈。

### 廿八、史起蟄

起蟄字德龍，江都人。嘉靖癸丑（卅二年）進士。傳略見《明詩綜》、《江都縣志》。

茂秦有〈送史德龍下第歸江都〉一首，想係文字交也。

### 廿九、林大春

大春字邦陽，一字井丹，朝陽人。嘉靖庚戌（廿九年）進士，除行人，督學浙江，致高拱所私於法，言官希拱指論罷之。萬曆十六年卒年六十六。著有《井丹集》。生平見〈林公墓誌銘〉（孫鑛撰）、《明人傳記資料索引》。

茂秦有〈讀林僉憲邦陽詩，作此寄懷〉一首。

### 三十、林　燫

燫字貞恒，號對山，閩縣人。嘉靖丁未（廿六年）進士，授檢討，充景恭王講讀官。嚴嵩專政，貞恒不之附；嵩敗，擢洗馬祭酒；萬曆中，官至南京禮部尚書，致仕卒，年五十七。贈太子少保，諡文恪，有《學士集》。王伯穀評其云：「若璞玉渾金，無詞人藻繪刻鏤之習。」生平見《列朝詩集小傳》、《明詩綜》。

茂秦曾作〈夢瑤池篇〉寄貞恒，《四溟詩話》卷三又記過貞恒館談詩事。

### 卅一、王廷瞻

廷瞻字稚表，黃岡人。嘉靖己未（卅八年）進士，官御史；高拱再輔政，引疾歸。神宗立，起復故官，巡撫四川。剿平諸蕃，督漕運，進戶部尚書，乞歸卒，年七十二。傳具《明史》卷二百二十一，又見《黃岡縣志》。

茂秦〈宿淇門驛，懷孫方伯性甫、王憲副庭瞻、江少參伯陽〉一首云：「駐馬淇門夕，堂空暑氣徂。亂雲關樹暝，寒雨驛燈孤。身計聊時序，鄉心復道塗。何當報知己，秋雁滿江湖。」

### 卅二、張居正

居正字叔大，江陵人。嘉靖廿六年進士。穆廟崩，受命光輔幼君，尊主權，強國勢，有古重臣之風。官至吏部尚書、中極殿大學士，卒諡文忠，有《太嶽集》。傳具《明史》，又見《江陵縣志》。

茂秦有〈送翟人之京，兼寄張太史叔大〉一首，時居正尚未拜相也。

### 卅三、王　忬

忬字民應，號思質，元美之父，太倉人。嘉靖二十年進士，累官兵部右侍郎、薊遼總督，不練主兵，惟調邊兵入衞，致寇乘虛入犯，嚴嵩短之於帝；元美又積忬子世蕃，灤河之變，遂論斬西市。年五十四。《明史》二百〇四卷有傳，又見《太倉州志》。

茂秦較民應長十二歲，較世貞長卅一歲，有〈奉寄王中丞民應二首〉。

### 卅四、王崇古

王崇古字學甫，蒲州人。嘉靖二十年進士，累官至兵部尚書，協理戎政，卒贈太保，諡襄毅，年七十四。有《山堂彙稿》。李司章謂其詩：「意氣閑整。」《靜志居詩話》云：「襄毅詩格高聳，橫槊自喜，然按之不無儒響。」傳具《明史》卷二百二十二，又見《蒲州府志》。

茂秦以詩見知於學甫，〈清明過王郎中學甫，時園桃始花留酌〉一首，蓋雅集之作；〈良特頌寄上大司馬王公學甫〉一首，則讚其功業之彪炳也。

### 卅五、李幼滋

幼滋字元樹，號義河，應城人。嘉靖丁未（廿六年）進士，授行人，擢刑科給事中，歷大理寺卿、戶部侍郎、工部尚書，致仕卒。傳略見《賜閒堂集》、《明人傳記資料索引》。

茂秦作〈秋夜仲元仁、李行人元樹宅，同謝張二內翰話洞庭湖三首〉。又元樹奉使雲中諸鎮，茂秦送之以詩。

### 卅六、萬虞愷

虞愷字懋卿，號楓潭，南昌人。嘉靖十七年進士，累官至刑部右侍郎，年八十四卒。傳略見《鄧定宇文集》、《國朝獻徵錄》。

懋卿出任山東參議時，茂秦有詩一首以贈。

### 卅七、朱大器

大器字自充，號東源，江西南城人。嘉靖廿三年進士，授刑部主事，升郎中，出知寧國府，歷保定、應天巡撫，終刑部侍郎，致仕歸，享年七十有八。傳略見《漱秩亭文集》、《明人傳記資料索引》。

自充與茂秦為文字交，茂秦嘗有〈夢瑤池篇〉一首相贈。

### 卅八、劉存義

存義字質卿，更字敬仲，人稱漢樓先生，襄陽人。嘉靖癸丑（卅二年）進士，授平湖令，擢浙江道監察御史，遷大理寺丞，卒年五十三。傳略見《太函集》、《明人傳記資料索引》、《襄陽府志》。

茂秦有〈謝劉監察質卿見寄〉一首，質卿按察山東，復為詩寄贈。

### 卅九、王宗茂

宗茂字時育，號虹塘，京山人。嘉靖廿六年進士，授行人，擢南京御史，時逆嚴嵩者皆得禍，中外懾其威，宗茂拜官甫三月，即疏劾嵩負國八罪，謫平陽縣丞，以丁憂歸，嵩奪其父橋官，竟悒悒以卒，年五十二。傳略見《弇州山人四部稿》、《國朝獻徵錄》、《京山縣志》。

時育喜吟咏，茂秦有〈雲中見過悟上人蘭若，東王時育〉一首。

### 四十、李　浩

浩字師孟，號尙莊，曲沃人。成化二十年進士，歷兵部員外郎，清畿內土田，奪豪右侵佔者還之民，官至禮部尙書，致仕卒，年八十五。諡莊簡。有《南莊稿》、《歸田集》。傳略見《國朝獻徵錄》、《曲沃縣志》。

師孟勤於爲詩，茂秦有〈寄李僉憲師孟〉一首。

### 四十一、李子田

子田號黃谷，內鄉人。嘉靖癸丑（卅二年）進士，曾官貴州提學使，卒年七十八。著有《黃谷瑣談》、《宋藝圃集》、《元藝圃集》、《李子田文集》、《太室山人集》。事略見《明人傳記資料索引》、《內鄉縣志》。

子田有事代州，聞虜犯羊防口，即幡然歸縣，茂秦作詩懷之。

### 四十二、王敬民

敬民字用司，號徼吾，句容人，著籍河南西華。隆慶辛未（五年）進士、授東昌府推官，遷吏科給事中，歷工科都給事中。傳略見《披垣人鑑》、《句容縣志》。

茂秦有〈山海歌寄贈王節樵用司〉一首。

### 四十三、李　僑

僑字子高，號仙臺，長清人。嘉靖甲辰（廿三年）進士，授平湖縣令，歷兵部郎中，出知紹興府，山西布政使，年六十四卒。傳略見《國朝獻徵錄》、《穀城山館文集》、《長清縣志》。

茂秦有〈春日寄懷李方伯子高、李廉憲化甫〉一首。

### 四十四、王希元

希元字啓善，號白岳，蘄水人。隆慶辛未（五年）進士，官南京太常博士，擢戶科給事中、江西參政。傳略見《披垣人鑑》、《蘄水縣志》。

茂秦有〈得王希元書有感〉一首曰：「客子寄書來，關山正雨雪。恍如對面時，翻然幾披閱。凍筆揮亦難，言之意彌切。驛樹共蕭條，而能念薄劣。我今知爾心，可置管鮑列。人生多交游，但恐久離別。盛年擬會期，白首獨愁絕。有懷空自歌，月明誰擊節？」二人爲莫逆交，希元之遼陽，茂秦曾於東關寺餞行，作〈寶劍篇〉一首。

### 四十五、王宗沐

宗沐字新甫，號敬所，臨海人。嘉靖甲辰（廿五年）進士，授刑部主事，

擢江西提學副使，修白鹿洞書院，引諸生講學其中，拜右副都御史，督漕運，進刑部侍郎，以京察拾遺罷歸，年六十九卒。諡襄裕，有《海運詳考》、《海運志》、《漕撫奏疏》、《敬所文集》。傳具《明史》卷二百二十三，又見《明儒學案》、《臨海縣志》。

茂秦與新甫之交遊，可自〈寄漕運主中丞新甫，兼贈張冢宰子文〉與〈送王僉憲赴江右，兼訊王新甫有感〉二詩察之。

### 四十六、李先芳

先芳字伯承，濮州人，初號東岱，更號北山。嘉靖丁未（廿六年）進士，除新喻知縣，徵授刑部主事，歷郎中，改尚寶司丞，升少卿，降亳州同知，有《讀詩私記》、《江右詩稿》、《李氏山房詩選》、《東岱山房稿》、《清平閣集》。

伯承才高氣傲，未第時，詩名籍甚齊魯間，元美招延入社，實扳附焉。伯承為介元美於于鱗；七子之社，伯承其若敖蚡冒也。其後王、李之名漸盛，而伯承左官落魄，五子、七子之目，皆不及伯承。伯承年八十四而卒。傳略見《列朝詩集小傳》、《明詩綜》、《明人傳記資料索引》、《州志》。

茂秦與先芳日夕唱酬，有〈初冬夜同李伯承過碧雲詩〉一首云：「並馬尋名寺，登高籍短筇。飛泉鳴古澗，落月在寒松。石路經千轉，雲岩復幾重。人間多夢寐，誰聽上方鐘。」伯承還宰新喻，茂秦又與章景南、王元美、李于鱗設宴餞行。

### 四十七、瀋憲王

憲王名胤栘，太祖六世孫，王惠王勛溍之子，安王孫簡王來孫，高皇帝弟孫也。自號南山道人，嘉靖五年封靈川王；九年，懷王胤柞絕，奉勒管理府事；十年進封，二十年，薨，諡號曰憲。

王天資秀傑，好文學，上疏乞內府，以五經四書賜之；著有《清秋倡和集》。傳具《明史》，又見《列朝詩集小傳》。

王於茂秦甚為禮遇，茂秦嘗評其詩曰：「王素嗜談禪，詩亦有妙悟。」又曰：「其〈夜雨〉頭聯云：『樹濕鴉羣重，雲低龍氣腥。』詞人皆為斂筆」又曰：「瀋憲王南山和懶雲上人韻……妙於禪語，使王摩詰見之，亦當心服。若寧獻王臞仙、周憲王誠齋，雖皆嗜詩，相去懸絕矣。」（《四溟詩話》卷四）

### 四十八、瀋宣王

宣王名恬烄，號西屏道人，憲王之子。嘉靖三十一年嗣，博學工詩，才

藻秀逸；萬曆初年薨，有《綠筠軒稿》。生平見《明詩綜》、《明人傳記資料索引》。

茂秦評王詩曰：「瀋王西屛道人〈寄懷大司馬郭公二首〉，……辭雅氣暢，造詣不凡，前聯典重，不減少陵。」（《四溟詩話》卷四）王詩集出，茂秦作〈讀瀋國主詩集〉三首，又有〈走筆效太白歌行寄上瀋王殿下〉一首、〈因瀋國主賜程、單二生十免，走筆賦此〉一首。

### 四十九、陸　束

束字道函，號夢洲，祥符人。嘉靖廿九年進士，歷知南昌、魏縣，宜終都勻知府，有循吏聲，年六十八。生平見《漱秘堂文集》、《二酉園續集》、《祥符縣志》。

茂秦與道函爲風雅友，有〈冬夜同張肖甫、陸道函、丁子學、董子才、王元卿五明府醉〉一首、〈夜集陸道函官舍，同丁子學、張肖甫漫賦〉一首；染疾，道函趨問之，茂秦枕上作詩以答。

### 五十、周復俊

復俊字子籲，號木涇子，崑山人。嘉靖十一年進士，授工部主事，歷四川、雲南布政使，官至南京太僕寺卿。《靜志居詩話》謂其「甄鄉黨之詩，爲玉峰詩纂，而以己詩請用修評點，亦稱好事，第諸體多膚淺不足觀。」有《東吳名賢記》、《涇林集》、《全蜀藝文志》、《玉峰詩纂》等書，年七十九。生平見《穀城山館文集》、《國朝獻徵錄》、《皇甫司勳集》、《重修崑山縣志》。

茂秦有〈周太參子籲九日過鄴，今晉四川廉憲，漫述別情〉一首，此與子籲交遊之迹也。

### 五十一、周　芸

芸字用馨，號仰南，湖廣景陵人。嘉靖乙丑（四十四年），由相城令選工科給事中，陞福建參議，尋以事降建平縣丞，歷大名知縣，萬曆三年免官。生平見《大泌山房集》、《披垣人鑑》。

用馨詩集成，贈茂秦，山人作長歌行以誌。

### 五十二、郭　朴

朴字質夫，號東野，安陽人，清子。嘉靖十四年進士，累官吏部尚書，加太子太保兼武英殿大學士，預機務；世宗崩，首輔徐階草遺詔，盡反時政三不便者，朴與高拱不得與聞，遂與階有隙，言官劾拱者多及朴，拱罷，朴

遂乞歸，卒年八十三，諡文簡，有《文簡公集》。生平見《明史》卷二百一十三、《安陽縣志》。

茂秦與質夫時相過往，有〈季夏夜過郭學士質夫館得疏字〉一首；質夫北上，有〈留別郭學士質夫〉一首；既去，又作〈寄郭學士質夫〉及〈登樓北望，懷郭學士質夫、李束部一元〉二首。

### 五十三、沈　寅

寅字敬叔，號會峰，浙江山陰人。嘉靖卅五年進士，屢遷刑科都給事中，河南右參政，仕至貴州按察使，隆慶五年免官。生平見《掖坦人鑑》、《山陰縣志》。

敬叔喜爲詩，茂秦有〈寄沈參政敬叔〉一首、〈再寄沈參政敬叔〉一首。

### 五十四、童漢臣

漢臣字仲良，號南衡，錢塘人。嘉靖十四年進士，擢御史巡按山西，俺答薄太原，爲設方略，督諸將擊敗之，以劾嵩被謫，嵩敗，（卅二年），起知泉州府，倭寇犯境，有保障功，終江西副使。生平見《可泉先生文集》、《道巖先生文集》、《明史》卷二百一十、《錢塘縣志》。

仲良與茂秦交往情形不詳，僅可自《四溟集》〈送方職方禹績使江南，兼寄童侍御仲良〉一首窺之，蓋因禹績使江南之便，代爲致意也。

### 五十五、方九敘

九敘字禹績，錢塘人。嘉靖廿三年進士除兵部主事，守山海關，知承天府，以忤直忤臣公，罷歸。爲人高朗，善論事，有《方承天遺稿》、《十洲集》。生平見《列朝詩集小傳》、《明詩綜》、《錢塘縣志》。

禹績使江南，茂秦作詩一首送之。

### 五十六、欒尚約

尚約字孔原，膠州人。嘉靖二十九年進士，由溧水知縣選授江西道御史，謫安州判官，遷懷慶推官，被論削籍。《靜志居詩話》謂其「宮詞不失溫柔敦厚之教。」傳略見《明詩綜》。

茂秦有〈送欒進士孔原使宣大〉一首、〈送欒明府孔原之溧水〉一首。

### 五十七、吳　嶽

嶽字汝喬、汶上人。嘉靖十一年進士，清望冠一時，持躬嚴整，累官南

京吏部尚書，改兵部，隆慶四年卒於官，謚介肅。尚書馮森嘗謂平生僅見廉潔士二，其一為譚大初，另一即汝喬是也。傳具《明史》卷二百零一，又見《明史列傳》、《汶上縣志》。

茂秦嘗作〈瑤池篇〉上汝喬；及汝喬寓大梁，又有詩懷之。

### 五十八、吳翰詞

翰詞字子修，應山人。嘉靖廿九年進士，授東陽知縣，擢御史，巡按雲南，居官清廉，嚴嵩乞賄不能應，乞休，杜門家居卒。傳略見《明人傳記資料索引》、《徐氏海隅集外編》、《應山縣志》。

茂秦與子修為唱和之友，有〈雪夜集吳進士明可宅，候李給事元樹、吳進士子修不至得樓字〉一首。

### 五十九、吳　擴

擴字子充，崑山人。以布衣遊縉紳間；嘉靖中，避倭亂，居陵，愛秦淮河一帶水，造長吟閣居之。

明代布衣以詩名者，多封己自好，不輕出游人間，其挾詩卷遊縉紳之間，如晚宋所謂山人者，嘉靖中自子充始。有《傳吟閣稿》、《貞素堂集》行世。傳略見《列朝詩集小傳》、《明詩綜》、《重修崑山縣志》。

嘉靖間以布衣而鳴詩於公卿，在南為子充，在北則茂秦、中伯是已。茂秦有〈除夕吳子充、周一之、文德承、李時明、方信之、王希舜集旅寓有感〉一首。

### 六十、黃元白

元白字用章，號少岷，四川達州人。嘉靖廿六年進士，由太常侍博士選兵科給事中，升陝西副使，卅五年免官。傳略見《掖垣人鑑》。

茂秦為用章家中常客，有〈冬夜黃給事用章宅，同張肖甫賦得中字〉一首。

### 六十一、石茂華

茂華字君采，號毅庵，益都人。嘉靖廿三年進士，知縣，歷揚州知府，有破倭功，遷右都御史，總督陝西三邊軍務，卒年六十二，謚恭襄。傳略見《國朝獻徵錄》、《穀城山館集》、《益都縣志》。

茂秦有〈秋夜石戶曹君采宅留酌得雲字〉一首，君采總督陝西，又寄詩一首。

## 六十二、紀公巡

公巡字恒甫，號省吾，山東恩縣人。嘉靖廿九年進士，由行人選刑科給事中，山西副使，歷陝西按察使免官。傳略見《掖垣人鑑》、《重修恩縣志》。

茂秦有〈春日登伏牛山遙望秦中，因憶栗士學、馮汝言二方伯，李廷學大參、莫子良廉憲、姜宗孝、紀恒甫二憲副〉一首。

# 第八章　謝茂秦之交遊考（下）

### 六十三、范大澈

大澈字子宣，一字子靜，號訥菴，鄞人。欽從子，隨欽遊京師，官鴻臚寺序班，使琉球、朝鮮，進秩二品，月薪所入，悉以購書，有《灌園叢說》、《臥雲山房遺稿》。傳略見《余文敏公文集》、《環溪集》。

茂秦有〈送趙汝中歸垣曲，范子宣見過〉一首，堯卿渡黃河，又束子宣詩一首。

### 六十四、呂調陽

調陽字和卿，號豫所，桂林人。嘉靖廿九年進士，授編修，累官禮部尚書，侍穆宗經筵，神宗時進文淵閣大學士，以朴忠受知，年六十五，諡文簡。傳略見《國朝獻徵錄》、《白榆集》、《賜閒堂集》、《寶菴集》。

茂秦與和卿為詩友，有〈同呂太史和卿集翟子家、子先二進士宅〉一首。

### 六十五、秦　祐

祐字順甫，山東臨清州人。正德十二年進士，嘉靖四年由河南修武知縣，選禮科給事中。傳略見《掖垣人鑑》、《臨清州志》。

茂秦與順甫同鄉，順甫年長於茂秦，茂秦以長輩尊之，有〈題秦丈順甫別業〉一首、〈寒夜寄秦給事順甫〉一首。

### 六十六、侯一元

一元字舜舉，號二谷，樂清人。其父廷訓得罪，舜舉年方十三，伏闕訟父冤，得釋。嘉靖十七年舉進士第，歷官江西布政使，所至有惠政，年七十

五，有《詩文集》，《二谷讀書記》。傳具《明史》，又見《茅鹿門先生文集》、《樂清縣志》。

茂秦有〈初春侯兵憲舜舉宅，同潘別駕時乘賦得明字〉一首；舜舉詩集出，茂秦作詩一首以誌。

### 六十七、楊 巍

楊巍字伯謙，號夢山，海豐人。嘉靖廿六年進士，知武進縣，入爲兵科給事中，歷右都御史，巡撫宣大、陝西、山西，入爲兵部侍郎，升南京戶部尚書，召入，改工部，復改戶部，再改吏部，加太子少保，進太保，贈太師，性長厚，工詩，有《夢山集》，年九十二。傳具《明史》卷二百二十五，又見《掖垣人鑑》。

茂秦有〈答楊中丞伯謙寄書〉一首。

### 六十八、白 悅

悅字貞夫，號洛原，武進人。圻子，嘉靖十一年進士，官至江西按察司僉事，工詩，有〈洛原遺稿〉，卒年五十四。傳略見《世經堂集》、《國朝獻徵錄》、《皇甫司勳集》。

茂秦有〈送白戶曹貞甫之三河〉一首，貞甫卒，爲詩悼之。

### 六十九、尹 臺

臺字崇基，號洞山，永新人。嘉靖十四年進士，選庶吉士，授編修，嚴嵩以同鄉，故善遇之，欲與爲婚，竟不許，出爲南京祭酒、南京禮部尚書，留心理學，鄒元標稱其學不傍門戶，能密自體驗；有《洞麓堂集》及《思補軒稿》，年七十四。傳略見《國朝獻徵錄》，《明人傳記資料索引》、《永新縣志》。

茂秦〈賦得長江行寄尹祭酒崇基〉一首云：「長江穩流自西來，大禹疏鑿殊神哉！勢雄吳楚幾千里，朝暮轉折喧風雷。青天突起白雪推，石頭影落潮聲回。楓林蘆港漁父睡，片月皛皛霜皚皚。北斗側插老龍窟，明珠光閃烟波開。詞臣獨登天上台，金山雲合疑蓬萊。目擬蒼茫擬作賦，寧言郭璞專仙才。動浮元氣竟何物，陽侯莫如天地胚。行人迷津不可涉，即今待汝爲舟楫。吾將南遊一觀濤，秣陵秋高下木葉。」

### 七十、郭 第

第字次甫，長洲人。隱焦山，常爲嵩岱遊，著有《廣篇》及《獨往生集》。傳略見《二酉文集》，《明人傳記資料索引》、《長洲縣志》。

茂秦與次甫俱爲布衣，皆善吟詠，有〈送郭山人次甫遊秦中〉一首。

### 七十一、趙　鏘

鏘字子振，號桐岡，直隸易州人。嘉靖廿九年進士，江西右參政，陝西苑馬寺卿。傳略見《掖垣人鑑》。

茂秦有〈上黨歌送趙兵憲子振擢手涼苑馬卿〉一首、〈寄趙子振、梁乾吉二黃門〉一首。

### 七十二、趙　賢

賢字良弼，號汝泉，汝陽人。嘉靖卅五年進士，右僉都御史，巡撫湖廣，終南京吏部尚書，年七十三。傳略見《穀城山館集》、《余文敏公集》、《汝陽縣志》。

茂秦有〈寄贈趙中丞良弼〉一首、〈薄暮趙戶部良弼官署西園、同鄭山人中伯醉賦五首〉，及良弼奉命督遼東，作詩二首贈之。

### 七十三、劉景韶

景韶字子成，號白川，崇陽人。嘉靖廿三年進士，授潮陽令，歷貴州僉事，以破苗有功，擢淮陽道副使，官至右僉都御史，巡撫鳳陽，致仕卒，年六十二。傳略見《明史》《列傳》，《名山藏臣林記》、《崇陽縣志》。

茂秦有〈夏日張氏園亭同徐子與、李于鱗、賈守準、劉子成、王元美得窗字〉一首、〈吳金人明可徒居，同徐子與、劉子成工比部夜集得書字〉一首，是與子成亦社中之友也；子成嘗柬茂秦詩一首，茂秦答之。

### 七十四、劉應節

應節字子和，號白川，濰人。嘉靖廿六進士，隆慶中以兵部右侍郎總督薊、遼、保定軍務，累擢刑部尚書，後以出郭與雲南參政羅汝芳談禪，爲給事中周良寅劾罷。傳略見《明史列傳》、《國朝獻徵錄》、《濰縣志》。

茂秦有〈夢少司馬總制劉子和，賦此歌行寄上〉一首，蓋懸念之詞也；聞子和奔喪東萊，又爲詩一首。

### 七十五、劉　贄

贄字子禮，號西塘，河南洛陽人。嘉靖廿九年進士，授山西平陽府推官，屢遷通政司右參議，仕至山東按察司副使免官。傳略見《掖垣人鑑》、《洛陽縣志》。

茂秦有〈春雨夜集劉子禮宅，賦得秋、多二字〉一首、〈即席次劉子禮登高韻〉一首，子禮之平陽任推官，又作詩送之。

### 七十六、陳洪濛

洪濛字元卿，號抑菴，仁和人。嘉靖二十年進士，與兄洪範同榜，授刑部主事，歷山西參政、四川布政使，四十四年擢左副都御史，巡撫貴州，討平施州叛酋黃中，未幾致仕，萬曆九年卒。傳略見《余文敏公集》、《國朝獻徵錄》。

茂秦有〈寄陳憲副元卿送汪谷受之京〉一首。

### 七十七、王汝訓

汝訓字師古，號泓陽，聊城人。隆慶五年進士，授元城知縣，累遷光祿少卿，疏劾吏科給事中陳與郊，巡撫浙江，終工部右侍郎，年六十卒，諡恭介。傳略見《明史列傳》、《明史》卷二百三十五、《蒼霞續草》、《劉大司成集》。

茂秦有〈晚坐槐庭，同王明府師右各賦短歌，以志幽興〉一首。

### 七十八、劉效祖

效祖字仲修，濱州人。寓居都門，嘉靖廿九年進士，授衛先軍府推官，以戶部郎擢副使，備兵固原，坐內計罷官，年方四十。以賦詩自遣，篇什流傳，禁中皆知其名；穆廟遣中官出索其詩，都人傳其事，以為本朝所未有也；有《雲林稿》，朱中立謂其詩「沈著渾雄，得盛唐氣格，李伯承之亞也。」傳略見《列朝詩集小傳》、《明詩綜》、《濱州志》。

仲修奉詔督餉兩河，茂秦為之餞行，作詩一首。

### 七十九、顧從義

從義字汝和，號硯山，上海人。隆慶初以修國史擢大理評事，篤志摹古，又精賞鑒，好文愛士，吳越間推為風雅藪，年六十六，有《閣帖釋文考異》。傳略見《俞仲蔚先生集》、《明人傳記資料索引》、《上海縣志》。

茂秦有〈秋日柬顧汝和中翰〉一首。

### 八十、胡 宥

宥字子仁，號金峯，休寧人。隆慶五年進士，知長垣縣，歷官御史。傳略見《逍遙園集選》、《明人傳記資料索引》、《休寧縣志》。

茂秦有〈賦得萬山形勝，歌贈胡明府子仁〉一首。

### 八十一、尤時熙

時熙字季美，洛陽人。嘉靖元年鄉試第，習王守仁之學，歷元氏、章丘教諭，一以致良知爲教，入爲國子學博士，學者稱西川先生，年七十八，有《擬學小記》。傳具《明史》卷二百八十三，又見《洛陽縣志》。

茂秦有〈贈尤員外季美幽居〉二首。

### 八十二、烏從善

從善字汝登，號龍岡，山東博平人。嘉靖廿三年進士，由太常寺博士選刑科給事中，官至禮科都給事中，嘉靖卅五年免官。傳略見《掖垣人鑑》、《明人傳記資料索引》、《博平縣志》。

茂秦有〈秋夜烏給事汝登宅言別〉一首。

### 八十三、蕭大亨

大亨字夏卿，號岳峰，泰山人。嘉靖四十一年進士，累官兵部侍郎，進刑部尚書兼署兵部，年八十一，有《藩封記略》、《兩鎮奏議》、《夷俗記》。傳略見《大泌山房集》、《九愚山房稿》、《明人傳記資料索引》。

### 八十四、左國璣

國璣字舜舉，人稱中川先生，大梁人。能書，善詩賦，名動一時，有《一元集》。傳略見《四友齋叢說》、《明人傳記資料索引》。

茂秦有〈寄左舜齊〉一首。

### 八十五、樊獻科

獻科字文叔，號斗山，浙江縉雲人。嘉靖廿六年進士，授行人，擢御史，巡按福建，有《旅遊吟稿》、《山居吟稿》。傳略見《石泉山房文集》、《宗子相集》。

文叔於結社時始識茂秦，其後往來益密，〈送樊侍文叔之金陵〉一首，見情誼之隆也。

### 八十六、崔　元

元字懋仁，號岱屏，代州人。尚憲宗女永康公主，世宗入繼，以迎立功封京山侯，坐張延齡事下獄，尋釋。好交文士，年七十二卒，諡榮恭。傳具《明史》卷一百二十一，又見《皇明書》、《皇明功臣封爵考》、《代州志》。

茂秦有〈寄崔岱屏都尉〉一首，〈崔岱屏園集同馬子端、王汝秀得先字〉一首、〈夏夜大雨寄懷崔駙馬懋仁〉一首。

### 八十七、陸光祖

光祖字與繩，號五臺，杰從子。嘉靖廿六年進士，累官吏部尚書，贈太子太保，諡莊簡。練達朝章，每議大政，一言輒定，推轂人材，不念舊惡，卒年七十七。傳略見《明人傳記資料索引》、《平湖縣志》。

當盧次楩繫獄之時，茂秦奔走呼號，光祖為之脫冤，茂秦由是感激，有〈寄陸明府與繩二首〉。

### 八十八、龔秉德

秉德字性之，濮州人。嘉靖二十年進士，歷官湖廣按察使，有《三幻集》。宋中立謂其詩「和粹婉麗，藻思駿發。」傳略見《明詩綜》、《明人傳記資料索引》、《濮州志》。

茂秦有〈初春酬龔憲副性之見寄〉一首、〈送龔侍御性之赴南都〉一首。

### 八十九、李春芳

春芳字子實，號石麓，揚州興化人。嘉靖丁未（廿六年）舉進士第一，以修撰擢翰林學士，累官禮部尚書，性恭慎，隆慶初為首輔，益務以安靜，進吏部尚書、太子太保、武英殿大學士，卒年七十五，有《貽安堂集》。傳具《明史》卷一百九十三，又見《明史列傳》、《國朝獻徵錄》。

茂秦有〈寄李狀元子實〉一首、〈八月十三夜，譚鴻臚子羽第，同李太史子實、張給事巽卿、莫膳部子良賦得秋字〉一首。

### 九十、莫如忠

如忠字子良，號中江，松江華亭人，愚子，如德兄。嘉靖十七年進士，授南虞衡主事，擢貴州提學副使，補湖廣副使，歷河南參政、陝西按察使，浙江布政使。

子良束修自好，恬於榮進，不避權勢，夏言死西市為經紀其喪。善草書，詩文具有體要，尤工近體，年八十一。

元美初登第時，子良為前輩稱詩，元美因仲山人（名春龍）往交，稱其詩清令，蔚有唐風，晚年為之詩曰：「子良豈不文？宛若田父社。飢來虢清泌，衡門亦瀟洒。」傳略見《皇明世說新語》、《弇州山人四部稿》、《列朝詩集小傳》、《明詩綜》、《重修華縣志》。

茂秦有〈八月十三日夜，譚鴻臚子羽第，同李太史子實、張給事巽卿，莫膳部子良賦得秋字〉一首。

## 九十一、崔　銑

銑字仲鳧，一字子鍾，初號後渠，有遺泗磬，因號少石，又號洹野，河南安陽人，陞子。弘治十八年進士，授編修，忤劉瑾，出爲南京吏部主事，瑾敗，召充經筵講官。世宗即位，擢南京國子監祭酒。大禮議起，銑疏劾張璁、桂萼等，帝不悅，令銑致仕；用薦起，歷南京禮部右侍郎，致仕卒，年六十四，諡文敏。

銑學以程朱爲的，斥王守仁爲霸儒，有《讀易餘言》、《崔氏小爾雅》、《彰德府志》、《文苑春秋餘錄》、《士翼》、《後渠庸言》、《洹詞》、《政議》、《晦庵文鈔續集》等書。傳略見《明人傳記資料索引》、《安陽縣志》。

後渠以文名，而茂秦則以詩稱，趙王枕易道人嘗曰：「文至後渠，詩至四溟，其盡之也。」〔註1〕茂秦有〈春雪柬崔太史仲鳧〉一首，並亟稱後渠「歧路楊朱淚，江湖李白杯」之句（《四溟詩話》卷二）。

## 九十二、殷士儋

士儋字正甫，號文通，歷城人。嘉靖廿六年進士，隆慶中累官武英殿大學士，高拱專政，屢加排擠，遜避以歸，築廬濼水之濱，以經史自娛，年六十一卒，追諡文莊，學者稱棠川先生，有《金輿山房稿》，傳具《明史》卷一百九十三，又見《明史列傳》卷七十四、《歷城縣志》。

正甫嘗問詩法於茂秦，茂秦亦稱其論詩精確，〔註2〕並有〈寄懷吳少呂兼訊許克之、李于鱗、殷正甫三詞丈〉一首。

## 九十三、劉爾牧

爾牧字成卿，一字長民，號堯麓，東平人，源清子。嘉靖廿三年進士，授戶部主事，晉郎中，在部八年，權會精核，出納明允，以忤嚴世蕃，廷杖，奪爵歸，卒年四十三，有《堯麓集》。元美謂其詩「質秀才雋，尚未成家。」（詩評）傳略見《穀城山館文集》、《國朝獻徵錄》。

七子結社之初，茂秦即識正甫，及正甫官戶曹，使荊楚，爲詩送之，又有〈寄柬劉成卿二首〉。

## 九十四、高　岱

岱字伯宗，號鹿坡居士，京山人。嘉靖廿九年進士，官刑部郎中，時董

---

〔註1〕見《四溟詩話》卷二。
〔註2〕見《四溟詩話》卷三。

傳策、張翀、吳時來等疏劾嚴嵩，嵩欲置之死，岱力言於尙書鄭曉，得遣戍，又爲治裝，送之出郊，嵩大怒，會景王之國，出爲長史。岱善屬文，嘗采國家大事，成《鴻猷錄》，又著《樵論》、《楚漢餘談》、《西曹集》。傳略見《皇明世說新語》、《二酉文集》、《京山縣志》。

茂秦有〈冬日寄高伯宗兼憶乃弟叔崇〉一首、〈高比部伯宗宅夜集得清字〉一首。

### 九十五、梁有譽

有譽字公實，號蘭汀，廣州順德人。少時與歐大任等同師事於黃才伯（名佐），嘉靖廿九年舉進士第，嚴世蕃欲納之，有譽不從，遂稱病歸，卒年三十六，有《蘭汀存稿》。傳略見《列朝詩集小傳》、《明詩綜》、《明人傳記資料索引》。

公實詩風婉妙，元美〈詩評〉嘗云：「梁率易，寡世好，尤工齊梁，近始幡然悔之。」公實入社，作五子詩，首茂秦，茂秦有〈冬夜徐子與宅同梁公實、宗子相食黃精作〉一首、〈初春同沈子文、梁公實、薛思素進士、宗子相比部〉一首、〈元夕道院同公實、子與、于鱗、子美、子相五君得家字〉一首皆其時所作；不久，公實病，捐館移去，茂秦有詩傷之。

### 九十六、梁夢龍

夢龍字乾吉，眞定人。嘉靖卅二年進士，改庶吉士，累官吏部尙書，加太子太保，諡貞敏。傳略見《明詩綜》、《明人傳記資料索引》。

茂秦有〈寄梁方伯乾吉〉一首、〈寄趙子振、梁乾吉二黃門〉一首、〈王侍御斯進見過，談及周兵憲子才，兼憶梁廉憲乾吉，慨然有賦〉一首。

### 九十七、高應冕

應冕字文忠，號穎湖，仁和人。嘉靖十三年舉人，歷知光州，卒年六十七，有《白雲山房集》。傳略見《奚襄蠡餘》、《梓溪文鈔》、《仁和縣志》。

茂秦有〈酬高穎湖太守見寄〉一首。

### 九十八、靳學曾

學曾字子魯，濟寧人，學顏弟。嘉靖廿三年進士，知穎州、鳳陽，官至山西按察副使，有治績。傳略見《斯兩城先生集》、《明人傳記資料索引》。

茂秦有〈寄靳太守子魯〉一首、〈寄懷靳太守子魯〉一首。

### 九十九、蹇來譽

來譽字子志，更字子脩，號文塘，巴縣人。嘉靖廿九年進士，授兵部主事，出爲陝西按察僉事，以事謫蒲州同知，擢臨清知州，仕終雲南僉事，年七十九卒。傳略見《嬾眞草堂文集》、《弇州山人續稿》、《巴縣志》。

子脩知臨清，與茂秦屢相往來，其後任雲南僉事，茂秦爲作〈送蹇武選子脩使奏中道還巴郡〉一首。

### 一〇〇、丘樺

樺字懋實，號月林，山東諸城人，嘉靖廿九年進士，累官兵部都給事中，官終南京吏部尚書，強直好博擊，節行爲時所稱，卒諡簡肅。傳具《明史》卷二百二十六，又見《明史列傳》。

茂秦有〈送蕭行人汝和還京，兼答丘給事懋實見寄〉一首。

### 一〇一、魏裳

裳字順甫，蒲圻人。嘉靖廿九年進士，性質宜，博學工詩，又晉山西副使，罷歸，杜門著書，後進之士爭師事之，爲後五子之一，有《湖山堂集》、《湖廣通志草》。傳具《明史》卷二百九十七，又見《皇明世說新語》、《弇州山人四部稿》、《蒲圻縣志》。

順甫於結社時得識茂秦，其後茂秦爲于鱗所擯，順甫往訪，茂秦作〈九日寄魏順甫兼懷社中諸友〉一首。

### 一〇二、毛 愷

愷字達和，號介川，晚號節齋居士，江山人。嘉靖十四年進士，授御史，以言事忤旨，謫寧國府推官，事母至孝，歷瑞州知府，官至刑部尚書，伉直執法，後坐事奪職，卒年六十五，萬曆初復官，諡端簡。傳具《明史》卷二百一十四，又見《國朝獻徵錄》、《毛公行狀》（趙錝撰）、《江山縣志》。

達和任御史，出守瑞州，茂秦有詩送之；其後又作〈寄毛中丞達和，時督漕運淮安〉一首。

### 一〇三、吳維嶽

維嶽字峻伯，孝豐人。嘉靖十七年進士，知江陰縣，入爲刑部主事，陞山東提學副使，以僉都御史巡撫貴州，在郎署與濮州李伯承，天台王新甫攻詩，峻伯尤爲同社所重，已而入王元美社，實弟蓄之，及于鱗出，元美舍吳而歸李，峻伯愕眙盛氣，欲奪之，不能勝，乃罷去，不復與七子、五子之列；元美後爲《廣五子詩》，追錄伯承、峻伯，二公皆諱言之，頗以牛後爲恥，有

《天目山齋歲編》。元美詩評云：「峻伯詩小巧清新，足炫市肆，無論風格。詩之風格，有出於清新二字者乎？」穆敬甫立云：「吳公結社西曹，詩中奇語往往驚人。」傳略見《列朝詩集小傳》、《明詩綜》、《明人傳記資料索引》、《豐縣志》。

茂秦有〈端午集吳郎中峻伯宅得山字〉一首、〈馮郡丞汝言入計，暫還海口，吳郎中峻伯出餞，同賦得山字〉一首。

### 一○四、吳國倫

國倫字明卿，號川樓，亦號南嶽山人，其先嘉興人，徙居湖廣興國川。嘉靖廿九年進士，除中書舍人，升兵科給事中；楊繼盛死，倡眾賻送，忤嚴嵩，謫南康推官，調歸德，歷知建寧、邵武、高州三府，遷貴州提學副使，移河南參政，有《甔甀洞正續稿》、《興國州志》。

明卿才氣橫放，跅弛自負，而好客輕財，歸田之後，聲名籍甚，海內噉名之士，不東走弇山，則西走下雉；晚年入吳訪王元美，入茗邘徐子與，年七十而卒。傳略見《列朝詩集小傳・丁集上》、《明詩綜》、《明人傳記資料索引》。

茂秦有〈冬夜同徐比部子與、吳舍人明卿，聽張肖甫鼓琴得聲字〉一首、〈吳給事明卿謫江西，詩以寄之〉一首。

### 一○五、田汝耒

汝耒字深甫，號莘野，汝籽弟，大梁人。正德十一年舉人，官兵部司務，有《莘野集》。傳略見《明人傳記資料索引》。

茂秦曰：「大梁田深甫從李獻吉遊，……嘗擬少陵〈秋興〉詩，得盛唐氣骨，眼中不多見也。」（《四溟詩話》卷三）足知其對深甫詩頗為推崇也。又有〈春日洹上過田深甫留酌〉一首，酬酢之作也；深甫返大梁，函茂秦，茂秦復作〈得田深甫書〉一首。

### 一○六、皇甫汸

汸字子循，順慶之第三子，嘉靖八年進士，歷工部虞衡司郎中，謫黃州推官，召入為南京吏部稽勳郎中，又謫開州同知，量移處州府同知，升雲南按察司僉事，以大計免官，年八十卒。

子循性和易，不修邊幅，好狎遊，近聲色；自評其詩，以為本之二京，參之列國，江左關洛，燕齊楚蜀之音，無所不備；又謂吾與我周旋，久而自成一家，尚不肯學步少陵，而不能不假靈於王、李；元美則謂其今體風調，

頗似錢劉，文學六朝，時時失步。子循著有《司勳集》、《解頤新語》。傳略見《明詩綜》、《明人傳記資料索引》。

茂秦有〈初夏姚園同汪伯陽、徐子與、李于鱗、王元美、皇甫子循得逢字〉一首、〈夏夜皇甫子循別駕宅，同謝少安應瑞伯、方禹績諸兵部得君字〉一首；子循之開州，茂秦爲餞行，作詩贈之，又有〈夏夜鄒參政君哲宅，陪餞皇甫別駕得才字〉一首。

### 一〇七、谷中虛

中虛字子聲，號近滄，山東海豐人。嘉靖廿三年進士，授高陽令，歷浙江按察使，累進兵部侍郎，致仕歸，年六十一，有文集傳世。傳略見《敬所先生集》、《明人傳記資料索引》、《海豐縣志》。

茂秦有〈谷節推中虛見過，因談邊事、感而賦此〉一首。

### 一〇八、沈　瀚

瀚字原約，號夷齋，吳江人。嘉靖十四年進士，官南京國子監丞，仕至浙江副使，入賀，卒于京。傳略見《掖垣人鑑》、《明人傳記資料索引》、《吳江縣志》。

茂秦與厚約屬文字交，有〈傷沈夷齋參政〉一首。

### 一〇九、蔡汝楠

汝楠字子木，德清人。嘉靖十一年進士，年十八，除行人，遷南京刑部郎，出守衡州，歷江西參政，山東按察使、兵部侍郎，改南京工部，有《自知堂稿》，同安洪朝選云：「蔡白石弱冠即以詩聞，初學六朝，即似六朝，既而學劉長卿，最後又學陶耳。」唐德德曰：「白石詩洗盡鉛華，獨存本質，幽玄雅淡，一變而得古作者之精。」顧玄緯曰：「子木詩出楊用修，所選者爲藝林珍賞，晚年率易應酬，如出兩手。」傳略見《列朝詩集小傳》、《明詩綜》、《明人傳記資料索引》、《德清縣志》。

茂秦與子木亦社中友，有〈寄蔡衡州子木〉一首、〈陶山驛舟中送別蔡司馬子木〉一首。

### 一一〇、戚繼光

繼光字元敬，號南塘，晚號孟諸，定遠人。景通子，世襲登州衛指揮僉事，嘉靖中歷浙江參將，破浙東倭，進秩三等，倭犯江西、福建，皆命援擊，戰功特甚，陞福建總督，屢平劇寇，威振南方，人號「戚家軍」。萬曆間謝病

歸，年六十卒，諡武毅，有《紀效新書》、《練兵實紀》、《長子心鈐》、《蒞戎要略》、《武備新書》、《止止堂集》。傳具《明史》卷二百一十二，又見《明史列傳》卷八十六、《名山藏臣林記》卷二十四、《定遠縣志》。

元敬雖武將，然亦能詩，嘗與茂秦酬倡，茂秦有〈答張弘軒給事寄詩，兼憶戚南塘都督十四韻〉。

### 一一一、瞿景淳

景淳字師道，號崑湖，常熟人。嘉靖廿三年舉會試第一，殿試第二，授編修，典制誥，清介自持，錦衣陸炳先後四妻，欲封其最後者，屬景淳撰詞，不可；嚴嵩為請，亦不應。累官禮部左侍郎，兼翰林院學士，總校《永樂大典》，修《嘉靖實錄》，以疾累疏乞歸，年六十三卒，諡文懿，有《制敕稿》、《文懿公詩文集》。傳具《明史》卷二百一十六，又見《明史列傳》卷五十四、《名山藏臣林記》卷十五、《常熟縣志》。

師道與茂秦皆風雅士，師道先卒，茂秦有〈傷瞿崑湖侍郎〉一首悼之。

### 一一二、王國楨

國楨字以寧，號黛山，浙江山陰人。嘉靖十七年進士，由行人選南京兵科給事中，屢陞兵科都給事，歷廣東參政，官至福建布政使。傳略見《掖垣人鑑》、《明人傳記資料索引》、《山陰縣志》。

茂秦有〈部壽卿園亭同申伯憲、王國楨醉賦〉一首。

### 一一三、葛守禮

守禮字與立，號與川，德平人。嘉靖八年進士，官戶部尚書，歷刑部，官至左都御史，年七十四，諡端肅，有《端肅公集》。傳具《明史》卷二百一十四。

茂秦有〈訪葛徵君敕封御史，孫公威卿哀詞為其子益之賦五首〉。

### 一一四、萬　衣

衣字章甫，號淺源，潯陽人。嘉靖二十年進士，官至河南布政使，卒年八十一，有《草禺子集》。傳略見《大泌山房集》、《明詩綜》、《明人傳記資料索引》。

茂秦有〈送萬比部章甫使湖南〉一首。

### 一一六、徐　陟

陟字子明，號望湖，又號達齋，晚號覺庵，華亭人，階弟。嘉靖丁未（廿

六年）進士，選庶吉士，歷兵部主事，晉南太少卿，官終南刑部右侍郎，卒年五十八。傳具《明史》卷二百一十三、又見《華亭縣志》。

茂秦有〈寄許高陽太僕兼傷徐望湖司徒〉一首。

### 一一七、史褒善

褒善字文直，號沱村，大名人。嘉靖壬辰進士，歷監察御史，巡按湖廣，有平麻陽盜之功。以論守陵王當驕橫，忤旨，旋與繼盛同官，日以國事相砥勉，倭寇猖獗，奏設沿山守備又條陳江防六事，切中機宜，建瓜州城，倭至，民賴以全，終吏部郎中，有《沱村集》。傳略見《苑洛集》、《明人傳記資料索引》。

茂秦有〈贈史中丞文直〉一首。

### 一一八、李開先

開先字伯華，章丘人。嘉靖八年進士，授戶部主事，調吏部，歷文選郎中，擢太常少卿，提督四夷館，罷歸家居，近四十年，隆慶戊辰二年卒。

伯華七歲能文，博學強記，所著詞名於文，文多於詩，改定元人傳奇數百卷。朱中立謂其著作甚富，一韻百篇，蓋白樂天之流也，詞意浮淺，繩墨尠中，多何尚焉？有《閒居集》。傳略見《列朝詩集小傳》、《明詩綜》、《明人傳記資料索引》。

伯華以傳奇名，嘗以所作樂府示茂秦，茂秦有詩答之。

### 一一九、楊一清

一清字應寧，號邃庵，又號石淙，安寧人，徙巴寧。成化八年進士，遷陝西按察僉事，累陞至太子太保，特進左柱國，華蓋殿大學士，後為張璁所構，落職，年七十七，諡文襄，博學善權變，尤曉暢邊事，有《石淙稿》、《石淙詩集》。傳具《明史》卷一百九十八，又見《明史列傳》、《皇明書》、《安寧州志》。

茂秦有〈懷楊邃庵閣老〉一首。

### 一二〇、李之茂

之茂，上黨人，工舉子業，亦能詩。傳略見《四溟詩話》卷四。

之茂與四溟子屢相吟遊，以〈春日柬之茂〉、〈夜集禪院同安慶王、李之茂分得蔡樽二字〉、〈李之茂見過樓中話別〉四首觀之，知往來頗密也。

### 一二一、懶雲上人

懶雲上人了悟禪蘊，亦工詩，其生平無可考。

茂秦與上人為方外交，時相談禪，有〈秋夜同李明府子充登員通寺，兼示懶雲上人〉一首、〈夜過昭覺禪院，因憶懶雲上人，同南泉、西巖、西池諸丈賦得嗟字〉一首。

### 一二二、劉自強

自強字體乾，河南扶溝人。嘉靖廿三年進士，累遷山西副使，擒斬叛帥王慶，巡撫四川，支羅寇黃中負險猖獗，自強討平之，隆慶初官至刑部尚書，致仕卒，年七十五。傳略見《焦氏澹園集》、《國朝獻徵錄》、《扶溝縣志》。

茂秦有〈夢瑤池篇寄上大冢宰吳汝喬、大司徒劉體乾〉一首。

### 一二三、莫子明

子明，浙東人，其生平無可考。嘗於嘉靖戊午歲夏，偕茂秦遊嵩山少林寺，茂秦作〈遊嵩山同莫子明，久雨，柬張德裕〉一首。

### 一二四、杜約夫

約夫為茂秦之友，茂秦有〈同宋子純、杜約夫晚渡漳河訪李叔東〉一首、〈夏日同武元康、劉復之、杜約夫、萬金渠流觴〉一首；約夫亦屢叩茂秦作詩之法，並讚其「能發情景之蘊，以至極致，滄浪輩未嘗道也。」（《四溟詩話》卷二）。其後茂秦又作〈友人李元博、杜約夫、徐子靜、陳石卿相繼淪歿，悲感賦此〉一首，乃悼亡之詩也。

### 一二五、德平王

王諱胤梗，號南岑道人，潘憲王第二子，與其兄宣王以文雅名，有《集書樓稿》。傳略見《列朝詩集小傳》。

茂秦有〈秋夜園亭遣興柬德平王〉一首、〈歲杪行上德平、鎮康、安慶三王〉一首、〈中秋夜登樓憶昭覺寺，因寄德平、鎮康、安慶三王〉一首，並謂南岑與憲王「伯仲齊名」（《四溟詩話》卷四）。

### 一二六、朱伯鄰

伯鄰嘗官駕部郎中，善為詩。茂秦有〈夏夜集王元美宅，同朱伯鄰、馮汝言、吳峻伯、徐汝思、李于鱗得絲字〉一首，伯鄰卒，作〈張掖門哭朱伯鄰歸襯〉與〈哭駕部中朱伯鄰〉，益見其交誼之彌篤也。

### 一二七、李元博

元博與茂秦往來甚密，茂秦嘗云：「予與李元博秋日郊行，荊榛夾徑，草蟲之聲不絕，元博曰：『凡秋夜賦詩，多用蛩蟄，而晝則弗用，何哉？』予曰：『此實用而害於詩，所謂醫子在頰則醜是也。』又有〈同李元博携酒訪歧南道人郭壽卿林亭早起〉一首、〈同鄒汝鄰、李元博飲申幼川北園登臺醉賦〉一首，元博卒，作〈冬日過李少恭別業，因憶亡友李元博〉二首。

### 一二八、蘇東皋

東皋於茂秦誼屬師長，茂秦自謂學詩於東皋，其言曰：「予自正德甲戌年甫十六，學作樂府商調，以寫春怨，……統錄若干曲請正於鄉丈蘇東皋，東皋曰：『爾童年愛作艷曲，聲口似詩，殆非詞家本色，初養精華而別役心機，孤此一代風雅何邪？』因教之作詩，澹泊自如，而不墜厥志，迄今五十餘年，皤然一叟，惟詩是樂，動靜有時，而神逸於內，不知爲山林之小隱歟？爲市朝之大隱歟？蘇丈吾師也，不得見我今日，悲哉！」（《四溟詩話》卷三）

### 一二九、馮惟健、馮惟敏、馮惟訥

惟健汝強，臨朐人，副使裕之子也。裕字伯順，生四子，惟健，嘉靖舉人，未仕而卒；惟敏亦鄉舉，而惟重、惟訥，則同年舉進士；兄弟四人，三人皆有集，以才名稱齊魯間，獨惟重無聞焉；而文敏公琦，則惟重之孫也。魯王孫觀熰，撰《海嶽靈秀集》，論馮氏兄弟之才，以汝強爲首，有《冶泉集》，朱中立謂其「奇思駿發，古選沖逸，近體嚴整，蓋傑作也。」

惟敏字汝行，領山東鄉薦，知淶水縣，改教潤州，遷保定府通判。善度近體樂府，譽滿東都，有《海浮集》，錢牧齋嘗云：「汝行樂府盛傳東都，當在王渼陂之上，詩雖未工，亦齊魯間才人也。」

惟訥字汝言，號少洲，嘉靖十七年進士，除宜興知縣，調魏縣，三遷爲兵部員外，出爲按察僉事，提學陝西兩浙，累遷江西左布政，後以光祿卿致仕，有《風雅廣逸》、《楚辭旁註》、《選詩約註》、《馮光祿詩集》、《杜律刪註》。馮氏兄弟傳略見《國朝獻徵錄》、《列朝詩集小傳》、《明詩綜》、《明人傳記資料索引》。

茂秦與汝強、汝言相友善，有〈寄北海馮汝強〉一首、〈暮春晦夜同馮汝強、汝言昆季，餞別章行人使上黨得光字〉一首、〈夏夜集馮員外汝言、舉子汝強宅賦得花字〉一首、〈送馮曹汝言之南都，即席賦得原字〉一首；汝強死，

茂秦悲甚，作〈哭馮汝強〉一首，其自序云：「北海馮汝強少舉明卿，與予善，九上春官不第，以病死，聞訃，愴然情見乎辭。」

### 一三〇、趙康王

王諱厚煜，自號枕易道人，文皇帝第三子，趙簡王高燧之來孫，正德十六年嗣趙王。性和厚，構一樓，名「思訓」，常獨居讀書，文藻弘麗，折節愛賓客，詩酒讌游，有淮南梁苑之風。嘉靖卅九年薨謚康，有《居敬堂集》，穆文熙謂其詩「雄渾迥出時作」。傳略見《列朝詩集小傳》、《明詩綜》、《明人傳記資料索引》。

茂秦因中伯而謁王，王甚喜，對茂秦優禮有加，嘗與茂秦聯句於百卉亭，堪稱風雅盛事也。茂秦有〈寄上趙王枕易殿下〉一首、〈趙王枕易見寄〉一首、〈趙世府殿下誕生元嗣識賀〉一首；王亦為刻《四溟旅人詩》。

### 一三一、成皋王

成皋王傳易及子玄易皆喜為詩，嘗問茂秦作詩之法，茂秦曰：「李建勳詩『未有一夜夢，不歸千里家。』此聯字繁辭拙，能為一句，即縮銀法也。」並令其以一炷香為限，香及半，玄易曰：「歸夢無虛夜。」香幾盡，傳易曰：「夜夜鄉山夢寐中。」茂秦曰：「一速而簡切，一遲而流暢，其悟如池中見月，清影可掬，若益之以勤，如大海息波，則天光無際；悟不可恃，勤不可間；悟以見心，勤以盡力，此學詩之梯航，當循其所由而極其所至也。」（見《四溟詩話》卷三）

### 一三二、孫軒子

孫軒子博學嗜詩，志在古雅，頗得論詩之法，其生平雖不可考，然與茂秦往來頻繁，有擬閨僊一絕，茂秦評之曰：「不下唐調。」

### 一三三、蘇祐及其子

祐字允吉，一字舜澤，號穀原，山東濮州人。嘉靖五年進士，知吳縣，改束鹿，有惠政，遷兵部侍郎，兼都御史，總督宣大軍務，進兵部尚書，坐不請兵餉失事削籍，尋復官，致仕，年八十。允吉詩粗豪伉浪，奔放自喜，有穀原籍，魯王孫燼評曰：「格不高而氣逸，調不古而情真。」

濂字子川，號鴻石，祐之長子，六試鎖院不利，以恩廕補官，仕至通判。

澹字子沖，祐之仲子，自序謂年三十尚在舉子列，而有無限感慨，朱中立謂其青出於藍而尤過之，有《蘇仲子集》。

潢，亦祐子，號杏石，嘗官王府審理，亦能詩。蘇氏之父子傳略見《國朝獻徵錄》、《洹記》、《賜餘堂集》、《穀城山館文集》、《列朝詩集小傳》《濮州志》。

茂秦有〈酬蘇侍御允吉見寄〉一首、〈送蘇子長之塞上〉一首、〈送蘇子川之雲中〉一首、〈夜酌蘇子用舟中話別，因憶乃弟子沖、子長、子新，時寓都門〉一首。

### 一三四、姚汝循

汝循字敘卿，號鳳麓，江寧人。嘉靖卅五年進士，官至大名知州。罷官後遊燕、趙、蜀間，晚年耕秦淮，年六十三，有《屏居》、《浪遊》、《耕餘》諸集。傳略見《快雪堂集》、《焦氏澹園集》、《明詩綜》、《明人傳記資料索引》。

茂秦有〈寄姚鳳麓大守〉一首。

### 一三五、郜光先

光先字子孝，號文川，山西長治人。嘉靖卅八年進士，授上海令，擢御史，巡按貴陽，累官至兵部尚書兼左副都御史，總督陝西三邊軍務，卒於官，年五十七。傳略見《國朝獻徵錄》、《國史闡幽》、《長治縣志》。

茂秦有〈寄郜文川寺丞〉一首。

### 一三六、黃省曾

省曾字勉之，號五嶽，吳縣人，魯曾弟。舉嘉靖十年鄉試，從王陽明、湛若水游，又學詩於李夢陽，以任達跅弛終其身，於書無所不覽，有《西洋朝貢典錄》、《擬詩外傳》、《客問騷苑》、《五嶽山人集》等書。傳具《明史》卷二百八十七，又見《明儒學案》卷二十五、《皇明書》卷三十九、《吳縣志》。

茂秦有〈酬五嶽山人黃勉之見寄〉一首。

### 一三七、畢　鏘

鏘字廷鳴，號松坡，石埭人。嘉靖廿三年進士，萬曆四年歷官南京戶部尚書，上陳政務九事，乃引年歸。松坡遇事正直，有物望，致仕後，賜存問者再，年九十二卒，諡恭介，傳具《明史》卷二百二十，並見《明史列傳》、《大泌山房集》、《石埭縣志》。

茂秦有〈懷畢松坡府尹〉一首。

### 一三八、蔡可賢

可賢字子齊，號見菴，更號聞吾，成安人。嘉靖四十一年進士，授戶部

主事，山東參政，年六十七，傳略見《賜閒堂集》、《明人傳記資料索引》。

茂秦有〈清化謝園夢蔡太守子齊寫兔賦，予亦作〉一首。

### 一三九、劉一麟

一麟字子仁，號雪山，直隸昌平人。嘉靖廿九年進士，歷任兵科給事中。陞刑科都給事，降山西平定州判，遷陝西參議，改雲南，免官。傳略見《掖垣人鑑》、《明人傳記資料索引》。

茂秦有〈贈劉太守子仁〉一首。

### 一四〇、曹大章

大章字一呈，號含齋，金壇人。嘉靖卅二年會試第一，官翰林院編修，以廢疾歸，年五十五卒，有《曹太史含齋集》。傳略見《華陽洞稿》、《明人傳記資料索引》、《金壇縣志》。

茂秦有〈送曹太史一呈歸金壇〉一首。

### 一四一、張才

才字茂參，西安衞人，嘉靖廿三年進士，歷官按察僉事，王元美謂其詩「如荒傖渡江，揖讓簡略，故是中原門弟。」傳略見《明詩綜》。

茂秦有〈冬夜吳比部鳴仲同張茂參、方禹績二兵部作〉一首。

### 一四二、曾　銑

銑字子重，號石塘，江都人。嘉靖八年進士，歷總督陝西三邊軍務，有膽略，長於用兵，立志復河套，條上方略十八事，為嚴嵩所誣，誅死。隆慶初追諡襄愍，有《復套議》。傳略見《明人傳記資料索引》、《江都縣志》。

茂秦有〈送曾判官子重之泰安〉一首。

# 第九章　謝茂秦文學觀之影響

　　《四溟詩話》之成，雖在茂秦逝世前一年，然其平日與人論詩，結社燕市，蓋已影響在先；及萬曆甲辰趙府冰玉堂刊行《四溟山人全集》，遂沾溉後世矣！

## 第一節　對七子、五子之影響

　　清吳修齡嘗曰：「于鱗成進士後，有意於詩，與其友請教于謝茂秦，……教以取唐詩百十篇，日夜詠讀，倣其聲光以造句。于鱗從之，再起何、李之死灰，成七才子一路。」（《圍爐詩話》卷六）迨七子結社燕市，尚論有唐諸家，茫無適從，茂秦為之指點迷津：「選李、杜十四家之最者，熟讀之以奪神氣，歌詠之以求聲調，玩味之以裒精華。得此三要，則造乎沈淪，不必塑謫仙而畫少陵也。」（《四溟詩話》卷三）是諸人之受影響，乃為不爭之事實。

　　然則何謂七子？當諸人結社之初，徐子與、梁公實、宗子相、王元美、李于鱗咸以茂秦為首，而稱五子，實則為六人。六子與吳明卿合稱七子。為別於前七子，故稱後七子，又曰「嘉靖七才子」。

　　其後于鱗貽書與茂秦絕交，削其名於七子、五子之列，元美遂設後五子，即余德甫（名曰德）、魏順甫（名裳）、汪伯玉（名道崑）、張肖甫（名佳胤）、張助甫（名九一）是也。又有廣五子，即俞仲蔚（名允文）、盧次楩（名柟）、李伯承（名先芳）、吳峻伯（名維嶽）、歐楨伯（名大任）是也。又有續五子，即王明甫（名道行）、石拱辰（名星）、黎維敬（名民表）、朱用晦（名多煃）、趙汝師（名用賢）是也。更有末五子，即趙汝師、李本寧（名維楨）、屠長卿（名隆）、魏懋權（名允中）、胡元瑞（名應麟）是也。稍後又廣為四十子。

上述諸子，茂秦而外，于鱗論文多於論詩；元美有《藝苑巵言》；長卿有《由拳》、《白榆》、《栖眞館》諸集；元瑞有《詩藪》。茲將此數人詩論與《四溟詩話》作一比較，以見其受茂秦文學觀影響之一斑。

## 第一目　對李于鱗之影響

于鱗編有《古今詩刪》，作品由古至明，而將中唐之後及宋元兩朝詩闕而不錄；與《四溟詩話》「崇初、盛唐，中、晚以後，不足爲法」之旨，正相吻合。

于鱗論詩之言雖少，然《明史》本傳稱：「攀龍謂文自西京，詩自天寶而下，俱無足觀，……非是者則詆爲宋學。……其爲詩務以聲調勝。」茂秦論詩，亦以第一義爲準，崇盛唐，黜趙宋，主「先聲律而後意義」；是于鱗受其影響，乃屬必然。

## 第二目　對王元美之影響

《藝苑巵言》雖脫稿於嘉靖四十四年，較諸《四溟詩話》之成書猶早，〔註1〕然結社之初，既耳濡目染；成書之時，復多所徵引；兼以論詩相合處不鮮，謂其曾受茂秦之薰陶，不亦宜乎？

元美有云：「世人選體，往往談西京建安，便薄陶、謝；此似曉不曉者，毋論彼時諸公，即齊梁纖調，李杜變風，亦自可採；貞元而後，方足覆瓿。大抵詩以專詣爲境，以饒美爲材，師匠宜高，掃拾宜博。」（《藝苑巵言》卷一）《明史》本傳亦謂元美：「詩必盛唐，大曆以後書勿讀。」與茂秦之鄙薄中、晚唐合。「師匠宜高，掃拾宜博。」非茂秦所謂以第一義爲準，以正爲主，崇盛唐，出入十四家而何？〔註2〕「齊梁纖調，亦自可採。」即「唐律，女工也；六朝，隋唐之表，亦女工也，此體自不可少」之意。（《四溟詩話》卷一）。

元美曰：「七言律，不難中二聯，難在發端及結句耳。」（《藝苑巵言》卷一）茂秦亦特重起結，如謂：「凡起句當如爆竹，驟響易徹；結句當如撞鐘，清音有餘。」（《四溟詩話》卷一）。

元美又曰：「詩不能無疵，雖〈三百篇〉亦有之。」（《藝苑巵言》卷一）茂秦亦以爲「雖古人詩，亦有可議者。」（《四溟詩話》卷三）又謂〈三百篇〉

〔註1〕《四溟詩話》成於萬曆元年，見〈詩家直說直序〉。
〔註2〕見《四溟詩話》卷三。

中有艱深奇澀，殆不可讀處。〔註3〕

元美評賈島：「島詩『獨行潭底影，數息樹邊身。』有何佳境？而三年始得一吟？……又『秋風吹渭水，落葉滿長安。』置之盛唐，不復可別。」（《藝苑卮言》卷四）茂秦則曰：「韓退之稱賈島『鳥宿池邊樹，僧敲月下門』為佳句。未若『秋風吹渭水，落葉滿長安。』氣象雄渾，大類盛唐。」（《四溟詩話》卷四）

元美於宋人最薄山谷，其《藝苑卮言》曰：「詩格變自蘇黃，固也。黃意不滿蘇，直欲凌其上，然故不如蘇也。何者？愈巧愈拙，愈新愈陳，愈近愈遠。」（卷四）又曰：「魯直不足小乘，直是外道耳，已墮旁生趣中。」（卷四）茂秦亦教人勿學蘇、黃：「《詩法》曰：『《事文類聚》不可用，蓋宋事多也。』後引蘇黃之詩以為戒。教以養生之訣，繼以致病之物，可乎？」（《四溟詩話》卷一）

元美對文思遲速，不加軒輊，以為無妨俱美，其《卮言》曰：「巧遲拙速，摛詞與用兵，故絕不同。語云：『枚皋拙速，相如工遲。』又曰：『工而速者，唯士簡一人。』士簡，張率也；第一時賞譽之稱耳。皇甫氏以入誤，何也？時又有蘭陵蕭文琰，吳興丘令楷，一擊銅鉢響滅而詩成，唐溫飛卿八叉手而成八韻小賦，俱不足言，蓋有工而速者，如淮南王、禰正平、陳思王、王子安、李太白之流，差足倫耳。然鸚鵡一揮，子虛百日，煮豆七步；三都十年，不妨兼美。」（卷八）茂秦亦云：「夫才有遲速，作有難易，非謂能與不能爾。含毫改削而工，走筆天成而妙，其速也多暗合古人，其遲也每創新意。遲則苦其心，速則縱其筆，若能處遲速之間，有時妙而純，工而渾，則無適不可也。」（《四溟詩話》卷三）遲速雖有別，及其成而工，則無二致。

元美又曰：「余所以抑宋者，為惜格也。然而代不能廢人，人不能廢篇，篇不能廢句。」（《弇州山人續稿》四十一）茂秦雖貶抑宋詩，然對宋代詩人未嘗無讚譽之詞，如謂：「陳無己〈寄外舅郭大夫〉詩曰：『巴蜀通歸使，妻孥且定居。深知報消息，不敢問何如。身健何妨遠，情深未肯疏。功名欺老病，淚盡數行書。』趙章泉謂此作絕似子美，然爾聯為韻所牽，虛字太多而無餘味，若此前後為絕句，氣骨不減盛唐。」（《四溟詩話》卷一）

元美又稱太白、摩詰、子美三家詩「真是三分鼎足，他皆莫及也。」（《讀書後》三）茂秦亦引孔文谷之言曰：「杜子美稱李太白詩，清新俊逸，然卻太快。太白謂子美詩苦，然卻沈鬱。緣其性躁婞直，而多悲愁憤厲之氣；其用

字之法，則老將之用兵也。王摩詰、孟浩然、韋應物，典雅沖穆，入妙通玄，觀賞玉於東序，聽廣樂於鈞天，三家其選也。」（《四溟詩話》卷四）

## 第三目　對屠長卿之影響

屠隆字長卿，鄞人，《明史》附〈文苑徐渭傳〉。

長卿為末五子之一，自亦宗唐黜宋，以為唐詩之佳在托興深，托興深又因於性情之故：「夫詩由性情生者也。詩自三百篇而降，作者多矣，乃世人往往好稱唐人，何也？則其所托興者深也。非獨其所托興者深也，謂其猶有風人之遺也，則其生乎性情者也。……唐人之言，繁華綺麗，優游清曠，盛矣！其言邊塞征戍，離別窮愁，率感慨沈抑，頓挫深長，足動人者，即悲壯可喜也。讀宋而下詩，則悶矣。其調俗，其味短，無論哀思，即其言愉快。請之則不快。何也？〈三百篇〉博大，博大則詩；漢魏詩雄渾，雄渾則詩；唐人詩婉壯，婉壯則詩。彼宋而下何為？詩道其亡乎！」（《由拳集》十二）茂秦則曰：「凡作詩悲歡皆由乎興，非興則造語弗工。」（《四溟詩話》卷三）又主養性情：「陶潛不仕宋，所著詩文，但書甲子；韓偓不仕梁，所著書文，亦書甲子。偓節行似潛而詩綺靡，蓋所養不及爾。薛西原曰：『立節行易，養性情難。』」

長卿於〈鴻苞論詩文〉中曰：「詩之變隨世遞遷。天地有劫，滄桑有改，而況詩乎。故論詩者，政不必區區以古繩今，各求其至可也。論漢魏者，當就漢魏求其至處，不必責其不如三百篇；論六朝者，當就六朝求其至處，不必責其不如漢魏，論唐人者，當就唐人求其至處，不必責其不如六朝。……宋詩河漢不入品裁，非謂其不如唐，謂其不至也。如必相襲而後為佳，詩止三百篇，刪後果無詩矣！至我明之詩，則不患其不雅，而患其太襲；不患其無辭采，而患其鮮自得也。夫鮮自得則不至也。」（〈鴻苞〉十七）詩既隨世變遷，故不應相襲，各求其自得可也。茂秦亦主「文隨世變」（《四溟詩話》卷一），且反對模擬：「作詩最忌蹈襲，若語工字簡，勝於古人，所謂化陳腐為新奇是也。」（《四溟詩話》卷二）

長卿又曰：「夫詩者神來，故詩可以窺神。士之寥廓者語遠，端亮者語莊，寬舒者語和，褊急者語峭，浮華者語綺，情枯者語幽，疏朗者語暢，沈著者語深，譎蕩者語荒，陰鷙者語險。讀其詩，千載而下，如見其人。士不務養神而務工詩，刻畫斧藻，肌理粗具，氣骨索然，終不詣化境。」（《白榆集》三，

〈王茂大修竹亭稿序〉）茂秦則謂：「夫萬景七情，合於登眺，若面前列群鏡，無應不眞，憂喜無兩色，偏正惟一心，偏則得其半，正則得其全。鏡猶心，光猶神也，思入杳冥，則無我無物，詩之造玄矣哉！」（《四溟詩話》卷二）又主由養以發其眞：「自古詩人養氣，各有主焉。蘊乎內，著乎外，其隱見異同，人莫之辨也。熟讀初唐盛唐諸家所作，有雄渾如大海波濤，秀拔如孤峯峭壁，壯麗如層樓叠閣，古雅如瑤瑟朱絃，老健如朔漠橫雕，清逸如九皋鳴鶴，明淨如亂山積雪，高遠如長空片雲，芳潤如露蕙春蘭，奇絕如鯨波蜃氣，此見諸家所養之不同也。」（《四溟詩話》卷三）

長卿又以爲觀熟則臻妙悟之境：「詩道有法，昔人貴在妙悟。新不欲杜撰，舊不欲勦襲，實不欲粘滯，虛不欲空疎，濃不欲脂粉，澹不欲乾枯，深不欲艱澀，淺不欲率易，奇不欲譎怪，平不欲凡陋，沈不欲黯慘，響不欲叫嘯，華不欲輕艷，質不欲俚野。如禪門之作三觀，如玄門之煉九還，觀熟斯現心珠，鍊久斯結黍米，豈易臻化境者！」（〈鴻苞〉十七）茂秦亦曰：「思未周處，病之根也。數求改穩，一悟得純，子美所謂『新詩改罷自長吟』是也。」（《四溟詩話》卷三）又曰：「新詩改罷自長吟，此少陵苦思處，使不深入溟渤，焉得驪頷之珠哉？」（《四溟詩話》卷二）此即「悟以見心，勤以盡力」之意，長卿「觀熟斯現心珠」之言，甚得其旨。

## 第四目　對胡元瑞之影響

胡應麟字元瑞，自號少室山人，又號石羊生，蘭谿人。附見《明史・文苑・王世貞傳》。

元瑞主作詩切勿相襲，其言曰：「古人作詩，各成己調，未嘗互相師襲。以太白之才就聲律，即不能爲杜，何必遽減嘉州？以少陵之才攻絕句，即不能爲李，詎謂不若摩詰？彼自有不可磨滅者，毋事更屑屑也。」（《詩藪內編》六）又曰：「上下千年，雖氣運推移，文質迭尚，而異曲同工，咸臻厥美。國風雅頌溫厚和平，離騷九章愴惻濃至，東西二京神奇渾璞，建安諸子雄贍高華，六朝俳偶靡曼精工，唐人律調清圓秀朗，此聲歌之各擅也。風雅之規，典則居要；離騷之致，深永爲宗；古詩之妙，專求意象；歌行之暢，必由才氣；近體之攻，務先法律；絕句之構，獨主風神，此結撰之殊途也。」（《詩藪內編》一）各成己調，故無須師襲；聲歌各擅，又焉用模擬？結撰殊途，更不必倣倣矣！茂秦基於「文隨世變」、「性情宜眞」、「自成一家」、「不可泥

古」之故，亦以模擬爲戒。〔註4〕

元瑞又以爲詩體代變，詩格代降：「四言變而離騷，離騷變而五言，五言變而七言，七言變而律詩，律詩變而絕句，詩之體以代變也。三百篇降而騷，騷降而漢，漢降而魏，魏降而六朝，六朝降而三唐，詩之格以代降也。」此正《四溟詩話》「文隨世變」之意。

元瑞雖不贊成師襲，然仍主取法乎上，其言曰：「立志欲高，取法欲遠，精藝之衡也。」又曰：「登岱者必於岱之麓也，不至其顛非岱也，故學業貴成也。不至其顛非岱也，故師法貴上也。」茂秦亦曰：「學其上僅得其中，學其中斯爲下矣，豈有不法前賢而法同時者？」（《四溟詩話》卷一）

元瑞主悟與法並重：「漢唐以來談詩者，吾於宋嚴羽卿（按羽卿爲儀卿之誤）得一悟字，於明李獻吉得一法字，皆千古詞場大關鍵。第二者不可偏廢，法而不悟，如小僧縛律；悟不由法，外道野狐耳。」（《詩藪內編》五）既悟矣，仍須深造：「嚴氏以禪喻詩，旨哉！禪則一悟之後，萬法皆空，棒喝怒呵，無非至理。詩則一悟之後，萬象冥會，呻吟咳唾，動觸天眞。然禪必深造而後能悟，詩雖悟後仍須深造。」（《詩藪內編》二）茂秦亦重法，如其四溟詩話曰：「譬諸詩，發言平易而循乎繩墨，法之正也；發言雋偉而不拘乎繩墨，法之奇也；平易而不執泥，雋偉而不險怪，此奇正參伍之法也。」（卷二）又主悟：「作詩有專用學問而堆垛者，或不用學問而勻淨者，二者悟不悟之間耳。」悟乃由深造而來：「新詩改罷自長吟，此少陵苦思處，使不深入溟渤，正得驪頷之珠哉？」（卷二）

## 第二節　對公安派之影響

七子既主師法盛唐，割裂古人字句，其末流愈演愈熾，江河日下，遂至得唐人之膚廓而遺其神理，彼時起而大張撻伐者，即「公安派」是也。

公安派有所謂三袁，即袁宗道字伯修，袁宏道中郎，袁中道字小修，以籍隸公安，故稱「公安派」。三人中以宏道最爲傑出，其生平見《明史》二百八十八卷，著有《瀟碧堂》、《瓶花齋》諸集。三袁而外，有江盈科者，字進之，桃源人，撰《雪濤閣集》，中郎爲之作序，其論詩之作有《雪濤詩評》（又名《雪濤小書》，在《說郛》中）。

---

〔註4〕見本文第四章第三節第三目。

　　或曰：「七子學古，三袁求新，二派勢同水火，茂秦既爲七子之一，三袁豈有受其影響之理？」是又不然，蓋七子之間，其論詩之見並不一致，尤以茂秦與諸人間之差距更大，其被擯於七子之列，原因固不止一端，然最首要者實爲論詩不合，觀夫徐文長〈廿八日雪〉一詩之爲茂秦呼憤不平，〔註5〕江進之《詩評》之一再推崇茂秦，錢牧齋之判茂秦與諸人爲二途，〔註6〕與夫乎後世攻訐七子者之特重茂秦，可證四溟子獨樹一幟，決不能僅以「擬古派」目之。

## 第一目　對三袁之影響

　　伯修以爲假借模擬，有類俳優，其《白蘇齋類集》曰：「有一派學問，則釀出一種意見；有一種意見，則創出一般言語；無意見則虛浮，虛浮則雷同矣。大喜者必絕倒，大哀者必號痛，大怒者必叫吼動地，髮上提冠；惟戲場中人，心中無可喜事而欲強笑，亦無可哀事而欲強哭，其勢不得不假借模擬耳。」茂秦亦曰：「今之學子美者，處富有而言窮愁，遇承平而言干戈，不老曰老，無病曰病，此摹擬太甚，殊失性情之眞也。」（《四溟詩話》卷二）

　　中郎則謂時代環境各異，不宜互相沿襲：「夫古有古之時，今有今之時，襲古人語言之迹而冒以爲古，是處嚴冬而襲夏之葛者也。騷之不襲雅也，雅之體窮於怨，不騷不足以寄也。後人有擬而爲之者，終不肖也，何也？彼直求騷於騷之中也。」（〈雪濤閣集序〉）與茂秦「文隨世變」之意合。

　　三袁論詩，重風骨與自然，小修〈南北遊詩序〉曰：「夫名士者固皆有過人之才，能以文章不朽者也。然使其骨不勁而趣不深，則雖才不足取。」所謂骨勁，實與茂秦之尚雄渾有相同處，至於論趣，茂秦亦云：「詩有四格，曰興，曰趣，曰意，曰理。」（《四溟詩話》卷一）

　　中郎於〈敘陳正甫會心集〉云：「世人所難得者唯趣。趣如山上之色，水中之味，花中之光，女中之態，雖善說者不能下一語，唯會心者知之。今之人慕趣之名，求趣之似，於是有辨說書畫，涉獵古董以爲清；寄意玄虛，脫迹塵紛以爲遠。又其下則有如蘇州之燒香煮茶者，此皆等趣之皮筲，何關神情？夫趣，得之自然者深，得之學問者淺。當其爲童子也，不知有趣，然無往而非趣也。面無端容，目無定睛，口喃喃而欲語，足跳躍而不定，人生之

至樂，眞無踰此時者。孟子所謂不失赤子，老子所謂能嬰兒，蓋指此也。趣之正等正覺，最上乘也。山林之人，無拘無縛，得自在度日；故雖不求趣而趣近人。愚不肖之近趣也，以無品也。品愈卑，故所求愈下；或爲酒肉，或爲聲伎，率心而行，無所忌憚，自以爲絕望於世，故舉世非笑之不顧也，此又一趣也。迨夫年漸長，官漸高，品漸大，有身如梏，有心如棘，毛孔骨節，俱爲聞見知識所縛，入理愈深，然其去趣愈遠矣。」趣既得之自然者深，故與後天無關，與人爲無關。

茂秦論詩亦重氣骨，例如稱陳無己〈寄外舅郭大夫〉詩曰：「若此前後爲絕句，氣骨不減盛唐。」(《四溟詩話》一) 又評田深甫〈擬少陵秋興詩〉云：「得盛唐氣骨。」(《四溟詩話》卷三) 又重自然，所謂「自然妙者爲上，精工者次之。」(《四溟詩話》卷四)

## 第二目　對江進之之影響

進之與中郎最相友善，時人並稱爲「袁江」。二人論詩合處固多，然並不一致。茲將茂秦予江進之之影響，列述於後：

（一）眞性情──進之曰：「詩本性情，若係眞詩，則一讀其詩，而其人性情，入眼便見。」又曰：「假如未老言老，不貧言貧，無病言病，此是杜子美家竊盜也。」(《雪濤小書‧詩品章》) 其語意皆同於茂秦所云：「今之學子美者，處富有而言窮愁，遇承平而言干戈，不老曰老，無病曰病，此摹擬太甚，殊非性情之眞也。」(《四溟詩話》卷二) 進之又曰：「求眞詩於七子中，則謝茂秦者，所謂人棄我取者也。」(《雪濤小書‧詩文才別章》) 繼於〈求眞〉一章云：「夫爲詩者，若係眞詩，雖不盡佳，亦必有趣，若出于假，非必不佳，即佳亦自無趣。」

（二）反模擬──進之因求眞性情，遂反模擬：「余謂做詩，先求眞，不先求唐，蓋謂此而漢魏可推己。」(〈求眞章〉) 茂秦亦勸學詩者勿泥乎盛唐，宜進而追漢魏。[註7]《雪濤小書》獨厚茂秦，而予七子以嚴屬斥責，以七子泥古也。其言曰：「若李崆峒、李于鱗，……彼謂文非秦漢不讀，詩非漢魏六朝盛唐不看，故事凡出漢以下者，皆不宜引用。噫！何其所見之隘，而過於泥古也耶？」(〈用今章〉) 此蓋受茂秦文學觀之影響者也。

[註7] 見《四溟詩話》卷二。

# 第三節　對錢牧齋與二馮之影響

## 第一目　對錢牧齋之影響

　　錢謙益字受之，號牧齋，常熟人，萬曆進士，著有《初學集》、《有學集》、《列朝詩集》。論詩之多見於《列朝詩集》，其書蓋仿元遺山《中州集》而作，以詩存史，以小傳存其人之行事。

　　受之攻擊七子最烈，獨對茂秦備致讚揚，謂諸人稱詩指要，實自茂秦發之，七子、五子之流皆不及也。錄七子之詠，以茂秦爲首，並謂「使後之尙論者，得以區別其薰蕕，條分其涇渭。」（《列朝詩集小傳・丁集上》）

　　受之慧七子特甚之因，即在七子剽竊模擬，割裂餖飣，千篇一律。其〈答徐巨源書〉曰：「僕嘗觀古之爲文者，經不能兼史，史不能兼經，左不能兼遷，遷不能兼左，韓不能兼柳，柳不能兼韓。其於詩，枚蔡曹劉潘陸陶謝李杜元白各自杼軸，互相陶冶，譬諸春秋日月；異道並行。今之人則不然，家爲總萃，人集大成。數行之內，包孕古今，隻句之中，牢籠風雅。今人之視古人，亦猶是兩耳一口也。何以天之降才，古偏駁，今偏純？何以人之學術，古偏儉，今偏富？何以斯世之文章氣運，古則餘分閏氣，今則光岳渾圓？上下千載？吾不知其何故也？」個人氣質各異，若欲兼併古人，則流於師做，此其反模擬原因之一。其〈季滄葦詩序〉曰：「有眞好色，有眞怨誹，而天下始有眞詩。」於〈書瞿有仲詩卷後〉曰：「余常謂論詩者，不當趣論其詩之妍媸巧拙，而先論其有詩無詩。所謂有詩者，惟其志意偪塞，才力儥盈，如風之怒於土囊，如水之壅於息壤，傍魄結轖，不能自喻，然後發作而爲詩。凡天地之內恢詭譎怪，身世之間交互緯繡，千容萬狀，皆用以資爲狀，夫然後謂之有詩。……如其不然，其中枵然無所以（案當作有）而極其撏撦採擷之力，以自命爲詩，剪裁不可以爲花也，刻楮不可以爲棄也。其或矯厲矜氣，寄託感情，不疾而呻，不哀而悲，皆象物也，皆餘氣也，則終謂之無詩而已矣。」（《有學集》四十七）出之於性情，即爲有詩，否則無詩，此爲反模擬原因之二。茂秦亦主性情宜眞，反對學子美者，處富有而言窮愁，遇承平而言干戈，不老曰老，無病曰病。

　　受之以詩之根本在於性情：「古之爲詩者，必有獨至之性，旁出之情，偏詣之學，輪囷偪塞，偃蹇排奡，人不能解而己不自喻者，然後其人始能爲詩，而爲之必工。」（《初學集》二十，〈婁江十子詩序〉）詩之性情與人之性情殊

無二致：「古云詩人，不人其詩而詩其人者，何也？人其詩，則其人與其詩二也。尋行而數墨，儷花而鬥葉，其於詩猶無與也。詩其人，則其人之性情詩也，形狀詩也，衣冠笑語無一而非詩也。」（《初學集》三十二）茂秦亦主養性情，並謂江淹之擬劉混，雖用韻整齊，造語沈著，猶不如越石之吐出心肺。又對歷代行不顧言者，頗有微詞。

受之論詩重氣：「吾少從異人學望氣之術，老而無用，竊用之以觀詩。以為詩之有篇章聲律奇正濃淡，皆其體魄也。有氣焉，含藏於心識，涌見於行墨，如玉之有尹，如珠之有光，熠熠浮動，一舉而可得。非是氣也，於山為童山，於水為死水，於物為焦牙敗種，雖有詞章繁芬，匠者弗顧焉。夫子論玉有七德而終之日：『氣如白虹，天也；精神見於山川，地也。』玉之德至於珪璋特達，天下莫不貴，而其光氣之著見，則由夫野人可以望而知之。」（《有學集》二十）茂秦亦曰：「自古詩人養氣各有主焉。蘊乎內，著乎外，其隱見異同，人莫之辨也。」（《四溟詩話》卷三）勸人學十四家，以養其氣。

## 第二目　對二馮之影響

馮班字定遠，號鈍吟，常熟人；其兄名舒，字已蒼，號默庵。定遠著有《鈍吟詩文稿》、《定遠集》；已蒼有《默庵遺稿》。二人皆受牧齋之啟發者也。

定遠於《鈍吟文稿》論文章與世推移之理，其言日：「文章風氣，其開也有漸，為世道盛衰之徵，君子於此有前知之道焉。治世之音安以樂，亂世之音怨以怒，亡國之音哀以思，非直音聲，其文字則亦有然者。」此與茂秦相合者一。

默庵主法與情相資不悖，其遺稿曰：「舍法而求情，則魋目在頂，未可稱美盼也。……舍情而言法，則陽虎貌似，僅可以欺匡人也。二者交相資，各不相悖，無法而情，無情而法，無一可也。」茂秦主養性情，求真詩，然亦不廢法，此其相合者二。

又定遠曰：「多讀書則胸次自高。」（《拜經堂詩話》卷四引）「功夫須從上做下，不可從下做上。」且極力詆毀山谷，皆與茂秦之見同。

## 第四節　對清代格調說之影響

清代格調說之受茂秦影響最著者，凡有三人：一為葉星期，二為沈確士，三為薛生白；而沈、薛二人皆出橫山之門，師徒一脈相承，其跡尤為顯著。

## 第一目　對葉星期之影響

葉燮字星期，號橫山，江南吳江人，有《巳畦集》，〈原詩〉一文在其中。

橫山論詩重點在「反模擬」，其〈原詩〉曰：「從來豪傑之士，未嘗不隨風會而出，而其力則常能轉風會。」大有「英雄造時勢」之見。又曰：「相似而偽，無寧相異而眞。」所重在一「眞」字。又曰：「古人之詩，可似而不可學，學則爲步趨，似則爲胭合。」

橫山反模擬原因之一爲「詩隨時以變」，所謂「自有天地以來，古今世運氣數，遞變遷以相禪。古云：『天道十年一變。』此理也，亦勢也，無事無物不然，寧獨詩之一道膠固而不變乎？其二爲取活法而棄死法，「原詩」曰：「法有死法，有活法。若以死法論，今譽一人之美，當問之曰：『若固眉在眼上乎？鼻口居中乎？若固乎操作而足循履乎？』夫妍媸萬態，而此數者必不渝，此死法也。彼美之絕世獨立，不在是也。……然則彼美之絕世獨立，果有法乎？不過即耳目口鼻之常而神明之，而神明之法果可言乎？」又曰：「自開闢以來，天地之大，古今之變，……於以發爲文章，形爲詩賦，其道萬千，余得以三語蔽之，曰理，曰事，曰情，不出乎此而已。然則詩文一道豈有定法哉？……三者得而不可易，則自然之法立。」茂秦反模擬之原因與橫山同者有二：一曰「文隨世變」，其《四溟詩話》云：「錢、劉七言近體，兩聯多用虛字，聲口雖好，而格調漸下，此文隨世變故爾。」二曰「不可泥古」，其《四溟詩話》云：「夫學古不及，則流於淺俗矣。今之工於近體者，惟恐官話不專，腔子不大，此所以泥乎盛唐，卒不能超越魏，進而追兩漢也。」又曰：「作詩須知道緊要下手處，便了當得快也，其法有三，曰事，曰情，曰景。」

橫山論詩重氣：「事理情之所以爲用，氣爲之用也。譬之一木一草，其能發生者，理也；其既發生，則事也；既發生之後，夭喬滋植，情狀萬千，咸有自得之趣，則情也。苟無氣以行之，能若是乎？……得是三者，而氣鼓行於其間，絪縕磅礴，隨其自然所至即爲法，此天地萬象之至文也。豈先有法以馭是氣者哉？不然，天地之生萬物，舍其流行之氣，一切以法繩之，夭矯飛走，紛紛於形體之萬殊，不敢過於法，不敢不及於法，將不勝其勞，乾坤亦幾乎息矣。」（〈原詩〉）茂秦亦特重氣，如云：「渾厚有氣。」（《四溟詩話》卷一）又云：「氣重體厚。」（卷三）並主熟讀初、盛唐諸家所作以養氣。

橫山戒人勿學詩經僻字：「不可學者，即三百篇極奧僻字，與尚書殷盤，周誥中字義，豈必盡可入後人之詩？」（〈原詩〉）茂秦亦有是論：「『游環脅驅，

陰軔鋬繚。鈎膺鏤錫，靼靷淺幭』等語，艱深奇澀，殆不可讀。韓柳五言有法此者，後學當以爲戒。」（《四溟詩話》卷二）

　　橫山謂詩道之亡，蓋由於好名與好利故，其〈原詩〉云：「詩之亡也，亡於好名。……非好垂後之名，而好目前之名。目前之名，必先工邀譽之學，……於是風雅筆墨，不求之古人，嵩求之今人，以爲迎合。」又曰：「詩之亡也，又亡於好利。夫詩之盛也，敦實學以崇虛名；其衰也，媒虛名以網厚實。於是以風雅壇坫爲居奇，以交遊朋盍爲牙布，是非淆而品格濫，詩道雜而多端，而友朋切劘之義，因之衰矣。」茂秦亦主除去詩中之忌，詩中之奸，詩中之諂，並謂「諂者利之媒，奸者利之機，忌者利之蠹。」（《四溟詩話》卷三）

## 第二目　對沈確士之影響

　　沈德潛字確士，號歸愚，長洲人，事具《清史稿》三百十一卷中，其論詩之作有《說詩晬語》。

　　歸愚少受業於橫山之門，亦以死法爲戒，其《說詩晬語》曰：「詩貴性情，亦須論法，亂雜而無章，非詩也。然所謂法者，行所不得不行，止所不得不止，而起伏照顧，承接轉換，自神明變化於其中。若泥定此處應如何，彼處應如何，不以意運法，轉以意從法，則死法矣。試看天地間水流雲在，月到來，何處著得死法？」又反對泥古：「詩不學古，謂之野體。然泥古而不能通變，猶學書者但講臨摹，分寸不失，而己之神理不存也。」此與茂秦之論詩合者一。

　　歸愚極讚茂秦五律，受其影響亦多，《說詩晬語》曰：「陶詩合下自然，不可及處，在眞在厚。」又曰：「性情面目，人人各具。讀太白詩，如見其脫屣千乘；讀少陵詩，如見其憂國傷時。其世不我容，愛才若渴者，昌黎之詩也；其嬉笑怒罵，風流儒雅者，東坡之詩也。即下而賈島、李洞輩，拈其一章一句，無不有賈島、李洞者存。倘詞可餽貧，工同鑿枘，而性情面目，隱而不見，何以使尙友古人者讀其詩想見其爲人乎？」重自然與眞性情，此與茂秦相合者二。

　　歸愚又主養氣：「文以養氣爲歸，詩亦如之。七言古或雜以兩言、三言、四言、五六言，皆七言之短句也。或雜以八九言、十餘言，皆伸以長句，而故欲振蕩其勢，乍陰乍陽，屢遷光景，莫不有浩氣鼓盪其機，如吹萬之不窮；如江河之滔滔而奔放，斯長篇之能事極矣。」（《說詩晬語》此與茂秦相合者三）。

歸愚又重風骨：「北朝詞人，時流清響。庾子山才華富有，悲感之篇，常見風骨。爾時徐、庾並名，恐孝穆華詞，瞠乎其後矣！」（《說詩晬語》）茂秦亦尚雄渾，重氣骨，如評田深甫〈擬少陵秋興詩〉云：「得盛唐氣骨。」（《四溟詩話》卷三）

歸愚又曰：「有第一等襟抱，第一等學識，斯有第一等眞詩。」茂秦亦謂「非養無以發其眞。」（《四溟詩話》卷一）又曰：「漢人作賦，必讀萬卷書，以養胸次。」（《四溟詩話》卷二）又曰：「充其學識，養其氣魄。」（《四溟詩話》卷二）

歸愚勸人勿讀《瀛奎律髓》：「去取評點，多近凡庸，特便於時下捉刀人耳。學者以此等爲始基，汩沒靈臺，後難洗滌。」（《說詩晬語》）茂秦亦有是論。〔註7〕

歸愚論情景曰：「寫景寫情，不宜相礙。」又曰：「中二聯不宜純乎寫景。」（《說詩晬語》）茂秦亦云：「作詩本乎情景，孤不自成，兩不相背。」（《四溟詩話》卷三）又曰：「凡作詩要情景俱工，雖名家亦不易得，聯必相配，健弱不單力，燥潤無兩色。」（《四溟詩話》卷四）

歸愚論起結，亦與茂秦合。《說詩晬語》曰：「起手貴突兀。」又曰：「詩篇結局爲難，七言古尤難。……作手於兩言或四言中層層照管，而又能作神龍掉尾之勢，神乎技矣！」茂秦則曰：「五言律首句用韻，宜突然而起，勢不可遏。」又云：「結句當如撞鐘，清音有餘。」（《四溟詩話》卷一）又云：「律書無好結句，謂之虎頭鼠尾。即當擺脫常格，復出不測之語，若天馬行空，渾然無迹。」（《四溟詩話》卷二）

## 第三目　對薛生白之影響

薛雪字生白，河津人，橫山弟子，著有《一瓢詩話》，其受茂秦影響者，有如下述：

一反模擬。生白曰：「擬古二字，誤盡蒼生。聲調字句，若不一一擬之，何爲擬古？聲調字句，若必一一擬之，則仍是古人之詩，非我之詩也。輕言擬古，試一思之。」又曰：「運會日移，詩亦隨時而變。」（《一瓢詩話》）

二重品德。生白曰：「柳公權云：『心正則筆正。』要知心正則無不正，學詩者尤爲吃緊。」又曰：「著作以人品爲先，文章次之。」又曰：「詩文與

書法一理，具得胸襟，人品必要。人品一高，其一謦一欬，一揮一灑，必有過人處。」茂秦亦主養德：「人非雨露而自澤者，德也，……非德無以養其心，非才無以充其氣。心猶舸也，德猶舵也，鳴世之具，惟舵載之；立身之要，惟舵主之。……大抵德不勝才，猶泛舸中流，舵師失其所主，鮮不覆矣！」(《四溟詩話》卷三)

三論奇正。生白曰：「曾受韜鈐之法於蹇翁，攜摩久之，雖變化無窮，不出奇正二字。從受詩古文辭之學於橫山，亦不越正變二字。譬夫兩軍相當，鼓之則進，麾之則卻，壯者不得獨前，怯者不得獨後，兵之正也。出其不意，攻其無備，水以木罌而渡，沙可唱籌而量，兵之奇也。溫柔敦厚，纏綿悱惻，詩之正也。慷慨激昂，裁雲鏤月，詩之變也。用兵而無奇正，何異驅羊？作詩而昧正變，眞同夢囈。」(《一瓢詩話》)茂秦亦云：「發言平易而循乎繩墨，法之正也；發言雋偉而不拘乎繩墨，法之奇也；平易而不執泥，雋偉而不險怪，此奇正參伍之法也。」(《四溟詩話》卷二)

四作詩須戒自滿，並宜勤改。生白曰：「杜浣花云：『晚歲漸於詩律細。』」又曰：一語不驚人死不休。有云：『兩句三年得，一吟雙淚流。』有云：『吟成五個字，撚斷數莖鬚。』可見古人作詩不易，何以今人搖筆便成？」又云：「著作脫手，請教友朋，倘有思維不及，失於檢點處，即當爲其竄改塗抹，使成完璧。」又云：「好詩好文，自是吾人分內之詩，如居官之廉潔，婦人之貞節，爲人子之孝友，一一皆分內之事，何必矜誇，以形人短？」(《一瓢詩話》)茂秦則曰：「詩不厭改，貴乎精也。」又曰：「作詩勿自滿，若識者詆訶則易之。」(《四溟詩話》卷二)

五論用事。生白曰：「作詩能不隸事而渾厚老到，方是實學。」又曰：「詠史以不著議論爲工。」(《一瓢詩話》)茂秦亦云：「用事多爲則流於議論，子美雖爲詩史，氣格自高。」(《四溟詩話》卷一)又讀子美善用事，造句奇拔。

# 第五節　對其他諸人之影響

## 第一目　對徐子能之影響

徐增字子能，號而庵，長洲人，著有《而庵詩話》。其受茂秦文學觀之影響者有七：

一法與悟兼顧。《而庵詩話》曰：「夫作詩必須師承，若無師承，必須妙

悟。雖然，即有師承，亦須妙悟；蓋妙悟師承，不可偏舉者也。是故由師承得者，堂構宛然；由妙悟得者，性靈獨至。……作詩者能於師承妙悟上究心，則詣唐人之域不難矣。」又曰：「詩須到十分，今人儘有妙到九分，獨有一分不到；此一分不到，則九分終不到也。一分者，法是也。夫百丈之吳綾蜀錦，不知剪裁衣服，而斜披橫纏於體，可乎？」循法之後，須識得「脫」字：「余三十年論詩，祇識得及法字，近來方識得一脫字。詩蓋有法，離他不得，卻又即他不得；離則傷體，即則傷氣。故作詩者先從法入，後從法出，能以無法爲有法，斯之謂脫也。」茂秦亦主學十四家，然不可模擬；對鍊字、造句、用事、立意、避忌等，頗爲注意，然又重「超悟」，其四溟詩話曰：「詩固有定體，人各有悟性，夫有一字之悟，一篇之悟，或由小以擴乎大，因著以入乎微，雖小大不同，至於渾化則一也。」

二集眾家之長。《而庵詩話》曰：「詩須到家。所謂到家者，於古人詩中，路路都有。若止得一路兩路，則非到家。試看衲子沿門持鉢募糧，不知歷過多少人家，方滿得者個鉢子；到得煮熟時，氣味件件相合。至此田地，纔爲到家也。」又曰：「詩總不離乎才也。有天才、有地才、有人才。吾於天才得李太白，於地才得杜子美，於人才得王摩詰。……合三人之所長而爲詩，庶幾其無愧於風雅之道矣。」茂秦亦告元美、于鱗諸人，選十四家之最者，熟讀吟味，以自成一家。〔註8〕

三貴自得，反模擬。《而庵詩話》曰：「夫詩自三百篇以至於唐，體製不一，要自風會變遷之所致。吾等生千百載後。備觀前人所作，不探其志趣之所在，而徒求於字句聲口之間。無論其詩不似，即其似矣，總無當處。此詩所以貴自得也。」風會變遷與茂秦「文隨世變」之意等。又曰：「作詩須思透出一路。古人各自成家，不肯與人雷同；而今崇事摹倣。所以唐人無漢魏之蹟，而今人多漢魏之膚。以此惑一時則可，而遂欲傳後世邪？」

四爲學識與性情並重。《而庵詩話》曰：「詩乃人之行路，人高則詩亦高，人俗則詩亦俗。」又曰：「詩到極則，不過是抒寫自己胸襟。」又曰：「欲學詩，先學道。學道則性情正，性情正則原本得。而後加之以三百篇、漢魏、六朝、三唐之學問，則與古人並世矣。」茂秦亦重情性，求眞詩，又不廢學，其《四溟詩話》曰：「漢人作賦，必讀萬卷書，以養胸次，離騷爲主，山海經、輿地志、爾雅諸書爲輔，又必精於六書。」

〔註8〕見《四溟詩話》卷四。

五貴自然。《而庵詩話》曰：「詩貴自然。雲因行而生變，水因動而生文，有不期然而然之妙，唐人能有之。」此又與茂秦之文學觀合。

六去名利。《而庵詩話》曰：「詩乃清華之府，眾妙之門，非鄙穢人可得而學。洗去名利二字，則學可得其半矣。」茂秦則曰：「凡製作繫名，論者心有同異，豈待見利而變哉？」又曰：「諂者利之媒，奸者利之機，忌者利之蠹。」（《四溟詩話》卷三）

七須接受批評。《而庵詩話》曰：「作詩須被人罵過幾年，才有進步。若追逐時好，以博一日之名，則朝華夕萎，不能久也。」又曰：「大抵詩貴人說；曹子健何等才調，當時無有出其右者，人或有商榷，應時改定，故稱繡虎。」茂秦亦謂作詩不能自滿：「古人之作，必正定而後出。」（《四溟詩話》卷二）

## 第二目　對吳起蛟之影響

吳雷發字起蛟，江蘇震澤人，著有《說詩菅蒯》，其議論與茂秦相合者有三。

一為重興。《說詩菅蒯》曰：「作詩固宜搜索枯腸，然著不得勉強。故有意作詩，不若詩來尋我，方覺下筆有神。詩固以興之所至為妙，唐人云：『幾處覓不得，有時還自來。』進乎技矣！」茂秦亦云：「詩有天機，待時而發，觸物而成，雖幽尋苦索不易得也。」（《四溟詩話》卷二）又曰：「非興則造語弗工。」（《四溟詩話》卷三）

二為本性情。《說詩菅蒯》曰：「詩本性情，固不可強，亦不必強。」又曰：「詩以道性情，人各有性情，則亦人各有詩耳。俗人黨同伐異，是欲使人之性情，無一不同而後可也。」

三為論可解、不可解與不必解。《說詩菅蒯》曰：「有強解詩中字句者，或述前人可解、不可解、不必解之說曉之，終未之信。」茂秦亦曰：「詩有可解、不可解、不必解，若水月鏡花，勿泥其迹可也。」（《四溟詩話》卷一）

## 第三目　對施均父之影響

施補華原名份，字均父，烏程人，有《峴傭說詩》。

《峴傭說詩》要人讀詩識得真處：「陶公詩一往真氣，自胸中流出，字字淡雅，字字沈痛。蓋繫心君國，不異離騷，特變其面目耳。少陵忠義之心，亦如陶公，又變陶公之面目。語云：『聽曲識其真。』讀詩亦須識其真處。」

又曰：「陶公自寫悲痛，無意作詩人，故時有直率之筆。」尙眞詩，崇陶杜，茂秦原有是論。

《峴傭說詩》又曰：「死典活用，古人成貴。少陵〈禹廟詩〉：『空庭垂橘柚，古屋畫龍蛇。』橘柚、龍蛇用禹事，如此點化成即景語，甚妙。」茂秦亦謂子美善用典。

《峴傭說詩》又曰：「兩字同解，有用此字而聲亮，用彼字而聲啞者，既云律詩，當講聲韻，擇其亮者用之。」茂秦亦曰：「凡字異而義同者，不可概用之，宜分乎彼此，此先聲律而後意義。」（《四溟詩話》卷三）

《峴傭說詩》又曰：「今人作律詩，往往先作中二聯，然後裝成首尾。故即有名句可摘，而首尾平弱草率，劣不成章。必須一氣渾成，神完力足，方爲合作。」茂秦則曰：「詩以兩聯爲主，起結輔之，渾成一氣。」（《四溟詩話》卷二）

# 第十章　謝茂秦詩與文學觀之評價

## 第一節　後人對謝茂秦詩之評價

茂秦文學觀之作，其資料來源僅止於《四溟詩話》；茂秦鳴於世且爲後人所稱道者，亦唯詩耳。茂秦長於近體而拙於古詩，尤長於五律。茲將後人對其詩作之評價，萃列於後：

### （一）趙康王對茂秦詩之評價

趙康王名厚煜，號枕易道人，折節愛賓客，尤優禮茂秦，嘗爲其刻《四溟旅人詩》，序曰：「乃於隱逸，爰取三人，孫太白、張崙崑、謝四溟，孫張二子，不及見之，謝先生予得而友焉。其詩得少陵體，太白格調，文至後渠，詩至四溟，其盡之也。」

### （二）何柏齋對茂秦詩之評價

「其詩雋逸不凡，足占所養也。」

### （三）蘇舜澤對茂秦詩之評價

「鄴有此詩，不在何、李之下。」

### （四）李春溪對茂秦詩之評價

「謝詩雖與諸家同，而意興過之。」

### （五）劉一軒對茂秦詩之評價

「沈痛清逸，灑然物表，不食烟火。」

## （六）黃五嶽對茂秦詩之評價

「激昂悲壯，其高岑之流乎！」

## （七）盧淶西對茂秦詩之評價

「一代詩人，出吾山東矣！」

## （八）朱中立對茂秦詩之評價

「四溟詩法盛唐，而氣格不逮。」

## （九）王元美對茂秦詩之評價

元美嘗合刻盧次楩、俞仲蔚及謝茂秦集，蓋取次楩騷賦，俞五言古，謝近體都爲一耳。〔註1〕其言曰：「國朝習杜者凡數家……東郡謝榛得杜貌。」（《藝苑巵言》卷六）又曰：「謝茂秦曳裾趙藩，嘗謁崔文敏銑，崔有詩贈之，後以救盧次楩，北游燕，刻意吟咏，遂成一家，句如『風生萬馬間』，又『馬渡黃河春草生』，皆佳境也。其排比聲偶，爲一時之最。第興寄小薄，變化差小。僕嘗謂其七言不如五言，絕句不如律，古體不如絕句。又謂如程不識兵，部伍肅然，刁斗時擊，而寡樂用之氣。」（《藝苑巵言》卷七）又曰：「謝茂秦如大官舊疱，爲小邑設宴，雖事饌非奇，而餖飣不苟。」

## （十）胡元瑞對茂秦詩之評價

「茂秦融和流暢，自是中唐，與諸公大不同。」又曰：「茂秦融和，第所長俱近體耳。」（《少室山房詩評》）

## （十一）陳玉叔對茂秦詩之評價

「山人窮極而思工，思工而語至。」

## （十二）彭子殷對茂秦詩之評價

「茂秦諸體壯麗，類大曆以上。」

## （十三）穆敬甫對茂秦詩之評價

「茂秦志在學杜，庶幾升堂。《游燕》、《入晉》二稿，傳誦藝林，至《江南》、《入洛》等集，若出二人手，髦矣！」

## （十四）蔣仲舒對茂秦詩之評價

「茂秦詩宗少陵，窮體極變，近時之麟鳳哉！」

---

〔註1〕 見《藝苑巵言》卷七。

### （十五）趙王恒易道人對茂秦詩之評價

趙王，康王之曾孫，號恒易道人，爲茂秦刻行全集，序曰：「茂秦之詩，沛然而雄於氣，蒼然而健於骨，直哉大曆而上之。」

### （十六）蘇潢對茂秦詩之評價

「讀五七言古，兀突崒崪，昔年之豪宕如見；讀五七言律，清澹瀟疏，昔年之夷曠如見也；讀五七言絕句，銛利曉暢，昔年之捷敏如見也。」（〈謝山人全集跋〉）

### （十七）陳養才對茂秦詩之評價

「其詩之悟入玄解，若參禪宗而超然上乘者。」（〈謝山人全集後跋〉）

### （十八）江進之對茂秦詩之評價

江盈科字進之，桃源人，對七子口誅筆伐，不遺餘力，卻獨厚於茂秦，其言曰：「求眞詩於七子中，如謝茂秦者，所謂人棄我取者也。」

### （十九）盛從先對茂秦詩之評價

「讀山人〈爲盧柟排難詩〉：『管鮑心無改，妻孥計轉輕。』〈雜感篇〉：『誰道頹年氣傲岸，公門了無一字干。』則魯連蹈海之概也。〈送俞堯咨之清源〉：『舟車兩京道，賦役萬家憂。』〈塞下曲〉：『乾坤苦戰伐，將相繫安危。』〈秋日即事〉：『賈生今日淚，宋玉昔年情。』則少陵秋興之致也。引伸巒鼎，情見乎辭，不第『馬渡黃河秋草生』與『白首全生逢聖主，青山何意見騷人』，嘖嘖濟南、弇州心折者，大都發天籟于忠厚，抒自得於和平，視河漢梧桐、風雲月露之句，風教固殊已夫！」

### （二十）錢受之對茂秦詩之評價

「茂秦今體工力深厚，句響而字穩，七子、五子之流皆不及也。」

### （廿一）陳臥子對茂秦詩之評價

陳子龍，字人中，更字臥子，號大樽，其評茂秦詩曰：「茂秦沈鍊雄渾，法度森然，眞節制之師，位在于鱗之下，徐、吳之上。」

### （廿二）宋轅文對茂秦詩之評價

「茂秦五律似勝諸名家，然句法、篇法未免束縛，神情不能出四十字外，此其所以不如也。七律源出嘉州，情景清切。」

### （廿三）陳伯璣對茂秦詩之評價

「近人多以王、李為口實，并謝集亦束之高閣，不復寓目，間有誦法之者，止知其聲格之高，而不知其意境之細。予謂山人詩凡可想像模擬者便佳，以其用意委曲也。五言古只平平寫懷，不復好奇角勝，律詩多有傷於迫促者。」

### （廿四）朱竹垞對茂秦詩之評價

「四溟論詩云：『平順卻難嶮巇易。』斤斤局守格律，尺寸不踰，有雋句而乏遠神，有雄句而無生氣，或謂勝弇州之汗漫，然弇州才大，如曹孟德放蕩無威儀，笑時頭沒杯案，不失為英雄。四溟磐折雖工，特公孫子陽之修飾邊幅，僅堪作清水令耳。」

### （廿五）沈確士對茂秦詩之評價

沈德潛字確士，其《說詩晬語》評茂秦曰：「謝茂秦古體局於規格，絕少生氣。五言律句烹字鍊，氣逸調高。集中『雲出三邊外，風生萬馬間』，『人吹五更笛，月照萬家霜』，『絕漠兼天盡，交河蕩目寒』，『夜火分千樹，春星落萬家』，高、岑遇之，行當把臂。七言〈送謝武選〉一章，隨題轉摺，無迹有神，與高青丘〈送沈左司〉詩，並推神來之作。」其所編《明詩別裁》亦云：「四溟五言近體，句烹字鍊，氣逸調高，七子中故推獨步；古體局守規格，有宗法而無生氣。」

### （廿六）陳田對茂秦詩之評價

陳田輯有《明詩紀事》一書，評後七子，而曰：「茂秦專長五律。」

### （廿七）潘德輿對茂秦詩之評價

潘德輿字彥輔，山陽人，著有《養一齋詩話》，其評茂秦曰：「謝茂秦五律堅整如城，宛然唐調，然終以有心為之，非其至也。」

### （廿八）吳修齡對茂秦詩之評價

吳喬字修齡，江蘇崑山人，著有《圍爐詩話》，其評茂秦曰：「謝茂秦於明人中最不落節，……觀其所以教王、李諸公學唐人者，不過聲色邊事，見處可知。」又曰：「茂秦在明人中錚錚，而未有見於唐人者也。」（《圍爐詩話》卷六）

### （廿九）葉矯然對茂秦詩之評價

「茂秦今體，節制精嚴中神采煥發，詞壇之李臨淮也。」（《龍性堂詩話》）

# 第二節　後人對謝茂秦文學觀之評價

　　茂秦雖不若于鱗、元美之聚徒結黨，號令一世，然後人對其評價之高，卻遠在李、王之上。推究其由，蓋有二端：一因李、王氣盛勢大，其詩得盛唐之膚廓而遺其神理，後世攻伐七子者遂以之爲矢的。二因七子結社之初，雖奉茂秦爲盟主，後復擯茂秦於七子之列，實以論詩不合之故，是諸人雖受茂秦之影響，茂秦決不受諸人之範籠。

　　茲將有關評隲《四溟詩話》者，列述於下：

## （一）王世貞對《四溟詩話》之評價

　　茂秦、元美由合而分，二人屢有互評之言，平心而論，茂秦評元美者，較爲公允；而元美評茂秦者，則不免有意氣與私怨焉。

　　《藝苑卮言》卷一嘗引茂秦之言云：「謝榛曰：『近體誦之行雲流水，聽之金聲玉振，觀之明霞散綺，講之獨繭抽絲。詩有造物，一句不工，則一篇不純，是造物不完也。』又曰：『七言絕句，盛唐諸公用韻最嚴，盛唐突然而起，以韻爲主，意到辭工，不假雕飾，或命意得句，以韻發端，渾成無跡；宋人專重轉合，刻意精鍊，或難於起句，借用旁韻，牽強成章。』又曰：『作詩繁簡，各有其宜，譬諸眾星麗天，孤霞捧日，無不可觀。』」足見元美雖以私隙而貶抑茂秦，然其私衷仍表欽服之意。

　　《藝苑卮言》評《四溟詩話》者，凡有數處：「謝山人謂澄江靜如練，澄淨二字意重，欲改秋江淨如練。余不敢謂然，蓋江澄乃淨耳。」（卷三）又曰：「謝茂秦論詩，五言絕，以少陵『日出東籬水』作詩法，又宋人以『遲日江山麗』爲法，此皆學究教小兒號嗄者。若『打起黃鶯兒，莫教枝上啼，啼時驚妾夢，不得到遼西。』與『山中何所有，嶺上多白雲。只可自怡悅，不堪持贈君』一法，不惟語意之高妙而已，其篇法圓熟，中間增一字不得，著一意不得，起結極斬絕，然中自舒緩，無餘法而有餘味。」（卷四）又曰：「謝茂秦謂許渾『荊樹有花樹同樂』，勝陸士衡『三荊歡同株』。此語大瞶大瞶，陸是選體中常人語，許是近體中小兒語，豈可同日？」（卷四）又曰：「謝茂秦年來益老謏，嘗寄示擬李杜長歌，醜俗稚鈍，一字不通，而自爲序，高自稱許，其略云：『客居禪宇，假佛書以開悟，既觀太白少陵長篇，氣充格勝，然飄逸沈鬱不同，遂合之爲一，入乎沈淪，各塑其像，神存兩妙，此亦攝精奪髓之法也。』此等語何不以溺自照。」（《藝苑卮言》卷七）前數則猶較客

觀公允,此則直詬罵耳。

### (二)邢雲路對《四溟詩話》之評價

邢雲路,字士登,安肅人,舉進士第,官河南按察司僉事,時趙王恒易道人爲茂秦梓刻全集,問序於士登,士登爲之序曰:「其所持論,如射覆,如擬準於高墉,如握秦鏡照見人藏,如老僧面壁,……其力不衰,其髮種種,其心益長,則取物閎而噉名遠,非苟焉而已矣!」

### (三)盛以進對《四溟詩話》之評價

盛以進,字從先,廣陵人,知臨清時,爲茂秦刻行全集,評其詩話曰:「山人談詩,肝衡矢口,可四筵獨座俱驚,已即逡逡不自禁其技癢而曳裾王門間,多捃拾溢美,政瑕瑜不相掩者。」(〈四溟山人詩集序〉)又從先評《詩家直說》凡五則,茲錄如下:

「三百篇」條──「〈三百篇〉誠不可擬,然謂文隨世變,今人遂不可去聲律,則是三唐以後,更無古詩。今人在宋元之後,但可作詞曲并詩餘亦不當擬矣,豈通論乎?要之,學者當識體格,擬一代務得一代之體,煉語令高,不謂古人概不可及也。」

「唐山夫人」條──「此論更非,唐山夫人樂府,自是楚辭九歌之遺,中有『華杜縹縹』之語,開子建、明遠派,絕非三百篇、十九首及蘇李詩頗近風雅爾。」

「詩以漢魏」條──「魏不逮漢,非以平仄穩貼也。漢人高簡自然,魏人脩詞者便趨華贍,述意者每多激昂,體物者恒加描摹,寫景者亦復矜琢,此升降之分也。唐人亦只以俳偶,至其平仄常調,觀其運用虛字,可得時代之分耳。」

「詩可解」條──「詩至〈三百篇〉極矣!初無不可解、不必解者,唐惟七絕『秦時明月』七字,不甚有理,然亦非不可解。于鱗執之,遂率意修詞,悞後人不淺。淺人不解蘇子長之文乃是上乘,正不必如白香山使老嫗皆解耳。」

「詩曰」條──「俳偶亦是天然,古人未嘗有意爲之,亦本不以爲戒。天下理必有對,口毫之法,亦勢必趨俳不自知也。」

### (四)顧起綸對四溟詩話之評價

顧起綸字玄言,著《國雅品》一書,其中「士品目」錄弘治以迄嘉靖六

十八人，茂秦亦在其中，評曰：「茂秦詩說，切於鍼砭。」

### （五）錢謙益對《四溟詩話》之評價

錢謙益字受之，號牧齋，江蘇常熟人。錄七子之詩，以茂秦為首，而謂與諸人截然不同。其《列朝詩集小傳》曰：「當七子結社之始，尚論有唐諸家，茫無適從，茂秦曰：『選李、杜十四家之最者，熟讀之以奪神氣，歌詠之以求聲調，玩味之以裒精華。得此三要，則造乎渾淪，不必塑謫仙而畫少陵也。』諸人心師其言，厥後雖爭擯茂秦，其稱詩之指要，實自茂秦發之。」（丁集上）

### （六）陳伯璣對《四溟詩話》之評價

「山人說詩，取初、盛十二家，并李、杜中之最佳者，錄成一帙，王、李諸公俱用其法。」

### （七）朱彝尊對《四溟詩話》之評價

彝尊撰有《靜志居詩話》，其評茂秦曰：「七子結社之初，李王得名未盛，稱詩選格，多取定於四溟。」

伯璣與竹垞之評，蓋本於牧齋之說。

### （八）方東樹對《四溟詩話》之評價

東樹撰有《昭昧詹言》，其評茂秦曰：「韓公非三代兩漢之書不敢觀，謝茂秦不許用唐以後事，皆恐狃於近而不振也。」

### （九）王士禎對《四溟詩話》之評價

王士禎，（後易士禛）字貽上，號阮亭，又號漁洋山人，山東新城人。

阮亭於《漁洋詩話》評茂秦云：「余於古人論詩，……不喜皇甫汸《解頤新語》、謝榛《詩說》。」又於《師友詩傳續錄・答劉大勤》：「問：『謝茂秦論絕句之法，首句當如爆竹，斬然而斷。古人之作亦有不盡然者，何也？』答：『《四溟詩話》多學究氣，愚所不喜，此段亦不謂然。』」又其論詩絕句亦云：「何因點竄澄江練，笑殺談詩謝茂秦！」但阮亭於茂秦亦未嘗無讚賞之詞其《帶經堂集・嘉隆七子詠序》云：「前明七子，惟謝榛精音律。」是亦認茂秦尚有可取者也。

### （十）何文煥對《四溟詩話》之評價

文煥於乾隆時編《歷代詩話》一書，蒐羅詩話凡廿七種，於「凡例」中曰：「詩話貴發新義，若呂伯恭《詩律武庫》，張時可《詩學規範》，王元美《藝

苑卮言》等書，羅列前人舊說，殊無足取。」又曰：「謝茂秦《四溟詩話》四卷，真偽參半，……俟覓善本訂正續刊。」是何氏以為《四溟詩話》優於《藝苑卮言》，其所以未收入《歷代詩話》之中者，蓋未見善本故也。

何氏又於〈歷代詩話考索〉中，評四溟詩話者凡十則，茲錄如下：

「謝山人《四溟詩話》以唐律六朝詩為女工，真堪一笑。」

「茂秦引《詩法》曰：『《事文類聚》不可用，蓋宋事多也。』余謂宋事何不可用？街談巷語，皆可入詩，唯在錘鑪手妙。」

「劉禹錫詩曰：『舊時王謝堂前燕，飛入尋常百姓家。』妙處全在舊字及尋常字。四溟云：『或有易之者曰：王謝堂前燕，今飛百姓家，點金或鐵矣。』謝公又擬之曰：『王謝豪華春草裏，堂前燕子落誰家。』尤屬惡劣。」

「解詩不可泥觀，孔子所稱可與言詩及孟子所引可見矣，而斷無不可解之理。謝茂秦創為可解、不可解、不必解之說，貽誤無窮。」

「余嘗論賦詩須稱地位，少壯而言衰病，飽煖而說困厄，平安而發感慨，皆不祥也。四溟山人亦云：『學子美者，慕擬太甚，殊失性情。』」

「《四溟詩話》云：『游環脅驅，陰靷鋈續，鉤膺鏤錫，鞹鞃淺幭等語，艱深奇澀，殆不可讀，韓柳五言有法此者，後學當以為戒。』余謂詩各有體，以學〈三百篇〉為戒，奇語也。」

「謝山人以懽紅為韻不雅，以愁青為韻便佳，不知自在琢句，豈關韻字邪？」

「製作繫乎聲名，茂秦有詩忌、詩奸、詩諂三則，足為惡俗鍼砭。」

「謝公與時輩論詩，自云：『是夕夢見李杜。』嘻！可入笑譜。」

「四溟山人於知己不免以詩句隙末，故余謂贈答詩不作可也。」

## （十一）吳喬對《四溟詩話》之評價

喬字修齡，著有《圍爐詩話》，其評茂秦曰：「黃公云：『謝茂秦謂阮公一身不自保，何暇戀七子，不如裴說避亂多云云，如是詩只在一句耶？得心應手，偶爾寫懷，兩句非衍，一句非縮，承接處各有氣脈，一篇自有大旨，那得如此苛斷。』又曰：『專於謝者，失之餖飣；專於陶者，失之淺易，此言得之。』又曰：『立意易，措詞難，專乎意，則涉議論而入於宋；工乎詞，或傷氣格而流為晚唐；此亦妙論。』」又曰：「茂秦屢誨人以悟，然其所云悟，特聲律耳，得處為淹雅，失處則流為平熟。」

### （十二）宋長白對《四溟詩話》之評價

長白原名俊，別署岸舫，以字行，浙江山陰人，論詩之作有《柳亭詩話》。其評茂秦曰：「謝茂秦與宗子相論律詩：『要如孫登請客。』此論極佳。」

### （十三）胡石齋對《四溟詩話》之評價

胡曾，號石齋，繡水人。乾隆甲戌年，校印茂秦所著《詩家直說》而序之曰：「其（茂秦）論詩真天人具眼，弇州《藝苑巵言》所不及也。」

### （十四）田雯對《四溟詩話》之評價

田山薑於《古歡堂集》卷十八評《四溟詩話》凡十則，茲錄如下：

「作詩雖貴古淡」條——「余謂如畫然，秋山平遠，野水寒林，復加點染著色，斯為妙耳。黃倪而外有熙筌，淵明之後有三謝，非富麗之謂也，徒云富麗，則黃金白雪等語皆佳矣！」

「凡作近體」條——「茂秦刻意為其七子一派寫照，閱之不覺捧腹，然能如此，亦自登峯造極，近人一概貶斥，非公意也。千載而下，定評出焉，畢竟七子在鍾、譚之上。」

「陶潛不仕宋」條——「茂秦之論謬矣！詩各成一家，豈書甲子同而詩亦必相肖耶？此猶齊人之待客，使眇御眇者，跛者御跛者，供婦人之一笑而已。」

「唐山夫人」條——「余嘗觀今之詩家，多以樂府為卷首，如君馬黃、上之回、陌上桑、大小垂手之類，語之長短，語之繁簡，師心自用，漫無一定之格，音節多所未諧，即樂府解題亦在影響之間，蓋樂府失傳久矣！」

「詩以漢魏並言」條——「余但知齊梁儷句為五言律祖，茂秦乃謂自魏晉已然，非臆說也。」

「揚雄作反騷」條——「茂秦之言是也，以予觀之，宋不如屈，況其他乎？」

「枚乘始作七發」條——「余謂諸作遜枚生遠甚，猶之作騷不及屈原也。杜子美七歌來自十八拍，李空峒亦作七歌，未免生吞活剝之誚矣！」

「韋蘇州」條——「余所見與茂秦不同，司空意盡不如樂天有餘味，初學欲字妙有含蓄，老淚暗流，情景難堪，更深一層。」

「山房隨筆」條——「愚謂鶂鴣詞意雖慘，蓋罹亂離之變，世不恒有，若賣子歡則情真語酸，富貴之家喜用鞭笞箠，宜發深者，陶淵明所謂此亦人

子也，蕭穎士不得以博奧矜長矣。」

「詩法日」條——「詞曲自六朝已然，不始於宋，唐朝可入歌譜者亦少，茂秦此論亦謬。又『嚴滄浪曰，學其上僅得其中……以爲學者戒。』夫詩以求工爲主，何以同時便不可學？皮日休、陸龜蒙、賈島、孟郊、盧仝、馬異、劉滄、許渾諸人皆有心相肖，天然匹偶，彼此同學之意，黃山谷蘇門六君子之一也，嘗云：『子瞻詩句妙一世』，乃云學庭堅體，蓋退之戲效孟郊，樊宗師之體，以文滑稽耳。」如山谷斯言愛之斯學之，蘇且學黃也。

「塵史云」條——「余一日讀擊壤篇，細玩文氣語韻，另爲句讀：『日出而作句日入而息句鑿井而飲句耕田而食句帝力句何有於我哉句』末一句乃歌餘之曼聲也，不入韻，蓋彼時之民，安田里，樂耕桑，感激之意深，實目覩帝力之勤劬，以成雍熙之化。『何有於我』，謂君勞而民自逸，歸美於上之詞也。若云『我民之日用飲食，與帝力何涉？』則悍世不可訓矣！王者之民皞皞如也，亦謂氣象則然，非市恩小惠之比。豈有以堯舜之民而不知感澤者乎？歌有曼聲，即今曲之尾聲也。如此讀則擊壤歌非七言之祖矣！」

# 第三節　總　評

## 第一目　關於謝茂秦詩者

茂秦《四溟集》錄詩二千三百四十九首，中五古僅廿三首，七古一百八十六首，餘皆爲近體詩，胡元瑞謂其所長在於近體；錢牧齋謂其近體爲七子、五子之流所不及；沈碻士謂其古體局於規格，絕少生氣；洵爲的論。觀其五言律詩多至八百有七首，知元美所云：「其七言不如五言，絕句不如律，古體不如絕句。」宋轅所云：「茂秦五律似勝諸名家。」陳田所云：「茂秦專長五律。」並非虛言。

大致言之，茂秦論詩最崇李、杜，作詩則多學子美，憂國傷時之感，懷弟念子之情，懇摯眞實，句烹字鍊，決非于鱗、元美之剿竊古人，[註2] 所能相比；後人並七子詩而束之高閣，未免矯枉過正，然局於句字之間，調固極佳，格卻不高，元美謂其僅得杜貌，並非貶抑之辭；兼以贈寄奉和之作居全集三分之二，應酬排比，大損其價矣！

〔註2〕參閱《四溟集》。

## 第二目　關於謝茂秦文學觀者

### （一）由格調說出而反模擬

當李獻吉、何大復「前七子派」風行天下之時，後七子中除茂秦躬逢其盛外，餘皆尚未出世，〔註3〕以故爲前七子與後七子間橋樑且領袖後七子者，舍茂秦而外，不作第二人想。

正因茂秦在後七子中出生最先，〔註4〕對前七子派之形成，不僅耳聞，且爲目覩，故其《四溟詩話》嘗云：「大梁田深甫從李獻吉遊。」（卷三）又云：「李獻吉極苦思，詩垂成，如一二句弗工，即棄之，田深甫見而惜之，獻吉曰：『是自家物，終久還來。』」深父與茂秦誼屬知交，吾人雖無法證明茂秦與獻吉必有交遊，然因深父而聆前七子之議論，受其影響，習其薰染，乃屬必然，詩話中引獻吉、大復之言蓋數數矣！如云：「國朝何大復、李空同憲章子美，翕然成風，吾不知百年後又何如爾。」（《四溟詩話》卷一）因能矯其缺失，固雖由格調說出而反模擬，冀能自成一家。

茂秦論詩以第一義爲準：「古人作詩，譬諸行長安大道，不由狹斜小徑，以正爲主，則通於四海，略無阻滯。」（《四溟詩話》卷三）「法前賢不可法同時」，〔註5〕「四言當效三百篇，不可作秦漢以下語」，〔註6〕「七言絕句宜學盛唐」〔註7〕「晚唐格卑，聲調猶在，及宋柳耆卿、周美成輩出，能爲一代新聲，詩與詞爲二物，是以宋詩不入絃歌也。」（《四溟詩話》卷一），晚唐格雖卑下，猶有聲調之美，宋詩因不入絃歌，故不足取。又曰：「詩不厭改，貴乎精也。唐人改之，自是唐語；宋人改之，自是宋語；格詞不同故爾。」（《四溟詩話》卷二）復倡集諸家之長，合而爲一，〔註8〕以高其格調，充其氣魄。

茂秦雖兼併古人，然因瞭然於「文隨世變」之理，故反對泥古，倡「眞詩」之說，欲出入十四家間而自成一家，〔註9〕江進於《雪濤小書》中云：「求

---

〔註3〕茂秦出生時，空同廿四歲，大復十二歲，德涵廿一歲，昌穀十七歲，廷相廿二歲，溪陂廿八歲，華泉二十歲，前七子派尚未形成。

〔註4〕嘉靖五年（西元1526年），茂秦卅六歲，元美甫出生，子相二歲，明卿三歲，子與十歲，于鱗十三歲，其時大復謝世已五年矣，越三年，獻吉亦辛。

〔註5〕見《四溟詩話》卷一。

〔註6〕仝上。

〔註7〕仝上。

〔註8〕見《四溟詩話》卷三。

〔註9〕見《四溟詩話》卷四。

眞詩於七子中，則謝茂秦者，所謂人棄我取者也。」可謂知言。

### （二）因崇古故不以盛唐自限其志在越魏而追兩漢

細閱《四溟詩話》，知茂秦崇古之至，其言曰：「唐山夫人〈房中樂〉十七章，格韻高嚴，格模簡古，駸駸乎商周之頌。迨蘇、李五言一出，詩體變矣，無復爲漢初樂章，以繼風雅，惜哉！」（《四溟詩話》卷二）又曰：「詩以漢魏並言，魏不逮漢也。」「今之工於近體者，惟恐官話不專，腔子不大，此所以泥乎盛唐，卒不能超越魏，進而追兩漢也。」（《四溟詩話》卷三）因此茂秦主張：「奪盛唐律髓，追建安古調。」（《四溟詩話》卷四）

### （三）淵源有自而出以己意

茂秦曰：「折衷四方議論，以爲正式。」（《四溟詩話》卷三）可知《四溟詩話》乃折衷各家之論，出以己意而成者也。就承受前人之影響而言，以劉彥和、杜子美、皎然、姜堯章、嚴儀卿、高彥恢、李賓之諸人爲最著；其引當代論詩者之說亦不少，尤以卷二爲多。

### （四）持論必加舉例

茂秦論詩之最大特色在詳加舉例，如謂「排律結句，不宜對偶。」隨舉其例曰：「若杜子美『江湖多白鳥，天地有青蠅。』似無歸宿。」又曰：「作詩有三等語：堂上語、堂下語、階下語。」隨舉其例曰：「凡上官臨下官，動有昂然氣象，開口自別，若李白『黃鶴樓中吹玉笛，江城五月落梅花』，此堂上語也；凡下官見上官，所言殊有條理，不免局促之狀，若劉禹錫『舊時王謝堂前燕，飛入尋常百姓家』，此堂下語也；凡訟者說得顚末詳盡，猶恐不能勝人，若王介甫『茅簷長掃淨無笞，花木成蹊手自栽』，此階下語也。」（《四溟詩話》卷四）其他如「八句皆景者，子美『棘樹寒雲色』是也；八句皆情者，子美『死去憑誰報』是也。」（《四溟詩話》卷一）「江淹貽袁常侍曰：『昔我別秋水，秋月麗秋天；今君客吳坂，春日媚春泉。』子美哭蘇少監詩曰：『得罪台州去，時違棄碩儒。移官蓬閣後，穀貴歿潛夫。』此皆隔句對，亦謂之扇對格。」（《四溟詩話》卷四）「太白贈浩然詩，前云『紅顏棄軒冕，後云『迷花不事君』，兩聯意頗相似，……興到而成，失於檢點。」（《四溟詩話》卷三）一面持論，一面舉例，具體眞實，易收舉一反三之效。

### （五）持論圓融權變而不偏執

茂秦云：「遜軒子曰：『凡作詩貴識鋒犯，而最忌偏執；偏執不惟有焦勞

之患，且失詩人優柔之旨。」（《四溟詩話》卷四）因忌偏執，故曰：「比喻多而失於難解，嗟怨頻而流於不平，過稱譽豈其中心，專模擬非其本色，愁苦甚則有感，歡喜多則無味，熟字千用自弗覺，難字幾出人易見。」（《四溟詩話》卷四）「自我作古，不求根據，過於生澀，則為杜撰矣！」（《四溟詩話》卷一）蓋過猶不及，對症下藥，宜用中正之法：「或問作詩中正之法，四溟子曰：『貴乎同不同之間，同則太熟，不同則太生，二者似易實難，握之在手，主之在心，使其堅不可脫，則能近而不熟，遠而不生，此惟超悟者得之。」（《四溟詩話》卷四）又云：「趙子昂曰：『作詩但用隋唐以下故事，便不古也，但以隋唐以上為主。』此論執矣！隋唐以上泛用則可，隋唐以下泛用則不可，學者當自斟酌，不落凡調。」（《四溟詩話》卷二）又云：「作詩雖貴古淡，而富麗不可無，譬如松篁之於桃李，布帛之於錦繡也。」（《四溟詩話》卷二）中正之法而外，宜知權變：「詩文以氣格為主，繁簡勿論，或以用字簡約為古，未達權變。」（《四溟詩話》卷一）又曰：「凡詩債叢委，固有緩急，亦當權變。」（《四溟詩話》卷三）又曰：「寫景述事，宜實而不泥乎實，有實用而害於詩者，有虛用而無害於詩者，此詩之權衡也。」（《四溟詩話》卷一）又曰：「作詩亦有權宜，或先句法而後體製。」（《四溟詩話》卷四）

由於持論圓融，故雖云：「非才無以充其氣。」（《四溟詩話》卷三）然亦不廢學：「充其學識。」「杜甫讀書破萬卷。」（《四溟詩話》卷二）又主養德：「人非雨露而自澤者，德也；……非德無以養其心，……大抵德不勝才，猶泛舸中流，舵師失其所主，鮮不覆矣！」（《四溟詩話》卷三）養德正所以保存元氣，所謂「諂者利之媒，奸者利之機，忌者利之蠹，然慎交則保名，三者有一，不能無損，如藥加硝黃之類，其耗於元氣者多矣！」（《四溟詩話》卷三）茂秦論德而無道學之氣，殊為難能可貴。且主以性情濟德行之不足：「陶潛不仕宋，所著書文，但書甲子；韓偓不仕梁，所著書文，亦書甲子；偓節行似潛而詩綺靡。薛西原曰：『立節行易，養性情難。』」（《四溟詩話》卷一）

既戒偏執，故主情景宜俱工：「凡作詩要情景俱工，雖名家亦不易得，聯必相配，健弱不單力，燥潤無兩色。」（《四溟詩話》卷四）又云：「子美曰：『細雨荷鋤立，江猿吟翠屏。』此語宛然入畫，情景適會，與造物同其妙。」（《四溟詩話》卷四）

### （六）批評公正而嚴謹

茂秦云：「雖古人詩，亦有可議者。」（《四溟詩話》卷三）基於此，故對

盛唐詩仍倚摭其利病，如於李、杜雖深致讚詞，然間亦摘其缺失：「韓昌黎曰：『婦人不下堂，遊子在萬里。』託興高遠，有風人之旨。杜少陵曰：『丈夫則帶甲，婦人則在家。』此文不逮意，韓詩爲優。」又曰：「岑參〈寄左省杜拾遺〉云：『聯步趨丹陛，分曹限紫薇。曉隨天仗入，暮惹御香歸。白髮悲花落，青雲羨鳥飛。聖朝無闕事，自覺諫書稀。』杜甫〈答岑補闕見贈〉云：『窈窕清禁闥，罷朝歸不同。君歸丞相後，我往日華東。冉冉柳枝碧，娟娟花蕊紅。故人得佳句，獨贈白頭翁。』岑詩警覺，杜作殊不愜意，譬如善奕者，偶爾輕敵，輸此一著。」（《四溟詩話》卷四）又評太白詩有「興到而成，兩聯意重」之弊。〔註10〕又謂《詩經》有艱深奇澀處，後學當以爲戒。〔註11〕惟茂秦雖謂不當學中唐以下之詩，但並非認爲全不足取：「《霏雪錄》曰：『唐詩如貴介公子，舉止風流；宋詩如三家村乍富人，盛服揖賓，辭容鄙俗。』殊不知老農亦有名言，貴介公子不能道者。」（《四溟詩話》卷一）其評斛律金〈敕勒歌〉勝於韓退之〈琴操〉，〔註12〕金學士王庭筠〈黃花山〉一絕：「頗有太白聲調。」，〔註13〕又謂元代趙衍之詩清有味，殊類唐調。〔註14〕代不廢人，人不廢篇，篇不廢句，茂秦頗能自踐其言也。

茂秦評當代詩人，決不阿其所好，由於論詩過嚴，致爲于鱗、元美諸人所擯；然又不以私隙而對七子有貶抑不實之詞；雖所評未必盡當，而其態度則甚足取。

茂秦雖崇古，然決不謂後人無一相及處，如云：「崔後渠贈予詩曰：『三月清洹上，翩翩兩度來。講詞傾玉海，弔古賦銅臺。歧路楊朱淚，江湖李白杯。令公今謝事，迴首尚憐才。』楊朱李白，自然的對。戌昱詩曰：『衞青師自老，魏絳賞何功？』較之後渠，精確不及」（《四溟詩話》卷二）又曰：「栗道甫自弱冠工詩，……含英咀華，風調夐別，其盛唐之流歟？」（《四溟詩話》卷四）

## （七）斤斤於字句之間

茂秦論詩之最大缺點，在斤斤於字句之間，師心自用，且屢爲古人易字改句，而其自作亦多局限於推敲，大失妙悟之旨。對此，茂秦自有說詞：「或

---

〔註10〕見《四溟詩話》卷三。

〔註11〕見《四溟詩話》卷一。

〔註12〕見《四溟詩話》卷二。

〔註13〕仝上。

〔註14〕仝上。

曰：『少陵之作，氣格渾雄，雖有微疵，不傷大體。』……四溟子曰：『予詩如幽溟寒泉，湛然一鑑，自不少容渣滓，務渾淨則易純，使百代之下，知予苦心若是。』（《四溟詩話》卷四）又云：「凡鍊句妙在渾然，一字不工，乃造物之不完。」（《四溟詩話》卷四）又云：「美玉微瑕，未爲全寶。」（《四溟詩話》卷三）蓋欲求整體之美，而不容有任何瑕疵，故傾力於琢句鍊字：「許渾原上居詩：『獨愁秦樹老，孤夢楚山遙。』此上一字欠工，因易『羈愁秦樹老，歸夢楚山遙。』釋無可〈送裴明府〉詩：『山春南去櫂，楚夜北歸鴻。』此亦上一字欠工，因易爲『江春南去櫂，關夜北歸鴻。』劉長卿〈別張南史〉詩：『流水朝還暮，行人東復西。』此上二字欠工，因易爲旅思朝還暮，生涯東復西。周朴〈塞上詩〉：『巷有千家月，人無萬里心。』此中二字欠工，因易爲『巷冷千家月，人孤萬里心。』」（《四溟詩話》卷四）又曰：「僧處默〈勝果寺詩〉：『到江吳地盡，隔岸越山多。』陳后山鍊成一句：『吳越到江分。』或謂簡妙勝默作。此到字未穩，若更爲『吳越一江分』，天然之句也。」（《四溟詩話》卷一）又云：「李頻曰：『星臨劍閣動，花落錦江流。』譬諸佳人掌而對壯士拳也，若曰：『日落錦江寒』，便相敵矣！」（《四溟詩話》卷二）

誠然，茂秦此種爲詩態度，固稱嚴肅，惜乎不免因小失大，其改古人詩，未必盡當，甚且矯枉過正，謂此爲其論詩之一弊可也。

### （八）行文之條理不夠縝密

《四溟詩話》之成，其目的雖在裨益後學，非遣興之隨筆所能比擬，然落筆之前，欠缺周密計劃，行文遂乏條理，且間有重複之處。又放言高論，故作英雄欺人之語，所謂「老子每每自負，﹝註15﹞卓識處固多，淺近處亦復不少。在結構方面，較諸宋代之《滄浪詩話》，同代之《談藝錄》，清朝之《原詩》，其條理似有不及。

### （九）影響當代甚大而沾溉後世較小

茂秦云：「滄溟曰：『數年常聞高論，皆古人所未發，余每心服，可謂知己。』」（《四溟詩話》卷三）于鱗既擯茂秦，遂自尸盟主之位，以孔丘自許，而目元美爲「老聃」；既卒，元美「嗣操文柄，聲望籠蓋海內，一時士大夫及山人詞客，衲子羽流，莫不奔走門下；片言褒賞，聲價驟起。」（《明史》）正所謂「噉名之士，不東走弇山，則西走下雉」之時也；後七子詩派之籠罩天

---

﹝註15﹞見《四溟詩話》卷四。

下，當歸功於茂秦詩論之啟發。不僅此也，末五子、續五子、後五子、廣五子之流，亦皆受其影響。至於當代向其請益者，更不知凡幾，茲舉數例如下：「李生亦佳士也，予嘗授之韻學。」（《四溟詩話》卷三）「杜約夫問曰：『點景寫情孰難？』」（《四溟詩話》卷二）「己酉歲中秋夜，李正郎子朱延同部李于鱗、王元美及余賞月，因談詩法，予不避謭陋，具陳顛末。」（《四溟詩話》卷三）「汝思曰：『聞子能假古人之作為己稿，凡作有疵而不純者，一經點竄則渾成。』」（《四溟詩話》卷三）「章給事景南過余曰：『子嘗云：『詩能剝皮，句法愈奇，何謂也？』」（《四溟詩話》卷三）「宗考功子相過旅館曰：『子嘗謂作近體之法，如孫登請客，未喻其旨，請詳示何如？』」（《四溟詩話》卷三）「成皋王傳易及子玄易問作詩有縮銀法，何如？」（《四溟詩話》卷三）「正夫曰：『聞子能鍼詩之病，勿祕其法？』」（《四溟詩話》卷三）可見其在當代享譽之隆，且為同輩所推重也。

　　後世受茂秦文學觀之影響者，僅有三袁、江進之、錢牧齋、馮班馮舒兄弟、橫山師徒、徐子能、吳起蛟、施均父、李艾山諸人，範圍並不太廣。夷考其故，不外二端：

　　甲、茂秦為後七子之一，後世厭擬古派之膚廓者，無暇辨《四溟詩話》之精善與否，概與于鱗、元美諸人等量齊觀，不復稱道；即有識其論之精善者，亦鮮敢冒崇尚七子之大不韙而力倡其說。

　　乙、茂秦乃一介布衣，雖聲價重於一代，然不欲如于鱗、元美之聚眾結黨，號令一世，攀附者既寡，故身歿之後，其論遂鮮為人矚目。

　　（十）綜上所述，可知崇尚盛唐之說，雖不自茂秦始，然其對唐詩之見地，確有前人及當代論詩者所不及處。養真悟妙之言，反模擬之論，與李、王諸人判若兩途，尤為難得。詩法方面亦多卓見，惟斤斤於字句之間，是其一弊。然「勤改」、「錘鑪」之說，則甚足取。詩體方面，多襲前人之說；詩評方面，所言固未必皆當，然卻嚴謹而公正。「作詩勿自滿」一語，在庸妄驕狂之擬古時期，無異是灌頂醍醐，當頭棒喝！

# 參考書目

1. 《老子》，開明書店。
2. 《詩經》，藝文印書館十三經注疏本。
3. 《尚書》，仝上。
4. 《禮記》，仝上。
5. 《左傳》，仝上。
6. 《韓非子》，世界書局。
7. 《荀子》，仝上。
8. 《新論》，〔漢〕桓譚，仝上。
9. 《法言》，〔漢〕揚雄，仝上。
10. 《論衡》，〔漢〕王充，仝上。
11. 《史記》，〔漢〕司馬遷，商務印書館二十四史景百衲本。
12. 《漢書》，〔漢〕班固，仝上。
13. 《抱朴子》，〔晉〕葛洪，世界書局。
14. 《文章流別論》，〔晉〕摯虞，世界書局景嚴可均全晉文。
15. 《後漢書》，〔宋〕范曄，商務印書館二十四史景百衲本。
16. 《文選》，〔梁〕蕭統，藝文印書館景宋淳熙本。
17. 《文心雕龍》，〔梁〕劉勰，開明書店范文瀾注本。
18. 《河嶽英靈集》，〔唐〕殷璠，四部叢刊本。
19. 《杜工部集》，〔唐〕杜甫，中央圖書館藏影鈔宋紹興間刊本。
20. 《元氏長慶集》，〔唐〕元稹，中央圖書館藏明嘉靖卅一年刊本。
21. 《詩式》，〔唐〕皎然，商務印書館。
22. 《詩品》，〔唐〕司空圖，世界書局。

23. 《北史》,〔唐〕李延壽,藝文印書館。

24. 《司空表聖文集》,〔唐〕司空圖,商務印書館。

25. 《唐府古題要解》,〔唐〕吳兢,中央圖書館藏明嘉靖間刊本。

26. 《六一詩話》,〔宋〕歐陽修,世界書局。

27. 《珊瑚鈎詩話》,〔宋〕張表臣,弘道文化公司。

28. 《歲寒堂詩話》,〔宋〕張戒,弘道文化公司。

29. 《石林詩話》,〔宋〕葉夢得,仝上。

30. 《後山詩話》,〔宋〕陳師道,仝上。

31. 《白石道人詩說》,〔宋〕姜夔,弘道文化公司。

32. 《滄浪詩話》,〔宋〕嚴羽,世界書局。

33. 《詩話總》,〔宋〕阮閱,中央圖書館藏明嘉靖廿三年刊本。

34. 《樂府詩集》,〔宋〕郭茂倩,中央圖書館藏元至正元年刊本。

35. 《唐賢三體詩法》,〔宋〕周弼,廣文書局。

36. 《新唐書》,〔宋〕歐陽修等,藝文印書館。

37. 《詩人玉屑》,〔宋〕魏慶之,佩文書社。

38. 《苕溪漁隱叢話》,〔宋〕胡仔,商務印書館。

39. 《楚辭集注》,〔宋〕朱熹,萬國圖書公司。

40. 《高太史全集》,〔明〕高啓,商務印書館四部叢刊。

41. 《獨庵集》,〔明〕高啓,商務印書館四部叢刊。

42. 《清江集》,〔明〕貝瓊,故宮博物院藏四庫全書本。

43. 《文章辨體》,〔明〕吳訥,中央圖書館藏明嘉靖卅四年刊本。

44. 《懷麓堂詩話》,〔明〕李東陽,藝文印書館歷代詩話續編本。

45. 《空同集》,〔明〕李夢陽,中央研究院藏萬曆十三年刊本。

46. 《大復集》,〔明〕何景明,中央研究院藏嘉靖刊本。

47. 《王氏家藏集》,〔明〕王廷相,仝上。

48. 《談藝錄》,〔明〕徐禎卿,弘道文化公司。

49. 《升庵詩話》,〔明〕楊愼,藝文印書館。

50. 《宋學士集》,〔明〕宋濂,中央圖書館藏明嘉靖三十年刊本。

51. 《大泌山房集》,〔明〕李維楨,中央圖書館藏萬曆刻本。

52. 《明詩評》,〔明〕王世貞,商務印書館。

53. 《藝苑卮言》,〔明〕王世貞,藝文印書館歷代詩話續編本。

54. 《弇州山人四部稿》,〔明〕王世貞,中央研究院藏萬曆刊本。

55. 《弇州山人續稿》，〔明〕王世貞，文海出版社景崇禎間刊本。

56. 《四溟山人全集》，〔明〕謝榛，中央圖書館藏萬曆卅二年趙府冰玉堂重刊本。

57. 《四溟山人詩》，〔明〕謝榛，中央圖書館藏萬曆四十年盛以進臨清刊本。

58. 《四溟山人詩家直說》，〔明〕謝榛，仝上。

59. 《四溟山人詩集》，〔明〕謝榛，中央圖書館藏問影樓叢刻祊編本。

60. 《四溟集》，〔明〕謝榛，故宮博物院藏清文淵閣四庫全書本。

61. 《四溟詩話》，〔明〕謝榛，藝文印書館景海山仙館本。

62. 《四溟詩話》，〔明〕謝榛，上海醫學書局歷代詩話續編本。

63. 《詩藪》，〔明〕胡應麟，藝文印書館。

64. 《少室山房筆叢》，〔明〕胡應麟，中央圖書館藏明萬曆四十六年刊本。

65. 《國朝獻徵錄》，〔明〕焦竑，學生書局景明刊本。

66. 《掖垣人鑑》，〔明〕蕭彥，文海出版社景萬曆刊本。

67. 《國雅品》，〔明〕顧起綸，藝文印書館歷代詩話續編本。

68. 《詩體明辨》，〔明〕徐師曾，廣文書局。

69. 《徐文長三集》，〔明〕徐渭，中央圖書館景明萬曆庚子刊本。

70. 《由拳集》，〔明〕屠隆，明萬曆八年馮開之秀水刊本。

71. 《白榆集》，〔明〕屠隆，明萬曆間刊本。

72. 《白蘇齋類集》，〔明〕袁宗道，明末刊本。

73. 《袁中郎全集》，〔明〕袁宏道，世界書局排印本。

74. 《大隱樓集》，〔明〕方逢時，中央研究院歷史語言研究所藏。

75. 《列朝詩集小傳》，〔明〕錢謙益，世界書局。

76. 《初學集》，〔明〕錢謙益，中央圖書館藏明崇禎十六年刊本。

77. 《有學集》，〔明〕錢謙益，四部叢刊本。

78. 《日知錄》，〔明〕顧絳，明倫出版社。

79. 《純吟文稿》，〔明〕馮班，中央圖書館藏明末毛氏汲古閣刊本。

80. 《雪濤小書》，〔明〕江盈科，廣文書局。

81. 《宗子相集》，〔明〕宗臣，中央圖書館藏明萬曆間閩中刊本。

82. 《太函集》，〔明〕汪道崑，中央研究院藏萬曆刊本。

83. 《嬾眞草堂文集》，〔明〕顧起元，中央圖書館藏萬曆四十六年刊本。

84. 《世經堂集》，〔明〕徐階，中央研究院藏萬曆間刊本。

85. 《新曲苑》，〔明〕任中敏，中華書局。

86. 《快雪堂集》，〔明〕馮夢禎，中央圖書館藏明萬曆四十四年刊本。

87. 《國寶新編》，〔明〕顧璘，藝文印書館。

88. 《賜餘堂集》，〔明〕吳中行，中央圖書館藏明萬曆間刊本。

89. 《焦氏澹園集》，〔明〕焦竑，中央圖書館藏明萬曆卅四年刊本。

90. 《苑洛集》，〔明〕韓邦奇，中央圖書館藏明嘉靖卅一年刊本。

91. 《敬所先生文集》，〔明〕王宗沐，中央圖書館藏明萬曆二年刊本。

92. 《靳兩城先生集》，〔明〕靳學顏，中央圖書館藏明萬曆十七年刊本。

93. 《石泉山房文集》，〔明〕郭汝霖，中央圖書館藏明萬曆廿五年刊本。

94. 《清江集》，〔明〕貝瓊，中央圖書館藏明洪武間原刊本。

95. 《九愚山房稿》，〔明〕何東序，中央圖書館藏萬曆間原刊本。

96. 《逍遙園集》，〔明〕穆文熙，中央圖書館藏明萬曆十五年刊本。

97. 《仲蔚先生集》，〔明〕俞允文，中央圖書館藏明萬曆十年刊本。

98. 《劉大司成集》，〔明〕劉應秋，中央圖書館藏明吉水劉氏家刊本。

99. 《蒼霞續草》，〔明〕葉向高，中央圖書館藏明萬曆至天啓間刊本。

100. 《環溪集》，〔明〕沈愷，明隆慶間刊本。

101. 《徐氏海隅集》，〔明〕徐學謨，中央圖書館藏明萬曆五年刊本。

102. 《遵巖先生文集》，〔明〕王愼中，中央圖書館藏明隆慶五年刊本。

103. 《可泉先生文集》，〔明〕蔡克廉，中央圖書館藏明萬曆七年刊本。

104. 《皇甫司勳集》，〔明〕皇甫汸，中央圖書館藏明萬曆三年刊本。

105. 《穀城山館文集》，〔明〕于愼行，中央圖書館藏明萬曆卅五年刊本。

106. 《漱秋堂文集》，〔明〕張一桂，中央圖書館藏明萬曆卅八年刊本。

107. 《鄧定宇文集》，〔明〕鄧以讚，中央圖書館藏明萬曆卅一年刊本。

108. 《賜閒堂集》，〔明〕申時行，中央圖書館藏萬曆末年申氏家刊本。

109. 《涇野先生文集》，〔明〕呂柟，中央圖書館藏明嘉靖卅四年刊本。

110. 《王文肅公文草》，〔明〕王賜爵，中央圖書館藏萬曆四十三年刊本。

111. 《唐詩談叢》，〔明〕胡震亨，廣文書局。

112. 《朱文懿公文集》，〔明〕朱賡，中央圖書館藏刊本。

113. 《方麓居士集》，〔明〕王樵，中央圖書館藏明萬曆間刊本。

114. 《二酉園文集》，〔明〕陳文燭，故宮博物院藏萬曆十二年龍應。

115. 《龍津原集》，〔明〕陳昌積，中央圖書館藏明嘉靖間刊本。

116. 《余文敏公集》，〔明〕余有丁撰，明萬曆間刊本。

117. 《萬端肅公文集》，〔明〕萬守禮，中央圖書館藏明萬曆十年刊本。

118. 《衛陽集》，〔明〕周世選，中央圖書館藏明崇禎五年刊本。

119. 《仁和縣志》，〔明〕沈朝宣，故宮博物院藏明嘉靖廿八年修清光緒刊本。

120. 《重修崑山縣志》，〔明〕周世昌選，中央圖書館藏明萬曆四年刊本。

121. 《蘭谿縣志》，〔明〕程子鏊，故宮博物院藏萬曆十四年刊本。

122. 《興化縣志》，〔明〕歐陽東鳳等，中央圖書館藏明萬曆十九年修傳抄本。

123. 《常熟縣志》，〔明〕鄧韍，中央圖書館藏明嘉靖十八年刊本。

124. 《長洲縣志》，〔明〕徐必泓，中央研究院藏明崇禎八年刊本。

125. 《汶上縣志》，〔明〕栗可任，故宮博物院藏明萬曆三十六年刊本。

方志太多，以下從略。